Das Lächeln der Nemesis

Amma Darko

Das Lächeln der Nemesis

Aus dem Afrikanischen Englischen übertragen von Kirsten Esser

Schmetterling Verlag

Bibliografische Informationen «Der Deutschen Bibliothek»
Die Deutsche Bibliothek verzeichnet diese Publikation in der Deutschen Nationalbibliografie; detaillierte Daten sind im Internet über http://dnb.ddb.de abrufbar

Schmetterling Verlag GmbH
Lindenspürstr. 38b
70176 Stuttgart
www.Schmetterling-Verlag.de
Der Schmetterling Verlag ist Mitglied von aLiVe,
der assoziation Linker Verlage

www.Amma-Darko.de

ISBN 3-89657-130-3
1. Auflage 2006
Printed in Germany

Aus dem englischen Originalmanuskript übertragen von Kirsten Esser
Titelbild: Ewa Tyndel
Satz und Reproduktionen: Schmetterling Verlag
Druck: GuS-Druck GmbH, Stuttgart

Für Naa Dzama, Kwesi und Nana Kwame

Amma Darko

«Sex gets people killed; put in jail; beaten up;
bankrupted and disgraced;
to say nothing of ruined –
personally, politically and professionally.»

«Looking for sex can lead to misfortune
and if you get lucky to find it,
it can leave you maimed, infected or dead.
Other than that, it's swell.»

Edna Buchanan – «The Corpse Had a Familiar Face»

PROLOG

Cora hielt das Lenkrad des alten Lieferwagens so fest umklammert, daß ihre Knöchel weiß hervortraten. Tränen rannen ihr über das Gesicht und durchnäßten ihre Bluse, während sie an Dam dachte, den Besitzer des Wagens. Dam, der ihre Schwester Randa so sehr liebte. Dam, auf den sie sich immer verlassen konnte.

Cora, die dreizehn Jahre älter war als ihre Schwester, hatte niemanden wie Dam. Sie war das, was man allgemein als alte Jungfer bezeichnete, was allerdings nicht an ihrem Aussehen oder an ihrem Charakter lag. Cora war hübsch, freundlich und darüber hinaus gebildet. Mit ihren fünfunddreißig Jahren hätte sie längst Mutter sein sollen, was sie sich als junges Mädchen immer ausgemalt hatte. Doch eine Wendung des Schicksals hatte ihre Pläne zunichte gemacht.

Cora wehrte sich nicht dagegen, daß die alten Erinnerungen wieder in ihr hochstiegen. Und obwohl die Tränen ihr weiterhin über das Gesicht strömten, stellte ein Teil von ihr verwundert fest, daß es nicht mehr ganz so weh tat. Vielleicht, dachte Cora, war das, was sie vorhatten, doch richtig. Vielleicht würde es sie tatsächlich alle retten. Sie – die drei Geschwister – und Ma.

Lange hatten sie die Worte ihrer Mutter nicht ernst genommen, sie als sinnloses Gebrabbel einer Frau abgestempelt, deren geistiger Verfall unaufhörlich voranschritt.

«Ich habe etwas für sie», hatte ihre Ma immer gemurmelt. «Sie muß begreifen, wie hoch der Preis ist. Ich will diesen Blick in ihren Augen sehen. Findet sie und bringt sie zu mir. Nur dann werden wir beide Frieden finden, sie und ich ... Und wenn unser Schöpfer mich dann zu sich ruft, könnt ihr mich begraben, wie ihr es euch wünscht.»

Sie ahnten, wovon Ma sprach, obwohl sie es voreinander niemals zugegeben hätten. Aber es war soviel einfacher, diese beunruhigende Ahnung zu verdrängen. Schließlich führten sie alle ihr eigenes Leben: Kweku, der Älteste, hatte es mittlerweile zum leitenden Angestellten gebracht und war glücklicher Familienvater, Cora führte Mas Laden und unterrichtete nebenbei noch an einer Privatschule, und Randa, die es kaum erwarten konnte, Dams Frau zu werden, hatte gerade ihr Studium begonnen.

Doch dann hatte Cora eines Nachts einen merkwürdigen Traum. Als dieser Traum sich zu wiederholen begann, begriff Cora, daß sie Mas Bitte nicht länger ignorieren konnten. Von den drei Geschwistern hatte Cora für das, was geschehen war, den höchsten Preis gezahlt. Randa hatte Dam, Kweku hatte Elsie und die Kinder, aber Cora hatte niemanden außer Ma, bei der sie immer noch im Haus lebte. Es war nur naheliegend, daß Mas Geist gerade Cora ausgewählt hatte, um sich mitzuteilen. Und nun, da er sich so unmißverständlich gezeigt hatte, mußten sie handeln.

Tatsächlich war es ein Kinderspiel gewesen, sie zu finden. Jetzt fehlte nur noch der Blick, den Ma in ihren Augen sehen wollte.

Von der Rückbank musterte Randa ihre Schwester mit dem kühl-sezierenden Blick einer Wissenschaftlerin. Ihr Gesicht war vollkommen trocken – Randa hatte sich einen gewissen Ruhm dadurch erworben, niemals zu weinen. Es hieß, Dam habe einmal zugegeben, an Randa besonders ihre Gefühlskälte zu schätzen. Angeblich half sie ihm, sich selbst besser am Riemen zu reißen. Elsie hingegen war Randas Unfähigkeit, Gefühle zu zeigen, immer suspekt gewesen. «Es ist, als hätte sie ihre Gefühle eines Tages in einen Tresor gesperrt, dreimal abgeschlossen und den Schlüssel irgendwo ins Meer geworfen ...»

Cora hatte sich inzwischen ein wenig beruhigt, doch als sie einen Blick in den Rückspiegel warf und Randas versteinertes Gesicht erblickte, schossen ihr erneut Tränen in die Augen. Cora brach fast das Herz, wenn sie daran dachte, daß ihre Schwester Lachen und Weinen wohl für immer verlernt hatte. Kein Kind hatte es verdient, das zu erleben, was Randa als kleines Mädchen durchgemacht hatte. Noch bevor Randa in der Lage gewesen war, die Spielregeln des Lebens zu begreifen, hatte sie schon verloren ...

«Kannst du sie sehen?» riß Randas Stimme sie aus ihren Gedanken.

Angespannt richtete Cora sich im Sitz auf und erkannte die vier schemenhaften Gestalten, die sich in der Dunkelheit abzeichneten. Die Männer kletterten den Hügel hinauf, an dessen Fuß der Lieferwagen geparkt war. Der Anführer der Gruppe war ein älterer Farmer, der eine Maisfarm in der Nähe besaß. Es war nun das zweite Mal, daß er bei tiefster Nacht eine Gruppe den Hügel hinaufführte, und er wünschte sich inständig, daß es auch das letzte Mal sein würde. Direkt hinter dem Farmer lief Kweku, dicht gefolgt von einem jungen Reporter. Den Abschluß bildete der Sohn des Farmers, ein Automechaniker, der jedoch auch als Bodybuilder durchgegangen wäre. Über ihn war der Kontakt zum alten Farmer zustandegekommen, er hatte seinen Vater überredet, den drei Geschwistern zu helfen. Dem alten Farmer war ihre Geschichte so nahegegangen, daß er beschloß, alle Bedenken über Bord zu werfen. Er bat die Geschwister, sein Honorar darauf zu verwenden, die Öffentlichkeit von den Geschehnissen auf dem Hügel zu unterrichten. Und so stieß Beam zu der Gruppe. Der Farmer hatte Beam zwar eingeschärft, daß er sich in der entscheidenden Nacht ganz auf seine Beobachtungsgabe und seine Erinnerung beschränken mußte, um die Gruppe nicht in Gefahr zu bringen, aber natürlich hatte der Reporter dennoch ein Handy und einen kleinen Fotoapparat mitgebracht. Kopfschüttelnd betrachtete der alte Farmer die Geräte.

Beams kapriziöses Verhalten ging dem Farmer gehörig gegen den Strich. Beam hatte die Regeln mißachtet. Und wenn er seinen

Job nicht ohne Handy und Kamera erledigen konnte, hätte er sich gar nicht erst der Gruppe anschließen sollen. Er stellte Beam also vor die Wahl, entweder die Geräte zurückzulassen oder dazubleiben.

Beams wortreiche Versuche, den alten Mann von der Unbedenklichkeit der Geräte zu überzeugen, wurden mit einem Schweigen pariert, das mehr sagte als tausend Worte. Beam gab auf, lief zum Lieferwagen zurück und gab die Geräte Cora. Dann brachen sie auf, ausgerüstet, wie es der Farmer angeordnet hatte. Sein Sohn hatte eine Drahtschere und eine Haarnadel eingesteckt, und in Kwekus Hosentasche steckte eine winzige Taschenlampe. Zwar beschien der Mond das Gelände, aber der Farmer wußte, daß sie die Taschenlampe noch benötigen würden. Der alte Farmer kannte die Gegend wie seine Westentasche. Das Landstück war seit Generationen im Besitz seiner Familie. Schon als junger Bursche hatte er hier auf der Farm gearbeitet und sie schließlich von seinem Vater übernommen, nachdem er geheiratet hatte. Als er selbst Vater wurde, wünschte er sich mehr als alles andere, daß wenigstens einer seiner drei Söhne den Verlockungen der Großstadt widerstehen und dortbleiben würde. Daß wenigstens einer die Farm übernehmen würde, wenn er eines Tages zu alt für die Arbeit war. Zwei zogen in die Stadt. Einer blieb im Nachbarort – der Automechaniker, der dort eine große Werkstatt aufmachte. Dem alten Farmer brach es fast das Herz. Nun, wo sie den Hügel hinaufliefen, bohrte der Schmerz immer noch in ihm.

Schweigend schritten die Männer bergauf, immer noch angeführt vom Farmer, der das Tempo vorgab. Plötzlich hielt der Farmer abrupt an und ließ sich von Kweku die Taschenlampe reichen. Er wußte genau, wonach er suchte und wo er zu suchen hatte: Im Lichtkegel der Taschenlampe wurde ein Maschendrahtzaun sichtbar. Sein Sohn verstand ihn auch ohne Worte. Mit der Schere schnitt er den Draht durch, wie sein Vater ihn anwies, so daß ein etwa zwei Quadratmeter großer Durchschlupf entstand. Wortlos kroch der Farmer als erster durch das Loch, dann, auf ein Zeichen des Sohnes hin, Kweku, danach Beam und schließlich der Sohn des Farmers selbst. Auf der anderen Seite des Zaunes nahmen sie wieder die gewohnte Reihenfolge ein und liefen langsam weiter. Nach etwa hundert Metern schälte sich eine ärmliche Ansammlung von Hütten aus der Dunkelheit. Es war totenstill. Der alte Mann hielt sich links, und bald sahen sie drei gemauerte Hütten mit Strohdächern. Davor wurden die Umrisse eines Schildes sichtbar. Als der Farmer es mit einer Taschenlampe anleuchtete, verkündete eine rote Schrift auf weißem Grund: «W.C.S. Prayer Camp». Darunter stand ein kurzer Text, in dem die Abkürzung vermutlich aufgelöst wurde. Die Zeit drängte jedoch zu sehr, um sich hier länger aufzuhalten. Beam fluchte lautlos. Das wäre ein verdammt gutes Bild gewesen, dachte er.

Der Farmer führte die Gruppe zu einer der drei Hütten. Vor der Eingangstür hielt er an. Wie er wußte, war die Tür immer zugezogen, aber nie abgeschlossen. Er gab seinem Sohn ein Zeichen, der zur Tür ging und den Knauf sachte drehte. Ohne ein Geräusch sprang die Tür auf. Vater und Sohn tauschten einen raschen, komplizenhaften Blick, bevor der Sohn eintrat. Beam fühlte sich ohnmächtig ohne seine Kamera. Mit Fotos wäre die Story tausendmal effektvoller gewesen. Der Wagen, die Farm, der Hügel, der Maschendrahtzaun (erst ohne und dann mit Loch), das Schild, die Ziegelhütte, die Tür (erst verschlossen und dann offen) ... Einfach alles. Die Story wäre sensationell gewesen und hätte ihm wahrscheinlich einen Preis eingebracht. Das wäre seine Chance gewesen ...

Mißmutig folgte er Kweku und dem Farmerssohn in die Hütte; der alte Farmer hielt draußen Wache. Leise bewegten sich die drei Männer durch die Dunkelheit. Plötzlich bedeutete der Farmerssohn den anderen, anzuhalten. Er wies auf den Boden. Kweku sah nach unten. Blitzartig schoß ihm durch den Kopf, wie alles angefangen hatte ...

Es war während einer ihrer zahlreichen Besuche am Haupttor des Camps gewesen. Damals hatten sie geglaubt, sie könnten ihr Anliegen auf legalem Wege durchsetzen. Dann war diese winzige alte Frau auf sie zugekommen, die sie offenbar schon eine ganze Weile beobachtet hatte. Sie fragte sie, was sie wollten, und erfuhr von ihrer Verzweiflung. Sie versicherte ihnen, niemand aus der Gegend würde einen Verwandten ins Camp schicken, nicht einmal, wenn ihm dafür Geld geboten würde. Schließlich wußte jeder, was auf dem Hügel vor sich ging. Sie machte ihnen unmißverständlich klar, daß sie ihr Ziel nicht mit konventionellen Methoden erreichen würden. Schon oft hatte sie ähnlich verzweifelte Söhne und Töchter beobachtet, die den Fehler begangen hatten, ihre Mütter, Großmütter oder Tanten dorthin zu bringen. Es gab nur zwei Möglichkeiten: warten, bis die Campleitung Zutritt gewährte, oder die Dinge selbst in die Hand nehmen. Kweku und Cora erklärten der alten Frau, daß die Zeit ihnen davonlief. Sie konnten es sich nicht leisten, auf eine Entscheidung zu warten. Schließlich erzählte die Frau ihnen vom Farmer und seinem Sohn.

Kweku hatte geglaubt zu wissen, was ihn im Camp erwarten würde. Dennoch war der Schock enorm. Auf dem Boden lag eine Gestalt. Sie war blaß und lag schlafend, grotesk verkrümmt auf einer Matte. Kweku leuchtete ihr mit der Taschenlampe ins Gesicht. Es war eine Frau um die Sechzig, fast zum Skelett abgemagert, völlig kahlgeschoren. Sie war mit Handschellen gefesselt, an denen eine dicke Eisenkette befestigt war. Kwekus Blick folgte der Kette – sie endete an einem riesigen, fest eingemauerten Wandhaken. Daneben waren weitere Wandhaken. Kein Wunder, daß die Eingangstüren nicht verschlossen waren, das war einfach nicht nötig.

Die alte Frau auf dem Boden stank bestialisch nach Urin. Kweku spürte sein Blut in den Adern pochen. Der Farmerssohn warf ihm einen fragenden Blick zu, den Kweku mit einem kurzen Kopfschütteln beantwortete. Auf Zehenspitzen gingen sie zur nächsten Gestalt, ebenso kahl, ebenso verkrümmt auf einer Matte liegend. Wieder schüttelte Kweku den Kopf. Sie schlichen zur nächsten Gestalt, wieder zur nächsten ... Es waren allesamt Frauen, alle alt und kahl, alle ausgezehrt und gefesselt, und alle stanken nach Urin.

Eine weitere lag in zusammengekrümmt wie ein Fötus, als ob sie sich unbewußt nach der Wärme und Sicherheit des Mutterleibs sehnte. Kweku wurde schwindelig. Der Farmerssohn verstand, ohne daß Kweku etwas sagen mußte. Mitfühlend legte er Kweku die Hand auf die Schulter. Kweku kämpfte gegen seine Übelkeit an und kniete neben der Frau nieder. Der Gestank betäubte ihn fast. Der Farmerssohn ging ebenfalls in die Hocke und bedeutete Kweku, mit der Taschenlampe nach dem Schloß der Handschellen zu leuchten. Kweku konnte nur mit Mühe den Reflex unterdrücken, die Taschenlampe fallen zu lassen und die schwache Gestalt in seine Arme zu reißen.

Geschickt öffnete der Farmerssohn das Schloß mit der Haarnadel. Ein leises Klicken ertönte. Eine Frau drehte sich im Schlaf um, eine Kette klirrte. Dann war wieder alles still. Im Halbdunkel lächelte der Farmerssohn Kweku zu. Mission erfüllt. Vorsichtig löste er die Handschellen von den Gelenken der Frau. Urplötzlich öffnete diese die Augen. Die beiden Männer tauschten einen nervösen Blick aus. Was war, wenn sie Kweku nicht erkannte und um Hilfe schrie? Aber das tat sie nicht. Mit leerem Blick starrte sie in die Gesichter der Männer. Kweku streckte eine Hand aus, um sie zu berühren. Sie reagierte nicht. Ihre Haut, bemerkte Kweku, war papierdünn geworden. Plötzlich spürte er, daß er weinte. Der Farmerssohn gab ihm durch einen Blick zu verstehen, daß er sich zusammenreißen und die Gestalt hochheben sollte. Kweku gehorchte, während ihm immer noch Tränen über das Gesicht liefen. Sie war leicht wie ein Kleinkind. Die Männer liefen auf die Tür zu und machten sich nicht länger die Mühe, leise zu sein. Beam versuchte, so gut es ging, jedes Detail in der Hütte in seine Erinnerung zu brennen. Seine Augen tränten.

Die vier Männer machten sich auf den Rückweg. Am Drahtzaun half der Farmer Kweku, die Gestalt durch das Loch zu transportieren. Ansonsten ließ Kweku sie keine Sekunde los, als ob er fürchtete, daß jeder Zentimeter Distanz zwischen ihnen sie für immer verschwinden ließe.

Die Männer marschierten wortlos, bis es plötzlich aus Beam herausbrach: «Ich brauche ein paar Antworten, Kumpel. Gute Antworten. Darf ich meine Fragen jetzt stellen?»

Niemand antwortete, was Beam nicht abschreckte. «Wofür steht W.C.S.?»

«Whip to conquer Satan», sagte der Farmerssohn ausdruckslos.

«Was?» keuchte Beam. «Sie peitschen diese alten Frauen aus?»

«Das ist ihre Waffe gegen Satan», erwiderte der Farmerssohn.

«Kweku, du hast mir nicht erzählt, daß deine Mutter für eine Hexe gehalten wird. Hast du nicht gesagt, sie wäre psychisch gestört?»

Kweku konnte nicht antworten. Stattdessen sagte der Farmerssohn: «Kannst du dir nicht vorstellen, wie das ist? Alles eine Frage der Perspektive – und deren Perspektive ...»

«Der Propheten und Prophetinnen?»

«Wie immer sie sich auch bezeichnen. Jedenfalls setzen sie Geisteskrankheit mit Besessenheit gleich.»

«Du meinst ... sie glauben, daß man deshalb psychisch krank wird, weil man von einem bösen Geist besessen ist?»

«Genau.»

«Klingt ziemlich nach Steinzeit, oder nicht?» Beam schnaubte. «Da haben sie den Leuten Löcher in Schädel gebohrt, um die bösen Geister aus ihrem Kopf zu vertreiben.»

«Tja. So nah sind wir der Steinzeit im 21. Jahrhundert.»

Die lakonische Antwort minderte Beams Empörung kaum. «Ich kapiere das einfach nicht. Wenn das ein Gebetscamp ist, warum beten sie dann nicht einfach für die Kranken?»

«Oh, das tun sie. Sie versuchen zunächst immer, den bösen Geist auszutreiben, indem sie Gebete und Verse aufsagen. Sie gehen ungefähr so vor wie Polizisten, die einen Kidnapper beschwören, den Aufenthaltsort seiner Geiseln zu verraten und aufzugeben. Wenn das nicht funktioniert, greifen die Polizisten zu härteren Methoden. Das Gebäude wird gestürmt ...»

«Und die Propheten holen die Peitsche.»

«Genau.»

Beam runzelte die Stirn. Nach einer Weile murmelte er: «Das macht keinen Sinn.»

«Für sie schon», erwiderte der Farmerssohn. «Für sie hat der böse Geist im Körper des Kranken eine Behausung gefunden. Er hat sich diese Behausung gewählt, weil sie für ihn angenehm ist. Die Idee hinter der Auspeitschung ist, daß diese angenehme Behausung für den Geist ein bißchen weniger heimelig gemacht wird.»

«Frei nach dem Motto: Wer nicht hören will, muß fühlen?»

«So könnte man es sagen.»

Kweku hatte die ganze Zeit über kein Wort gesagt. Er war viel zu beschäftigt damit, seine Mutter zu tragen, die er in den Armen hielt wie ein rohes Ei.

Beam hingegen hatte sich langsam warmgeredet. «Aber wenn doch jeder weiß, was da drinnen vor sich geht», fuhr er fort, «dann frage ich mich doch, warum überhaupt jemand seine Verwandten dorthin bringt. Am Tor steht doch wohl auch ein Schild, oder? Und ‹Whip to conquer Satan› läßt ja keine Fragen offen.»

Zum ersten Mal mischte sich der alte Farmer in das Gespräch ein. «Die Leute von W.C.S. sind Meister der Manipulation. Manche von denen lauern Angehörigen in der psychiatrischen Anstalt auf. Sie lassen sich alles mögliche einfallen, um die Verwandten davon zu überzeugen, daß sie nur Zeit und Geld verschwenden. Und natürlich empfehlen sie das Camp.»

«Na gut», nickte Beam ungeduldig. «Aber dann kommt der Angehörige am Tor vorbei, liest das Schild, auf dem steht, daß Satan hier durch Peitschenhiebe bekämpft wird – und dann müßte es doch klick machen?»

«Es müßte», erwiderte der Farmer ruhig. «Aber da gibt es ein Problem. Nur die Schilder im Inneren des Camps sind mit «Whip to conquer satan» beschriftet. Die Abkürzung «W.C.S» ist zwar auch auf den Schildern außerhalb. Doch darunter steht dann «We conquer Satan».

Beam starrte ihn verblüfft an. «Sie haben draußen und drinnen verschiedene Schilder?»

«So ist es.»

«Aber was ist mit den Verwandten, die zu Besuch kommen? Die können die Schilder doch sehen?»

«Nein. Sobald ein Patient ins Camp aufgenommen wird, darf er keinen Besuch mehr empfangen, bis der böse Geist ausgetrieben wurde. Und wann das soweit ist, bestimmt die Leitung. Fall es überhaupt irgendwann soweit ist.»

«Kweku, heißt das, du hast deine Mutter nie da drin besucht?»

«Nein, niemals», flüsterte Kweku.

«Den Verwandten wird gesagt, ihre Anwesenheit würde den Prozeß des Exorzismus stören. Das Essen und Geld, das die Angehörigen mitgebracht haben, wird an der Rezeption angenommen und angeblich an die Patienten weitergeleitet. Natürlich bekommt der Patient nichts davon. Vor allem nicht das Geld. Ach ja, natürlich müssen die Angehörigen während der Behandlung eine monatliche Gebühr zahlen.»

«Und wenn sie sich weigern?»

«Im allgemeinen zahlen sie – wenn sie dazu in der Lage sind. Viele sind einfach nur dankbar, daß sie ihre geisteskranken Angehörigen irgendwo wegsperren können. Na ja, wenn die Angehörigen zu arm sind, um als Goldesel zu dienen, werden die Patienten irgendwann als unheilbar eingestuft und vor die Tür gesetzt. In einem Fall wurde behauptet, der böse Geist, von dem die Person besessen war, sei so stark, daß er sich auf andere Patienten ausbreiten könne, die mit harmloseren Geistern geschlagen waren.»

Beam bohrte weiter. «Was passiert, wenn ein Angehöriger seinen Verwandten rausholen will? So wie Kweku und seine Schwestern.»

«Das wird überhaupt nicht gern gesehen. Vor allem wenn die Angehörigen reich sind und regelmäßig zahlen. Die übliche Ausrede ist dann, daß eine Entlassung – also eine vorzeitige Entlassung – ein Eingriff in Gottes Willen und somit Sünde sei.»

Mittlerweile war der Lieferwagen wieder in Sichtweite gekommen. Der Farmer sprach zu seinem Sohn: «Lauf vor und sorg dafür, daß die Hecktür offen ist. Wir müssen uns beeilen. Möglicherweise haben die Wachen im Camp unseren Einbruch schon bemerkt.»

Der Farmerssohn machte sich auf den Weg und wies Cora an, den Zündschlüssel umzudrehen. Bevor Beam einsteigen konnte, hielt der alte Farmer ihn am Arm fest. «Du schreibst nur über das Camp und seine Hintergründe. Nichts über heute nacht. Nichts über meinen Sohn und mich.»

Der Journalist nickte gehorsam.

Randa und der Farmerssohn halfen Kweku dabei, seine ausgezehrte Mutter auf die Matratze im Wagen zu legen. Randa deckte sie zu, während Kweku sich vom alten Farmer und seinem Sohn verabschiedete. Zusammen mit Randa kletterte er in den hinteren Teil des Gefährts, während Beam sich nach vorne zu Cora setzte. Nachdem alle saßen, gab Cora Gas, und der Wagen rollte die staubige Straße entlang. Niemand sprach ein Wort, bis sie die Hauptstraße erreichten. Auf einmal öffnete die alte Frau ihre Augen. Sie musterte die Gesichter um sie herum, dann schloß sie die Augen wieder, und auf ihrem Gesicht breitete sich ein schwaches Lächeln aus. «Wir sind alle hier, Ma. Alle drei», flüsterte Kweku.

Bald darauf überkam der Schlaf sie wieder – sicherlich der angenehmste Schlaf seit Monaten. Nur ihre tiefen Atemzüge und das Kratzen von Beams Stift, der sich fieberhaft Notizen machte, füllten die Stille im Van. Plötzlich hielt Beam inne. «Ich verstehe es immer noch nicht», sagte er leise zu Kweku. «Das paßt doch nicht zusammen. Du und deine Geschwister, ihr seid doch keine schlechten Menschen. Ihr macht einen vernünftigen und aufrichtigen Eindruck auf mich. Haben deine Schwestern die Idee mit dem Camp gehabt? Wir wissen ja alle, daß Frauen für so einen Propheten-Hokuspokus anfälliger sind. War es so?

Wenn Beam gehofft hatte, daß die Schwestern sich verteidigen würden, sollte er enttäuscht werden. Randas Miene blieb ausdruckslos, und Cora murmelte nur: «Wir drei waren sehr verzweifelt. Das ist alles.»

Beam beobachtete Randa aus den Augenwinkeln. Als einzige im Wagen hatte sie noch kein Wort gesagt. In ihrer Selbstsicherheit strömte sie etwas Geheimnisvolles, aber auch Unheimliches aus. Beam konnte sich lebhaft vorstellen, daß es nicht angenehm war, dieser Frau in die Quere zu kommen. Hinter ihrem hübschen Gesicht erahnte er einen eiskalt operierenden Verstand. Den Verstand einer Strategin, dachte er. Seine nächste Frage richtete er direkt an sie, obwohl er wußte, daß er kaum mit einer Antwort rechnen konnte.

«Warum habt ihr sie nicht in die psychiatrische Anstalt gebracht?»

Wie Beam erwartet hatte, war es Kweku, der erwiderte: «Das haben wir getan. Sie haben sich dort gut um sie gekümmert, aber dann gab es Komplikationen. Wir mußten sie nach Hause holen. Zum Glück wirkten ihre Medikamente sehr gut. Cora und Randa haben dafür gesorgt, daß sie ihre Pillen regelmäßig einnahm ...»

«Und dann?»

«Sie wurde krank. Sehr krank. Wir dachten, es ginge zu Ende. Wir bereiteten uns auf das Schlimmste vor.»

«Auf ihre Beerdigung?»

«Ja. Aber dann fingen Coras Träume an.» Er nickte seiner Schwester zu. «Es war ein immer wiederkehrender, sehr lebhafter Traum: Wir hatten Ma begraben, aber ihr Geist war noch da ... er trauerte. Wegen dem, was wir getan hatten.»

Beam runzelte die Stirn. Er verstand überhaupt nicht, worauf Kweku hinauswollte.

«In Coras Traum hatten wir für ein würdiges Begräbnis gesorgt. Ein Begräbnis mit Blumen», fuhr Kweku eindringlich fort.

«Und?» Beam starrte ihn verwirrt an.

«Ein Begräbnis mit Blumen», wiederholte Kweku. «Blumen an ihrem Sterbebett, Blumen in der Kirche, Gestecke auf ihrem Grab.»

Beam wußte nicht, ob er lachen oder weinen sollte. «In Ordnung. Blumen. Aber was willst du mir damit sagen? Das ist doch nichts Besonderes. Blumen gehören einfach zu Begräbnissen.»

«Ja, eben», stieß Kweku gequält aus. «Verstehst du nun, warum – um dich zu zitieren – drei vernünftige und aufrichtige Menschen so verzweifelt sein konnten, daß sie ihre Mutter in dieses Gebetscamp brachten?» Er blinzelte heftig. «Ganz gleich, ob eine einzelne weiße Rose oder ein ganzer Strauß, ein Beet Bougainvilleas ... ein Sonnenblumenfeld oder Veilchen, was auch immer ... meine Mutter sieht sie und bekommt einen Anfall.»

Beam schluckte. «Ihre Anfälle werden durch Blumen ausgelöst?»

Kweku tat eine Weile, als hätte er Beam nicht gehört. Schließlich sagte er aber leise: «So können vernünftige, rationale Menschen dazu getrieben werden, etwas komplett Irrationales zu tun.»

«Vielleicht ist auch niemand nur vernünftig», warf Cora ein. «Vielleicht hat jeder von uns etwas Irrationales in sich.»

«Die Schwester meiner Frau hat uns zum Camp geraten», erklärte Kweku. «Aber es ist nicht ihre Schuld. Als wir Ma dorthin gebracht haben, glaubten wir fest an ein Wunder. Es gab so viele Leute, die von Heilungen erzählt haben. Wir dachten, wir hätten nichts zu verlieren, schlimmstenfalls würden wir sie eben zurückholen. Wir waren alle von der Entscheidung überzeugt ... Vielleicht hat die Verzweiflung uns blind gemacht. Vielleicht hatten wir auch einfach Angst davor, Fragen zu stellen, von denen wir ahnten, daß die Antworten uns nicht gefallen würden. Ja, vielleicht hatten wir Angst vor Antworten, die uns davon abhalten würden, Ma dorthin zu bringen. Wir waren mit unserer Weisheit am Ende, und mit unseren Nerven sowieso. Wir hatten einfach keine Wahl. Wie sollten wir sie denn ohne Blumen begraben? Andererseits konnten wir Coras Traum auch nicht ignorieren. Hätten wir ihn einfach abgetan, hätten wir diese Bürde für den Rest unseres Lebens tragen müssen. Wir hätten damit leben müssen, ihren Geist beleidigt zu haben, und wir hätten nie gewußt, ob sie zur ewigen Ruhe gekommen wäre.»

«Aha», sagte Beam verstört. «Das heißt, an diesem Begräbnis mit Blumen war euch so sehr gelegen, daß ihr eure Mutter in das Camp gebracht habt?»

Die Antwort kam wie aus der Pistole geschossen – und zwar von Randa, wie Beam verblüfft bemerkte. «Du vereinfachst die Sache», schnappte sie. «Uns war sehr an der Heilung unserer Ma gelegen. Das ist alles.»

«Selbstverständlich ... selbstverständlich», stotterte Beam. Randa machte keine Anstalten, von ihm abzulassen. «Ist dir bewußt, daß unzählige hochintelligente Menschen in psychiatrischen Einrichtungen landen? Oder anders gefragt: ist dir bewußt, wie viele Genies in bestimmten Phasen ihres Lebens in die Psychiatrie eingewiesen wurden?»

Beam starrte Randa an und nickte. Etwas an dieser attraktiven jungen Frau bereitete ihm Gänsehaut.

«Wenn ein Anfall ausgelöst wird,» fuhr Randa fort, «und die kranke Person auf dem Höhepunkt ihrer Verwirrung in ganz vernünftigen Worten erklärt, wie sie von diesen Anfällen befreit werden könnte ...»

«Randa ...», zischte Cora.

Randa hielt augenblicklich inne, mit dem Gesichtsausdruck eines Kindes, dem schlagartig bewußt wurde, daß es zuviel ausgeplaudert hatte.

Beam war Profi genug, um zu wissen, wann Weiterbohren sinnlos war. In die so entstandene Stille hinein sagte Kweku: «Du wolltest über das Camp und die Machenschaften der Propheten schreiben, Kumpel. Ich denke, du solltest nun genug Material haben.»

Beam sah das anders. Enthüllungsstories gewannen ihre Würze erst durch Einzelschicksale. Außerdem hatte er keine Fotos, und seine Informationen waren unvollständig und kaum abgesichert. Sein Instinkt sagte ihm, daß er noch nicht zum Kern der Geschichte vorgedrungen war. Und seiner Spürnase konnte er vertrauen. Noch eine letzte Frage, sagte er sich.

«Randa, ich habe gehört, daß dieser Wagen deinem Freund gehört.»

Randa war ganz offenkundig überrascht darüber, daß Beam sich für den Besitzer interessierte. Tatsächlich verfolge Beam einen Plan, der noch diffus war, aber langsam klarere Gestalt annahm.

«Stimmt», bestätigte sie knapp. «Er gehört Dam.»

«Dam?»

«Ja. Die Abkürzung von Damian.»

«Hat er ein Transportunternehmen?»

«Nein. Er arbeitet bei seinem Vater. Er hilft ihm in seinem Geschäft.»

«Und wo ist das?»

«Bei ihnen im Haus.»

«Da bist du sicher oft, oder?»

Randa fühlte sich spürbar in die Enge gedrängt. «Was sollen diese Fragen? Was hat Dam mit dem Camp zu tun?»

Beam lächelte. «Dieser Wagen – sein Wagen – hat in dieser Rettungsaktion eine sehr wichtige Rolle gespielt. Findest du nicht, daß Dam es verdient hat, in der Story erwähnt zu werden? Ohne ihn hätte alles scheitern können. Stell dir vor, ihr hättet erst einen passenden Transporter suchen müssen. Man weiht Leute ein, die Sache spricht sich herum ... das hätte den ganzen Plan gefährdet.»

Beams Worte hatten irgendeine Saite in Randa zum Klingen gebracht. «Ich war noch nie bei ihm», sagte sie schließlich.

Beam sah sie erstaunt an.

«Wir sind sehr verliebt, aber zur Zeit bin ich bei seiner Familie nicht willkommen», erklärte Randa schnell. «Dam ist von seinem Vater abhängig, und der möchte ihn mit der Tochter eines Geschäftspartners zusammenbringen. Er wäre nicht gerade erfreut über unsere Beziehung. Dam hofft, daß er bald sein eigenes Geschäft aufmachen kann. Wenn er erst einmal unabhängig ist, wird er mich mit nach Hause nehmen und auf die Konsequenzen pfeifen.»

Beam nickte. Er hatte genug gehört.

Den Rest der Fahrt verbrachten sie schweigend.

KAPITEL 1

Eigentlich deutete nichts darauf hin, daß sie absichtlich in ihn hineingelaufen war. Idan kannte sie nicht, er hatte sie auch nie in der Nähe seines Büros gesehen. Aber irgendein unbestimmtes Gefühl sagte ihm, daß sie das Mißgeschick nur inszeniert hatte.

Noch bevor er Atem holen konnte, überschüttete sie ihn schon mit Entschuldigungen. «Oh Gott, Sir. Es tut mir so leid.» Der vom Zusammenstoß und von dem folgenden Wortschwall benebelte Idan brachte kein Wort heraus. Er betrachtete sie ratlos. Sein erster Gedanke war gewesen, daß sie nicht mehr alle Tassen im Schrank hatte, doch ihre flüssige, wortgewandte Ausdruckweise stand in scharfem Kontrast zu ihrem Erscheinungsbild.

«Ich habe einfach nicht aufgepaßt, Sir», erklärte sie, Idans Schweigen scheinbar als Vorwurf deutend. «Ich hatte so viele Dinge im Kopf. Normalerweise stoße ich nicht mit Leuten zusammen, ich bin immer sehr vorsichtig. Aber ich sollte nicht so viel über mich reden. Ich möchte nicht aufdringlich wirken. Entschuldigen Sie bitte, Sir.»

Idan dachte, daß ihm noch nie im Leben ein Fall wahnhaften Entschuldigens untergekommen war. Irgendwann war eben immer das erste Mal. Er mußte unwillkürlich lachen.

Die junge Frau sah ihn stirnrunzelnd an.

«Ich hätte doch auch aufpassen müssen», sagte Idan rasch. Eigentlich gebot es die Höflichkeit, sie zu fragen, was sie suchte oder ob sie sich verlaufen hatte. Allerdings war offensichtlich, daß ihr jeder Vorwand recht sein würde, um ihn in ein Gespräch zu verstricken. Und das letzte, wonach ihm der Sinn stand, war ein Plausch mit dieser zutiefst merkwürdigen Frau.

«Es ist schon gut», sagte er knapp. «So etwas passiert jedem mal.» Gerade wollte er weiterlaufen, als ihre rechte Hand vorschoß wie eine Schlangenzunge. Sie lächelte nervös und nannte ihren Namen. Idan verstand ihn nicht, hielt es aber nicht für nötig nachzufragen. Er legte nicht den geringsten Wert darauf, sie näher kennenzulernen. Aus Höflichkeit verriet er jedoch auch seinen Namen – und sollte es umgehend bereuen. Denn sein Gegenüber fühlte sich sichtlich ermuntert, mehr von sich preiszugeben, und verriet mit kokettem Blick, daß sie Schauspielerin sei.

«Klar bist du Schauspielerin», dachte Idan. Er kannte sich gut aus, was ghanaische Filme und Fernsehproduktionen anging. Und er war sich ziemlich sicher, weder im Kino noch auf irgendeinem sonstigen Bildschirm jemals das Gesicht dieser Frau gesehen zu haben. Ganz sicher würde er ihr seinen Beruf nicht verraten. Er wollte nur noch von ihr wegkommen.

«Ich muß dann mal los, Madam», sagte er brüsk und eilte so energisch davon, daß es ihr scheinbar die Sprache verschlug. Zurück in seinem Büro ließ er das kleine Theaterstück samt Hauptdarstellerin noch einmal Revue passieren. Dabei fiel ihm auf, daß er sich eigentlich nur noch an ihren angeblichen Beruf und ihre gigantische blonde Perücke erinnern konnte, die wesentlich zu ihrer merkwürdigen Erscheinung beitrug. Es war merkwürdig. Ihre Gesichtszüge waren ihm nur noch vage im Gedächtnis, aber man hätte sie wohl als hübsch bezeichnen können. Sie hatte diese abstoßende, lächerliche Perücke nicht nötig. «Seltsam», dachte er noch, bevor er sich wieder seiner Arbeit zuwandte. Eine Weile versuchte er vergeblich, sich zu konzentrieren. Aber die Erinnerung an den Streit, den er und seine Frau an diesem Morgen gehabt hatten, ließ ihn nicht zur Ruhe kommen. Es war um ihre Kinderlosigkeit gegangen, und um seinen Widerwillen, sein Sperma testen und sich gegebenenfalls behandeln zu lassen. Seine Frau hatte alles auf den männlichen Stolz geschoben. Die Erklärung war nicht ganz abwegig, aber es gab noch einen anderen Grund für seine Abwehrhaltung. Da war nämlich noch seine Mutter. Er würde nie ihren Blick vergessen, als er das Thema einmal angesprochen hatte. Er sprach Bände, dieser Blick, der immer wiederkehrte, wenn es um Kinder oder Kinderlosigkeit ging. In ihm las er die Angst davor, die Mutter eines unvollkommenen Mannes zu sein – eines Mannes, dessen Zeugungsfähigkeit in Frage gestellt war, einer Schande für die Menschheit und einer Verhöhnung des Mutterleibes, in dem er neun Monate lang herangewachsen war.

Und seine Frau hatte alles noch schlimmer gemacht. Ohne ihn um seine Meinung zu fragen, hatte sie seine Mutter um Unterstützung gebeten. Im blinden Glauben an weibliche Solidarität war sie sicher, daß sie ihr helfen würde, ihn zu den Untersuchungen zu überreden. Sisi erzählte ihr nicht, daß ihr Sohn bereits mit ihr gesprochen hatte. «Ich sagte ihr ... nein, ich habe sie gewarnt», erzählte Sisi ihm später, «die Angelegenheit überall herumzuerzählen. Weder Freunde noch Familie noch überhaupt jemand sollte wissen, daß mein großartiger Sohn unfähig ist, eine der wundervollsten Taten zu vollbringen, zu denen die Natur uns befähigt.»

Beklommen dachte Idan an die Worte seiner Mutter. Es machte ihn immer noch fassungslos, daß Aggie die Bindung zwischen Sisi und ihm derart unterschätzt hatte.

Er rutschte tiefer in seinen Sessel und dachte über die Ironie des Schicksals nach, daß jeder dahergelaufene Kerl mit jedem x-beliebigen Flittchen Kinder zeugen konnte, die sie dann weder durchfüttern konnten noch wollten. Den Teufel würde er tun ...

Plötzlich klingelte das Telefon und riß ihn aus seinen Gedanken. Er nahm den Hörer ab. «Ja?»

«Hallo», sagte eine Frauenstimme.

«Hallo, hier ist Idan.»

Schweigen.

«Darf ich wissen, mit wem ich das Vergnügen habe?»

Die Frauenstimme am anderen Ende der Leitung gurrte: «Heißt das etwa, du erkennst meine Stimme nicht? Hast du mich so schnell vergessen? Schon nach so kurzer Zeit bin ich Vergangenheit für dich?»

Idan wußte nicht, ob er seinen Ohren trauen konnte. «Sie?» keuchte er.

«Wer denn sonst?»

«Wie sind Sie an meine Nummer gekommen?»

Sie lachte.

«Warum rufen Sie mich an? Was wollen Sie?»

Ihr Lachen verstummte schlagartig. «Warum bist du so aufgebracht? Ich wollte dich kennenlernen, also habe ich mir die Mühe gemacht, dein Büro zu suchen und deine Nummer zu besorgen. Ist das so schlimm?»

Langsam dämmerte es Idan, daß es nur einen Weg gab, mit der blonden Afroperückenfrau fertigzuwerden. Er mußte ohne falsche Höflichkeit klare Verhältnisse schaffen. «Hören Sie, Madam», knurrte er. «Wir sind im Flur zusammengestoßen. Wir haben uns höflich entschuldigt und uns einen schönen Tag gewünscht, und das war es dann auch. Welchen Anlaß habe ich Ihnen gegeben, mein Büro und meine Nummer auszuspionieren? Lassen Sie mich in Ruhe. Verstanden? Einfach in Ruhe lassen.» Er knallte den Hörer auf. Schwitzend und mit klopfendem Herzen lehnte er sich zurück und versuchte sich zu erinnern, woran er vor dem Anruf dieser Irren gedacht hatte. Ach ja. Aggie und seine Mutter und das Theater um den Fruchtbarkeitstest. Auch kein angenehmes Thema. Er griff nach einer Akte auf seinem Schreibtisch und überflog sie. Keine Konzentration. Frustriert legte er die Akte auf den Stapel zurück. Zwei Frauen – mit einer war er verheiratet, die andere eine völlig Fremde. Die eine brachte sein Seelenleben in Unordnung und die andere ging ihm mächtig auf den Geist. Was hatte er verbrochen, daß Gott ihm mit diesen beiden Weibern den Tag verdarb?

«Driiinng ...»

Das konnte nur die blonde Afroperückenfrau sein. Zitternd vor Wut griff er nach dem Hörer. «Ja, bitte», blaffte er. Er hatte richtig gelegen. Er warf den Hörer auf die Gabel und wies die Empfangsdame an, keine Anrufe des letzten Anrufers mehr durchzustellen. Seine Gedanken kehrten zu seiner Frau zurück. Aggie hatte ihrer Familie bestimmt erzählt, daß er möglicherweise schuld war an ihrer Kinderlosigkeit. Der Verdacht hinterließ einen bitteren Geschmack in seinem Mund. Aggie war so ... so ...

«Driiinng ...» Diesmal konnte es unmöglich sie sein, er hatte der Empfangsdame ja klare Anweisungen gegeben. Er nahm ab.

«Sir.» Es war die Empfangsdame. Und sie klang, als hielte jemand einen geladenen Revolver an ihren Kopf. «Hier ist eine Dame, die Sie unbedingt sprechen möchte. Sie macht einen etwas merkwürdigen Eindruck, Sir. Und sie klingt wie die Dame, deren Anrufe Sie nicht mehr durchgestellt haben wollten, Sir.»

An Idans Stirn begann eine Ader zu pochen. «Trägt sie eine potthäßliche blonde Afroperücke?»

«Ja, Sir», winselte die Empfangsdame.

Idan war ratlos. Ihm war durchaus bekannt, daß es Frauen gab, die leitenden Angestellten gern ein wenig den Arbeitstag versüßten. Aber die traten eher diskret auf.

«Sagen Sie ihr, daß ich nicht bereit bin, sie zu empfangen.»

«Ja, Sir.»

«Bitten Sie sie höflich zu gehen.»

«Ja, Sir.»

«Und wenn sie Ärger macht, rufen Sie den Sicherheitsdienst.»

«Ja, Sir.»

Sie machte keinen Ärger. Nachdem sie hörte, daß Idan sie nicht sehen wollte, bedankte sie sich höflich bei der Empfangsdame und ging.

Kapitel 2

Maa Cherie, Besitzerin und Geschäftsführerin des «Maa Cherie Haarsalon», verglich Randa gern mit einem Betonklotz. Wie ihre ältere Schwester Cora war Randa eine treue Kundin des Salons, und auch sie war sehr hübsch. Aber – so fand Maa Cherie – sie war kantig, kalt und leblos, wie ein Betonklotz eben.

Maa Cherie schätzte Kundinnen wie Randa, die nie unrealistische Forderungen stellte. Viele kamen mit dünnen, brüchigen Haaren zu ihr, lehnten jede Pflegespülung ab, weil sie den Aufpreis nicht zahlen wollten, und verlangten dann von Maa Cherie, daß sie ihnen eine Frisur machte wie Oprah Winfrey. Schon die geringste Schwankung der Wassertemperatur oder ein Tröpfchen Shampoo im Auge entlockte diesen Frauen ein Jaulen, das einem das Blut in den Adern gefrieren ließ. Randa jammerte nie. Allerdings konnte sich Maa Cherie auch nicht erinnern, Randa jemals lächeln gesehen zu haben. Kein herzliches Lächeln und erst recht kein herzhaftes Lachen. Allenfalls zog Randa kaum sichtbar den linken Mundwinkel nach oben. Selbst ihr Freund Dam, der sie manchmal zum Salon brachte, hatte nicht mehr von ihr zu erwarten.

Als Randa also an jenem Tag den Salon betrat und ein strahlendes Lächeln zur Schau trug, wurde es schlagartig totenstill.

«Maa Cherie», flötete sie und musterte die Reihe der wartenden Kundinnen mit einem gespielt verzweifelten Blick. «Heute wünsche ich mir mehr denn je, du hättest deine Idee mit den festen Terminen durchsetzen können.»

Maa Cheries Lehrling, genannt «Fingers», flüsterte ihrer Chefin zu: «Ist ihr letzte Nacht der liebe Gott erschienen?»

«Das hättest du wirklich nicht aufgeben sollen», säuselte Randa, wobei sie Maa Cheries fassungsloses Gesicht entweder nicht wahrnahm oder es geflissentlich ignorierte. «Es ist sehr dringend, Maa Cherie, wirklich sehr dringend.»

Maa Cherie war klar, daß es nun an ihr war, etwas zu sagen. Aber ihre Zunge schien zentnerschwer, und ihre Stimme versagte einfach den Dienst, so erstaunt war sie. Für Maa Cherie ließ die Sache nur einen Schluß zu. Es hatte ja so kommen müssen. Der Apfel fällt nicht weit vom Stamm, dachte sie. Randa trat offensichtlich in die Fußstapfen ihrer Mutter ...

Fingers bemerkte die Lähmung ihrer Chefin und die neugierigen Blicke der anderen Kundinnen und beschloß, die Situation zu retten: «Worum geht es denn, Randa? Möchtest du eine Dauerwelle? Einen neuen Haarschnitt?»

«Nein. Ich möchte einfach nur, daß ihr mir die Haare auf Lokkenwickler dreht, damit sie morgen um vier frisiert werden können. Ich muß sie unbedingt morgen um vier gemacht bekommen. Und es muß unwiderstehlich gut aussehen.»

Randas Anliegen riß Maa Cherie aus ihrer Trance. Zum ersten Mal, seit sie Randa kannte, hatte sie Sonderwünsche geäußert.

«Versteht ihr jetzt, worauf ich mit den Terminvereinbarungen hinauswollte?» fragte sie in die Runde der Wartenden. «Ständig kommen Kundinnen und wollen ihre Haare zu einer bestimmten Zeit gemacht haben. Aber wenn andere Kundinnen vorher da waren, wie soll ich die dann ignorieren?»

Die zwielichten Machenschaften eines prominenten Politikers hätten kaum mehr Wellen schlagen können als Maa Cheries damaliger Versuch, Terminvereinbarungen einzuführen.

Alles begann nach ihrer Rückkehr aus den USA. Anlaß für die Reise, so erzählte man sich zumindest, war gewesen, daß ihr Cousin in Chicago sie mit einem Ghanaer in den mittleren Jahren verkuppeln wollte, der ebenfalls in Chicago lebte und seit zwei Jahren verwitwet war. Bei ihrer Ankunft in den USA wartete jedoch eine unerfreuliche Überraschung auf Maa Cherie. Erstens hatte die Familie des Mannes schon für eine neue Frau gesorgt, die nun bald in Chicago eintreffen sollte, und zweitens hatte der Mann, der über den Tod seiner Frau nicht hinwegkam, Trost im Alkohol gesucht. Maa Cherie dachte ununterbrochen an ihren Friseursalon zu Hause in Ghana. Sie hatte die Leitung einer Kollegin übergeben, mit der sich Fingers überhaupt nicht verstand. Zu allem Überfluß bot der amerikanische Arbeitsmarkt nur Jobs als Babysitterin und Putzfrau. Und das, wo sie doch zu Hause selbst Chefin war, wo man sie respektvoll Madam nannte. Sie, die Eigentümerin eines Friseursalons, sollte in Chicago putzen gehen? Wenn die arrangierte Hochzeit ins Wasser gefallen war, warum sollte sie in Amerika bleiben und Würde und Bequemlichkeit für einen Putzjob aufgeben? Mal ganz abgesehen von den Behördengängen, die ihr blühten, wenn ihr Besuchervisum erst einmal abgelaufen sein würde. Also traf sie die Entscheidung, zurückzukehren – woraufhin sie von allen für verrückt erklärt wurde. Wie konnte man die USA nur freiwillig verlassen? Wer hätte sich nicht um ein Visum wie ihres gerissen? Fast jeder machte bei der Green Card-Lotterie mit, und viele waren bereit, Tausende von Dollars für ein Visum zu zahlen. Noch mehr fasteten jeden Abend und sparten Millionen Cedis zusammen, um sie selbsternannten Propheten in den Rachen zu schmeißen. Deren Versprechen waren meist so lächerlich, daß man schon sehr verzweifelt sein mußte, ihnen zu glauben. Und da verzichtete Maa Cherie freiwillig auf ihre Chance? Irgend etwas konnte nicht mit ihr stimmen.

Das war also das Bild, das die Leute von Maa Cherie hatten, als sie versuchte, nach ihrer Rückkehr Terminvereinbarungen einzuführen. Natürlich ging der Klatsch munter weiter.

«Habe ich es dir nicht gesagt? Da drüben ist sie völlig durchgeknallt», sagte eine Fischhändlerin zu ihrer Kollegin. Mit dem Zeigefinger tippte sie sich an die Stirn. «Sie war in Amerika, sie ist zurückgekommen, ohne dazu gezwungen worden zu sein, sie hat nichts mitgebracht, nicht einmal einen Cowboyhut. Und jetzt denkt sie, sie könnte uns erziehen. Termine im Friseursalon? Ebei. Als nächstes kommt der Barkeeper oder der Kloputzer auch noch mit Terminvereinbarungen an. Dann würden die Leute aber mal sehen, was Ordnung in Ghana bedeutet.»

«Ich habe gehört, sie hat gesagt, in Chicago macht man das so.»

«Pah. Schwachsinn. Ist Accra Chicago? Ist Ghana Amerika? Schwachsinn.»

Diese Ablehnung hatte nicht nur mit der unbestrittenen Hingabe der Ghanaer an die legendäre «Ghana-Zeit» zu tun. Sie hing auch mit der Tatsache zusammen, daß Termine von den ghanaischen Frauen als hinterhältige Einmischung in ihren Lebensrhythmus empfunden wurden. Schließlich war der Friseursalon nach dem Marktplatz der beste Ort, um zusammenzuhocken und sich über alles zu ereifern, was Anlaß dazu bot. Und keine ghanaische Frau war gewillt, auf diese Austauschmöglichkeit zu verzichten. Nicht einmal für kulturelle Errungenschaften aus Amerika. Also kam man in einschlägigen Tratschkreisen zum Schluß, daß Maa Cherie wohl verrückt geworden war. Warum sonst sollte sie ihnen einen Spaß verderben wollen, der nicht viel mehr Vorbereitung verlangte, als sich sorgfältig den kleinsten Rest Ohrenschmalz aus den Hörgängen zu stochern? Schließlich war ein erfolgreicher Salonbesuch nicht nur gleichbedeutend mit einer schicken neuen Frisur, sondern mindestens genauso mit neuem Klatsch und Tratsch.

Maa Cherie sollte das schnell begreifen. Die erste Kundin, der sie einen Termin anbieten wollte, schnalzte konsterniert mit der Zunge, grinste zynisch und machte sich davon, bevor ihr ein

Kommentar herausrutschen konnte. Schließlich hatte sie Manieren.

Dei zweite Kundin hingegen machte keinen Hehl aus ihrer Überraschung. «Waaahh», jammerte die nicht ganz so wohlerzogene und gebildete junge Frau, als gelte es einen Todesfall zu beklagen. «Aah. Ebei. Für jeden kleinen Schnitt soll ich erst anrufen und Geld verschwenden? Und was muß ich dann sagen? Maa Cherie, ich informiere Sie, daß ich morgen um Punkt elf komme und mein Haar gemacht haben will? Aah. Und wenn mein kleiner Sohn Kokofu gerade dann, wenn ich gehen will, auf den Pott muß? Soll ich dann sagen, Kokofu, sag der Kaka, sie soll warten? Weil ich um Punkt elf in Maa Cheries Friseursalon sein soll?»

So kam Maa Cherie schnell von ihren fortschrittlichen Ideen ab und fing auch nie wieder davon an. Merkwürdig, daß es nun Randa war, die sie alle an diese Geschichte erinnerte. Und das auch noch an jenem Tag, an dem man sie zum ersten Mal so richtig lächeln sah.

«Du möchtest es heute gewaschen und aufgedreht bekommen?» vergewisserte sich Ma Cherie.

«Genau.»

«Und morgen um 4 Uhr frisieren wir dich dann?»

«Ja.»

«Mußt du es unbedingt heute gewaschen und aufgedreht haben?»

«Morgen habe ich keine Zeit dafür. Stell dir vor, ich komme später und vor mir sind zehn Kundinnen, so wie jetzt. Es muß wirklich morgen um vier fertig sein.»

«Und der Höllenritt?» mischte sich Fingers ein.

Randa runzelte die Stirn.

Maa Cherie lachte. «Sie meint das Trocknen. Wann sollst du unter die Trockenhaube?»

«Nach dem Aufdrehen kann ich ein paar Minuten drunter,

und morgen nochmal. Aber bei vier Uhr muß es bleiben. Das ist wirklich sehr wichtig.» Ihre Stimme klang plötzlich distanziert, alle Fröhlichkeit war aus ihrem Gesicht verschwunden, als wäre ein Schalter umgelegt worden.

«Dann werden meine Kleinen wohl die Nacht bei dir verbringen», meinte Maa Cherie.

Wieder runzelte Randa die Stirn.

«Die Lockenwickler», grinste Fingers.

«Hm.» Randas linker Mundwinkel zog sich eine Spur nach oben – so kannte man ihr Lächeln. «Das habe ich mir bereits gedacht.»

«Du mußt dann später noch einmal kommen. Kannst du dir vorstellen, wie viele Lockenwickler mir zum Arbeiten blieben, wenn ich meine Kleinen schon am Nachmittag losziehen lassen würde?»

Randa sah das ein.

Als Randa sich zum Gehen aufmachte, hielt Maa Cherie sie zurück: «Cora ist letzte Woche nicht gekommen. Ist alles in Ordnung mit ihr?»

«Ja, ja», versicherte Randa. «Sie hatte viel um die Ohren, das ist alles.»

«Und eure Mutter?» fragte Fingers. «Ich habe gehört, sie ist wieder zu Hause.»

Maa Cherie hätte nicht überraschter sein können. «Ihr habt sie aus dem Krankenhaus geholt?»

«Ja», sagte Randa. Sie ließ sich ihre Nervosität nicht anmerken. Niemanden ging es etwas an, woher sie ihre Mutter wirklich geholt hatten. Die drei Geschwister hatten beschlossen, daß so wenige Menschen wie möglich von der Sache wissen sollten. Besonders Kweku hatte große Sorge, daß die Entscheidung für das Camp ein schlechtes Licht auf ihn werfen konnte. Gerade in seiner beruflichen Situation und mit seinem gesellschaftlichen Ansehen. Beam hatte sich ja auch gewundert, wie drei vernünftige Menschen eine so irrsinnige Entscheidung treffen konnten, bei all den hartnäckigen Gerüchten, die sich über das Camp hielten. Niemand, der nicht in ihrer Situation war, hätte sie verstehen können. Wer konnte ihre Angst nachvollziehen, beim Begräbnis ihrer Mutter auf Blumen verzichten zu müssen? Wer konnte ihnen glauben, daß sie nur das Beste für Ma gewollt hatten, daß sie es für ihren Geist getan hatten, der nach ihrem Tod weiterlebte? Nichts konnte sie von der Überzeugung abbringen, daß der Geist ihrer Mutter für immer rastlos sein würde, wenn sie am Tag ihrer Beerdigung nicht geheilt wäre.

Abgesehen davon hatten sie es wirklich für sie getan. Für sie, für sich selbst und nicht zuletzt für Pa, dessen Seele ihren Geist in die andere Welt führen würde.

«Also geht es ihr wieder gut?» erkundigte sich Maa Cherie.

«Ja», antwortete Randa knapp. Und dann, gänzlich überraschend, zeigte sie erneut ein breites Grinsen. Der Schalter war wieder umgekippt. «Noch ist sie nicht ganz geheilt», erzählte sie fröhlich, «aber das wird schon. Wir arbeiten daran.» Nun verließ sie den Salon tatsächlich, immer noch mit dem breiten Lächeln im Gesicht.

Kaum war sie verschwunden, kreischte Fingers: «Woooww. Ich fasse es nicht. Wie lange kommt Randa jetzt her? Ich schwöre bei meiner Mutter ... ach, verdammt, meine Mutter ist ja gar nicht tot. Wie dumm von mir. Also, ich schwöre bei der Seele meiner Großmutter – die ist nämlich schon tot –, ich schwöre feierlich ...»

Es dauerte einige Minuten, bis das Gelächter im Salon wieder abebbte.

KAPITEL 3

Sylv Po, der Moderator der beliebten Harvest FM's Good Morning Ghana Show, wurde unsanft aus dem Schlaf gerissen. Schuld war einerseits das Klingeln des Telefons, andererseits das Knurren von Let-them-say, seinem Hund. Wenn Let-them-say etwas nicht gefiel, ließ er immer sein Stakkato-Knurren hören. Diesmal war eindeutig das Telefon der Auslöser, und nicht nur der Hund war wenig begeistert. Sylv Po hatte keine Ahnung, wie spät es war, auf jeden Fall eine unchristliche Zeit für einen Anruf, so viel stand fest. Wer auch immer da am anderen Ende der Leitung war, er sollte einen verdammt guten Grund für seine Ruhestörung vorbringen können. Mit der einen Hand griff Sylv nach dem Hörer, während er mit der anderen die Nachttischlampe anknipste. Ein Blick auf die Wanduhr trug nicht dazu bei, seine Laune zu verbessern.

«Ja?» blaffte er. Und zwar derart authentisch, daß Let-them-Say begeistert zurückblaffte.

Nur mit Mühe konnte Sylv ein paar deftige Flüche zurückhalten, als er die Stimme des Anrufers erkannte.

«Du?»

«Jaha», säuselte Muff, der Produzent der GMG-Show, «ich bin es. Ich ganz allein.»

«Du? Ausgerechnet du, der es wirklich besser wissen müßte?» keifte Sylv. «Du rufst mich um diese Zeit an?»

Da ein unausgeschlafener Moderator für Muff als Produzenten einen gewissen Risikofaktor bedeutete, war Sylv nun fast gespannt auf diesen Grund.

Muff lachte nur, was Sylv endgültig auf die Palme brachte. «Verdammt noch mal, Muff», kläffte er.

Let-them-say ließ erneut sein Stakkato-Knurren hören.

«Okay, okay, entspann dich. Ich sag es dir ja. Bist du bereit? Sitzt du bequem? Es ist nämlich so: Ich hatte gerade Besuch von einer jungen Dame ...»

«Waaas?»

Wenn Muff nicht geistesgegenwärtig den Hörer vom Ohr genommen hätte, wäre ihm ein Trommelfellschaden sicher gewesen. Nach ein paar Sekunden wähnte er sich wieder in Sicherheit. «Also, du sitzt bequem, ja?»

«Was willst du mit dieser Bequemsitzscheiße ...»

«Sylv», unterbrach Muff ihn mit Nachdruck.

«Komm mir nicht mit diesem «Sylv, Sylv». Du hast mich zu dieser unchristlichen Zeit aufgeweckt, wo der Geist deines toten Vaters wahrscheinlich gerade den Dreck unter den Fußnägeln des großen Höllenbosses rauskratzt, nur um mir mit deinen Bettgeschichten zu kommen?»

«Sylv, es reicht.» Seine Stimme klang ernst. Also riß Sylv sich zusammen.

«Ich bin dein Produzent, ich habe kein gesteigertes Interesse daran, daß du mir die Morgenshow zusammengähnst. Klar? Also hör mir jetzt zu. Eine junge Dame hat gerade meine bescheidene Behausung verlassen. Sie war meine Klassenkameradin auf der Radio- und Fernsehschule. Ich habe sie Ewigkeiten nicht gesehen. Aber plötzlich hat sie mich angerufen. Sie hatte Angst, das hörte man. Sie sagte, sie müsse mich unbedingt treffen. Und um zehn war sie hier.»

Sylv hatte sich wieder beruhigt, aber sein Interesse an Muffs umständlicher Erzählung hielt sich in Grenzen.

«Als sie anrief, habe ich vorgeschlagen, sie könne den Ort für das Treffen bestimmen. Aber das wollte sie nicht, sie meinte, das sei zu riskant. Weißt du, was sie sagte, als ich sie nach dem Grund fragte?»

«Nein, Muff», stöhnte Sylv. «Stell dir vor, das weiß ich nicht. Aber ich warte voller Spannung darauf, daß du es mir erzählst, damit ich endlich ins Bett gehen kann.»

«Sie sagte, sie könne sich nicht in der Öffentlichkeit sehen lassen. Sie meinte, sie müsse sehr vorsichtig sein. Also habe ich meine Wohnung als Treffpunkt vorgeschlagen. Damit war sie einverstanden. Sie kam also, und wie sie aussah ... Das kannst du dir nicht vorstellen. Falls sie jemand gesehen hat, muß er gedacht haben, ich hätte mir eine, äh, Dame des horizontalen Gewerbes bestellt.»

«Sie sah wie ein Callgirl aus?»

«Es war unfaßbar. Sie hatte so ein rosa Glitzershirt an, das wirklich keine Fragen offen ließ, und dann trug sie noch eine riesige, blonde Perücke á la Dolly Parton. Dazu ein Arsenal an Klunkern, daß dir vom Hinsehen schon die Augen wehtaten. Knallblauer Lidschatten, blutroter Lippenstift, künstliche Wimpern, künstliche Fingernägel ...»

Sylvs Wut war verraucht, er amüsierte sich köstlich. «Und warum dieser Aufzug?»

«Tja», sagte Muff. «Sie hat sich mitten in Accra verstecken müssen. Niemand durfte sie erkennen.«

«Warum? Diebstahl? Betrug? Oder Mord?»

«Sie ist vor ihren Schwägerinnen geflohen.»

Sylv schüttelte den Kopf. Diese Geschichte war mehr als seltsam. «Aber warum?»

«Aha, eben hast du mich noch angemault, weil ich dich zu dieser unchristlichen Stunde geweckt habe, und jetzt hängst du an meinen Lippen.» Muff feixte. Er wußte, daß Sylv eine Story witterte; und dann ähnelte er fatal einem Fisch, der immer engere Kreise um einen dicken, fetten, appetitlichen Köder zog.

«Also gut, Sylv. Ich sage nur einen Namen: Pesewa.»

«Pesewa?» sagte Sylv langsam. «Etwa dieser stinkreiche Pesewa, der gerade gestorben ist?»

«Genau der.»

«Was hat der denn damit zu tun? Habe ich dir schon erzählt, daß die Leute Wetten abschließen, wie lange er aufgebahrt bleibt, bis sie ihn endlich begraben? Ernsthaft. Die Frage ist ja, wie lange seine Kinder brauchen, um aus dem Ausland anzureisen. Die ganze Planung der Trauerfeier, Gerüchte um Extravaganzen, und dann natürlich der anstehende Streit ums Erbe ... die Leute zerreißen sich das Maul.»

«Pfui, pfui, pfui», sagte Muff ironisch. «Was hast du noch gehört?»

«In welcher Hinsicht?»

«Na, zum Beispiel in Hinsicht auf seinen Tod.»

«Herzversagen. So heißt es zumindest. Friedlich im Schlaf gestorben.»

«Genau», säuselte Muff. «So ein schöner, sauberer Tod. Das würdige Ende eines noblen Lebens.»

«Ja, der Typ hatte Glück», pflichtete Sylv bei, der jetzt hellwach war. «Schön alt geworden, stinkreich, viele Frauen – aber keine Geliebten, wie man hört.»

«Richtig gehört. Geliebte, Freundinnen, Gespielinnen oder wie man es immer nennen mag, waren für ihn tabu. Wenn er eine Braut wollte, machte er sie zu seiner Frau ... zumindest für eine gewisse Zeit.»

«Na, dann wird er seinem Schöpfer jetzt wohl kaum etwas vorheulen können. Es sei denn, er ist ein paar Etagen tiefer gelandet. Da, wo – ich sage es ja wirklich nicht gern, Muff – da, wo, dein armer alter Herr jetzt seinen Wohnsitz hat.»

«Sylv, Sylv, Sylv», krächzte Muff in gespielter Fassungslosigkeit. «Ich weiß, ich quäle dich für die Show oft bis aufs Blut, und dafür mußt du mich natürlich hassen. Aber kannst du nicht wenigstens meinen Vater in Frieden ruhen lassen?»

Sie lachten. Doch Muff wurde schnell wieder ernst. «Drei Dinge, Sylv», sagte er. «Erstens: Als der Geist meines Vaters mich letztlich besuchte, zog er gerade eine Karriere im Engelschor in Betracht. Du mußt wissen, Gabriel war recht angetan von seinem Bariton. Du solltest also deine Zunge hüten.»

«Und zweitens?»

«Diese Frau, die mich besucht hat ... Sie war mit Pesewa verheiratet. Vor gerade einem Jahr ist sie Mrs. Pesewa die Fünfte geworden.»

«Großer Gott. Sie war doch deine Klassenkameradin, oder? Das heißt, sie kann allenfalls halb so alt wie er gewesen sein.»

«Tja.»

«Manche kriegen den Rachen nicht voll, oder?» grinste Sylv. «Ein alter Knacker in den Sechzigern heiratet eine hübsche, gebildete Frau um die Dreißig? Pervers ... aber irgendwie auch nachvollziehbar.» Er gluckste in sich hinein. «Aber nun sag, warum sind ihre Schwägerinnen hinter ihr her?»

«Sitzt du auch bequem?»

«Muff.»

«Also gut. Punkt drei: Mrs. P. die Fünfte behauptet, Pesewa sei nicht im Schlaf gestorben, wie das seine Familie alle glauben machen möchte.»

«Das heißt, sie hat ihn – hm – überstrapaziert? Oder hat sie ihn um die Ecke gebracht?»

«Weder noch. Sie sagt, Pesewas Herzversagen sei auf Drogenkonsum zurückzuführen. Und es soll keineswegs ein Unglücksfall gewesen sein.»

«Er hat Selbstmord begangen? Unglaublich.»

«Aber wahr.»

«Weshalb hat er das getan? Er war reich, er hatte fünf Frauen ...» Sylv zögerte. «Muff, wie kannst du sicher sein, daß deine Bekannte die Wahrheit gesagt hat?»

«Ich bin ganz sicher», sagte Muff fest. «Frag nicht warum, ich kann es dir nicht sagen. Aber glaub mir, ich bin ganz sicher, daß sie nicht lügt.»

Sylv fragte vorsichtig: «Worauf willst du eigentlich hinaus, Muff? Sollen wir bei GMG darüber diskutieren, ob Pesewas Tod nun ein Selbstmord war oder nicht?»

Muff zögerte mit seiner Antwort.

«Das würde viele Hörer anwidern oder zumindest verstören», fuhr Sylv fort. «Ich gebe ja zu, die Story hat was, Muff. Pesewa, sein Tod, ein möglicher Selbstmord, Drogen, die Lügen der Familie ... Eine heiße Mischung. Aber vielleicht auch zu heiß.»

«Sylv?»

«Ja?»

«Du hast nichts kapiert. Glaubst du wirklich, ich habe vor, die Show durch deine heiße Mischung aufzupeppen?»

Sylv schwieg.

«Hör zu. Es geht um folgendes. Warum sollte ein Mann in Pesewas Situation sterben wollen? Hatte er überhaupt sterben wollen?»

«Wie meinst du das?»

«Wenn es kein natürlicher Tod war, hat die Familie tatsächlich nur aus Scham gelogen? Oder steckt mehr dahinter?»

«Und? Steckt mehr dahinter?»

«Laut meiner Bekannten, ja.»

«Nämlich?»

«Sie sagt, kurz vor seinem Tod habe Pesewa einen Aids-Test machen lassen. Er war HIV-positiv.»

Sylv schnappte nach Luft.

«Und die Schwägerinnen haben kombiniert, daß meine Bekannte, als jüngste, attraktivste und freizügigste der Frauen, sich wohl ein bißchen zu sehr amüsiert hatte ...»

«Sie glauben, sie hätte Pesewa angesteckt?»

«Ja.»

«Und du, was denkst du?»

«Keine Ahnung.»

Sylv knurrte frustiert. Let-them-say hob kurz den Kopf, begriff dann, daß er nicht gemeint gewesen war, und schlief weiter. «Wie meinst du das, du hast keine Ahnung? Du wirst sie doch wohl gefragt haben?»

Muff schwieg.

«Ok. Dann sag mir wenigstens, woher sie wußte, daß es Selbstmord war.»

«Er hat ihr einen Brief geschickt, der am Morgen nach seinem Selbstmord ankam. Die vorletzte Nacht hatte er noch mit ihr verbracht.»

«Und sie hatten Sex?»

«Nein. Sie sagt, er hätte sie seit drei Monaten nicht mehr angefaßt, was sie auf sein Alter geschoben hatte und darauf, daß er eben fünf Frauen bedienen mußte. Jetzt vermutet sie allerdings, es hätte an seiner HIV-Infektion gelegen. Er hatte zwei Tage vor seinem Selbstmord noch eine Bestätigung des positiven Testergebnisses erhalten.»

«Hat sie dir den Brief gezeigt?»

«Ja. Sie wollte aber nicht, daß ich ihn lese – zu intim, meinte sie. Sie hat mir einige Passagen vorgelesen, und ich habe Wort für Wort mitgeschrieben. In ihrer letzten gemeinsamen Nacht muß Pesewa furchbare Angst gehabt haben – eine Angst, die ihm jeden Lebenswillen raubte. Hör zu: ‹Ich habe diese Entscheidung mit klarem Verstand und nach sorgfältiger Abwägung gefällt. Ich werde nur das Unausweichliche beschleunigen. Ich möchte für dich, meine Geliebte, nicht zur Last werden. Etwas Schlimmeres kann ich mir nicht vorstellen. Ich kann unmöglich abwarten und zusehen, wie die Krankheit meinen Körper einnimmt. Ich habe mich in meinem Geschäft nie vor Entscheidungen gedrückt, nur so bin ich geworden, was ich bin. Was getan werden mußte, habe ich immer getan ...› Und hier, eine andere

Passage. Nicht nur die Schwestern haben meine Bekannte für die Überträgerin des Virus gehalten ...»

«Pesewa auch?»

«Ja. Er schreibt: ‹Paß gut auf dich auf. Es tut mir so leid, daß ich in deinen letzten Stunden nicht für dich da sein kann. Folge mir nicht auf meinem Weg. Was für mich gut ist, ist nicht gut für dich. Lebe bis zum letzten Moment. Es wird dir an nichts fehlen. Deine Schwester wird gut für dich sorgen. Und ich werde auf dich warten. Es tut mir leid, daß ich dich in diese Lage gebracht habe. In gewisser Weise ist es meine Schuld. Ich war einfach zu alt, um dich glücklich machen zu können ...› Alles klar?»

«Ziemlich eindeutig. Hat sie sich testen lassen?»

«Sie wartet auf das Ergebnis, aber im Moment beschäftigt sie die Angst vor den Schwägerinnen viel stärker. Sie haben sie von Anfang an nicht leiden können. Und ich bin sicher, nicht nur sie glaubten, meine Bekannte hätte Pesewa nur wegen seines Geldes geheiratet.»

«Aber bestimmt hat sie sich in seine schönen grauen Haare und seine männlichen Falten verliebt», meinte Sylv ironisch.

«Das steht jetzt nicht zur Debatte. Ich muß dir noch erzählen, weshalb sie sich eigentlich an mich gewandt hat. Pesewas ältere Schwester hat eine spezielle Witwen-Reinigungszeremonie für sie angeordnet.»

«Inwiefern speziell?»

«Ihre Zeremonie sollte anders sein als die der restlichen vier Frauen.»

«Und weshalb?»

«Angeblich, weil sie seine Lieblingsfrau war. Und als einzige hat sie keine Kinder von ihm.»

«Ich verstehe das alles nicht.»

«Dann sei doch geduldig, Sylv. Kennst du Pesewas Anwesen bei Tantra Hill?»

«Klar.»

«Dort haben nur die älteren vier Frauen gelebt. Für meine Bekannte hat er ein Appartement in Sakumono angemietet. In Taifa ließ er gerade ein Haus nur für sie beide bauen.»

«Klingt nach Sonderbehandlung», meinte Sylv. «Und nach einem Verstoß gegen die Grundregel der Polygamie. Sonderbehandlung als Ehefrau entspricht Sonderbehandlung als Witwe, ist doch eigentlich einleuchtend. Wo steckt sie jetzt?»

«Das hat sie mir nicht gesagt, aber ich habe eine Telefonnummer. Die von ihrer Schwester. Sie gibt meine Nachrichten weiter. Und was die Morgenshow angeht: Vielleicht könntest du das ganze Kartenhäuschen zum Schwanken bringen, indem du mal ganz beiläufig das Thema Witwenschaftsriten ansprichst?»

Sylv rieb sich die Stirn. «Du hast mir immer noch nicht gesagt, warum sie zu dir gekommen ist. Was wollte sie?»

«Schutz.»

«Ist ja toll. Arbeitest du nebenberuflich als Polizist?»

«Spar dir den Sarkasmus, Sylv. Seit wann greift die Polizei ein, wenn es um traditionelle Praktiken geht, die nicht gerade gesetzlich verboten sind, wie zum Beispiel die Beschneidung von Frauen? Sie ist zu mir gekommen, weil sie herausgefunden hat, daß ich dein Produzent bin. Eigentlich ist sie wegen dir gekommen. Sie setzt all ihre Hoffnung auf die Medien. Wenn Pesewas Familie bewußt wird, daß die Medien sie beobachten, werden sie ihre Aktionen sorgfältiger abwägen. Und da ist noch etwas.»

«Was?»

«Sie hofft, daß die anderen Ehefrauen sich testen lassen.»

Sylv grunzte.

«Manchmal klingst du genau wie dein Hund, Sylv. Kein Witz. Was ist denn los?»

«Na, diese ganze Geschichte, keine Konkubinen, keine Seitensprünge, Treue von morgens bis abends ... glaubst du das wirklich? Meinst du nicht, er hat das Virus von irgendwoher eingeschleppt?»

«Kann ich mir nicht vorstellen. Seine fünfte Frau hat mir versichert, daß er jede Frau, die er begehrte, auch heiratete. Das hing mit irgendeiner Prophezeiung zusammen, in der es um seinen Wohlstand ging.»

«Dann hat Nummer fünf ein echtes Problem.» Sylv konnte ein Gähnen nicht zurückhalten.

«Geh schlafen», meinte Muff. «Aber schau noch mal nach, ob dein Wecker auch gestellt ist. Und mach in der Show ein paar Witzchen über deine Müdigkeit und deine krächzende Stimme. Den Zuhörern wird das garantiert nicht entgehen. Sag ihnen einfach die Wahrheit, eben daß du stundenlang wach warst wegen etwas, das mit der Show zu tun hat. Sie werden es dir dann schon nachsehen.»

«Wie du meinst. Du wirst es schon wissen.»

«Ich bin dein Produzent.»

Sie lachten.

«Also gut, Muff, noch eine Sache. Ich möchte Dina und ihr Team dabeihaben. MUTE. Die Sache ist für Harvest FM allein einfach zu groß. Und wir ergänzen uns doch perfekt, oder?»

MUTE war eine Nicht-Regierungsorganisation, die es sich zur Aufgabe gemacht hatte, Informationen, selbst über die randständigsten Gebiete, zu sammeln und zu dokumentieren. Am Ende sollte daraus eine Alternative Bibliothek entstehen. MUTE war kein Akronym. Die Gründerin hatte den Namen gewählt, um auf das Schweigen der Gesellschaft hinzuweisen, das im Mangel an Dokumentationstechniken sichtbar wurde. Die Tradition der mündlichen Überlieferung hatte zur Folge, daß wichtige Informationen unwiederbringlich verschwanden. Die Alten in den Dörfern starben und nahmen ihr Wissen mit ins Grab. Die Jungen, denen sie es hätten übermitteln können, waren längst in die Städte gegangen.

Die Gründerin von MUTE, Dina, war geschieden und kinderlos; sie wurde unterstützt von Kabria, die verheiratet und Mutter von drei Kindern war, Aggie, die ebenfalls verheiratet war, aber keine Kinder hatte, und Vickie, die noch ledig war. MUTE und Radio Harvest FM hatten schon mehrmals erfolgreich zusammengearbeitet.

«Ich wußte, daß es darauf hinauslaufen würde», sagte Muff.

Sylv grinste. «Dann ist ja alles geklärt. Wir sehen uns.» Er legte auf und tätschelte Let-them-say, der wieder aufgewacht war und unwillig knurrte, beruhigend die Flanke. «Armer Kerl. Der ganze Krach. Die ganze Sache gefällt mir genauso wenig wie dir. Wir sind im 21. Jahrhundert, und ich muß mich mit Witwenschaftsriten herumschlagen. Klasse, oder?»

Let-them-Say gab ein Jaulen von sich.

«So ist es, mein Guter», stimmte Sylv ihm bei. «Das ist unsere Zeit. Unsere moderne Realität. Stimmt's?»

Sylv Pos Anruf riß Dina aus ihren Gedanken.

«Hast du mich heute morgen gehört?» kam er direkt zur Sache, nachdem Dina abgenommen hatte.

«Einen schönen guten Morgen, mein lieber Sylv», konterte sie.

Er lachte. «Wo sind bloß meine guten Manieren geblieben? Verzeih mir, Dina, das ist die Aufregung. Also noch mal von vorn: Ich wünsche dir einen guten Morgen. Und nun zurück zu meiner Frage. Wir sind da einer Sache auf der Spur, die mit Witwenschaftsriten zu tun hat. Wir können uns vor Zuhöreranrufen schon kaum mehr retten. Ich dachte, vielleicht könntet ihr ...»

«Nein.»

«Laß mich doch erstmal ...»

«Nein. Es geht nicht. Jedenfalls nicht jetzt. Wir haben mehr als genug zu tun. Kabria ist weg, es bleiben nur Vickie, Aggie und ich. Und Aggie hat ihre eigenen Probleme.»

«Die alte Geschichte?»

«Die alte Geschichte.»

«Kannst du dir nicht wenigstens anhören, worum es geht, bevor du die Entscheidung triffst?» drängte Sylv.

«Das wird keinen Unterschied machen, aber bitte ...»

«Besten Dank.» Sylv lachte. «Also, habt ihr irgendwelche Informationen zu Witwenschaftsriten?»

«Nur wenig. Das Thema steht auf unserer Forschungsliste.»

«Und wo genau?»

«Unten. Ziemlich weit unten. Die Themen auf unserer Forschungsliste sind alle wichtig und hochinteressant. Aber wie das im Leben eben so ist, es geht nicht alles auf einmal. Wir befassen uns damit, wenn ...»

«Es ist mehr als nur wichtig, Dina, glaub mir», unterbrach Sylv sie. «Kannst du nicht dafür sorgen, daß das Thema ein bißchen weiter oben auf der Liste steht?»

«Ein bißchen?»

«Also gut. Nicht nur ein bißchen. Ganz oben.»

Dina hatte nichts anderes erwartet. «Warum sollte ich das tun?»

«Sagen wir, jemand von Harvest FM hat persönliches Interesse daran. Um genau zu sein, rede ich von Muff.»

«Ist eine seiner Schwestern ...?»

«Nein, es geht um eine Bekannte, mit der er in einer Klasse war. Pesewa hat sie kurz vor seinem Tod zu seiner fünften Frau gemacht.»

«Der Pesewa?»

Sylv erzählte ihr alles, was er vor wenigen Stunden von Muff erfahren hatte.

«Also gut», sagte Dina schließlich. «In Ordnung. Ich denke, wir können das Thema ganz nach oben befördern. Wer weiß, vielleicht bekommen wir sogar Unterstützung.»

«Von ganz oben?» scherzte Sylv.

«Das sowieso. Aber ich habe eher an handfestere Unterstützung gedacht. An eine Studentin, die einen ausgeprägten Sinn für spannende Dissertationsthemen hat.»

«Und da ist sie an die hübsche Chefin der Organisation geraten, die in ausweglosen Situationen weiterhilft?»

Dina lachte laut. «Sie kommt bald vorbei, um sich einen ersten Eindruck von uns und unserem Konzept der Alternativen Bibliothek zu verschaffen. Ich hoffe, sie ändert ihre Meinung danach nicht.»

«Bestimmt nicht.»

«Du klingst so überzeugt?»

«Der Mut der Verzweiflung. Es muß einfach klappen.»

«Das wird es, Sylv.» Während Dina das sagte, merkte sie, daß sie tatsächlich daran glaubte. «Du hast es doch selbst gesagt. Denk an die Unterstützung von ganz oben.»

Lachend verabschiedeten sie sich voneinander.

Kapitel 4

Die blonde Afroperückenfrau ging Idan nicht mehr aus dem Sinn. Das Gefühl, daß sie ihn verfolgte, bedrückte ihn. Er hatte sie nie zuvor gesehen, aber galt das auch umgekehrt? Sie waren im Korridor des Bürogebäudes zusammengestoßen, und sie hatte versucht, sein Interesse zu wecken. War es Liebe auf den ersten Blick? Oder nackte Begierde? Wie konnte eine Frau so tief sinken, daß sie sich vor einem Mann demütigte, der offenkundig kein Interesse an ihr hatte?

Er seufzte und sah auf die Uhr. Zeit zu gehen. Er stand auf, griff nach seiner Jacke, warf noch einen Blick auf das Foto seiner Frau, das auf dem Schreibtisch stand, und seufzte. Er fragte sich, wie es ihr wohl gerade ging, was sie tat. Vielleicht kam sie gerade von ihrer Arbeit bei MUTE zurück.

Er hatte nie so ganz durchschaut, worum es bei dieser Organisation eigentlich ging. Informationen sammeln. Dokumentieren. Eine Alternative Bibliothek aufbauen. Was sollte das denn sein? Manchmal trieben sie sich in Ghettos wie Sodom and Gomorrha herum, etwa um nachzuforschen, wie eine verrückte Alte schwanger geworden war. Das war doch keine Arbeit für eine Hochschulabsolventin. Kein Wunder, daß dort nur Frauen beschäftigt waren. Welcher Mann hätte sich schon auf eine solche Zeitverschwendung eingelassen? Selbst wenn das Gehalt gut gewesen wäre – was es nicht war –, hätte so eine Arbeit an der Würde eines Mannes gekratzt. Wenn man ihn fragte, so war MUTE eine Organisation, die ihre Nase in die Angelegenheiten anderer Leute steckte. Aggie machte keinen Hehl daraus, wie sehr sie seine Haltung verachtete. Sie liebte ihren Job so sehr, daß er manchmal fast eifersüchtig wurde. Natürlich wußte er, daß sie ihn, Idan, liebte. Er liebte sie auch. Aber manchmal schien es, als würde eine höhere Macht ihre

Beziehung beeinflussen. Das war schon so gewesen, als sie noch studiert hatten. Er war arm gewesen, Aggie hatte ihn ausgehalten. Ihre Familie war nicht reich, aber irgendwie hatte Aggie immer Geld. Und sie sorgte gut für ihn. Er hatte die Herkunft ihres Geldes nie hinterfragt, was weniger am Respekt vor ihrer Freiheit als daran lag, daß er die Antworten gar nicht hören wollte.

Eine Tür schlug zu. Das mußte einer der Wachmänner sein, der überprüfte, ob noch Lampen in den Büros brannten.

Merkwürdig, daß ihm diese Geschichten wieder in den Sinn kamen, dachte Idan. Vielleicht lag es daran, daß so viele Fragen unbeantwortet geblieben waren. Solche Sachen hatten die Eigenheit, sich hartnäckig im Unterbewußtsein einzunisten.

Er sah sich noch einmal im Büro um. Die Jalousien waren heruntergelassen, die Lampen ausgeschaltet, ebenso der Deckenventilator. Nun war es wirklich Zeit zu gehen. Er verließ sein Büro und machte sich auf den Weg zum Parkplatz. Eigentlich konnte er mit seinem Leben zufrieden sein. Viele Männer beneideten ihn. Er hatte einen guten Job, eine schöne Frau, ein Zuhause, auf das er stolz sein konnte, und nur eine einzige Sache fehlte ihm. Während er die Flure entlanglief, fragte er sich, ob völlige Zufriedenheit wohl ebenso unerreichbar war wie der Mond ...

Auf dem Parkplatz deaktivierte er die Alarmanlage seines gepflegten schwarzen Volkswagen Passat und entriegelte die Türen. Das Leben hatte auch seine schönen Seiten, dachte Idan und musterte sein Auto wohlgefällig. Seine Brieftasche legte er auf dem Beifahrersitz ab. Aggie hatte das immer rasend gemacht, sie beharrte darauf, daß die Rückbank sicherer war. Dann wurden Fälle bekannt, in denen den Leuten die Heckscheibe eingeschlagen wurde, um an das Geld zu kommen. Eigentlich war der Kofferraum die beste Lösung, beschlossen sie. Aber nicht nur Idan ging es so, daß er sein Geld lieber im Blick hatte, auch wenn das unsicherer war.

Idan schnallte sich an und fuhr langsam Richtung Ausfahrt. Mit einer Hand stellte er seinen Lieblingsradiosender ein. Bonchaka schmetterte gerade «Puulele ... lelepuupu. Puulele ... lelepuupu.»

Idan summte mit. Terry – so jung, so talentiert und jetzt so tot! Dann geschah es. Idan war sich später sicher, daß er kaum geblinzelt, geschweige denn den Blick von der Fahrbahn genommen hatte. Die hübsche, elegante Frau mußte aus dem Nichts gekommen sein. Und nun lag sie da, neben seinem Auto. Was nur eines bedeuten konnte: Er hatte sie angefahren. Nach der ersten Schrecksekunde sprang er aus dem Auto. In der Zwischenzeit hatte sie sich schon aufgerappelt und sammelte die Gegenstände ein, die aus ihrer Handtasche gekullert waren.

«Oh Gott, sind Sie verletzt?» rief Idan.

«Es tut mir so leid, Sir. Bitte verzeihen Sie mir. Es war mein Fehler, ich war in Gedanken woanders. Jetzt habe ich Ihnen so einen Schrecken eingejagt. Entschuldigen Sie bitte.»

Idan war fasziniert. Er hatte sie umgenietet, und sie entschuldigte sich. Irgendwie hatte die Frau Stil. Er wartete ab, bis sie ihre Sachen wieder verstaut hatte, bevor er ihr hochhalf. Dabei stieg ihm ihr Duft in die Nase, und ihm wurde ganz schwindelig.

Nur mit Mühe konnte er sich davon abhalten, ihr den Staub von den Kleidern zu klopfen.

«Ich möchte mich noch einmal entschuldigen», sagte sie schließlich und streckte die Hand nach ihrer Tasche aus. Die Frau war fast so groß wie er, stellte Idan fest.

«Warum entschuldigen Sie sich? Das ist mein Part. Schließlich habe ich Sie angefahren. Und ich kann mir wirklich nicht erklären, wie das passiert ist. Ich muß wohl eine Sekunde zu lang geblinzelt haben.»

Sie ließ ein ansteckendes Lachen hören. «Sie haben eine Sekunde zu lang geblinzelt? Wie geht denn das?» fragte sie schelmisch.

Idan erwiderte ihr Lächeln. «Ich fahre Sie über den Haufen, und Sie sehen nur das Lustige daran. Jeder andere hätte mich beschimpft und die Polizei geholt.»

Das Lachen brach aus ihr heraus, und es war so fröhlich und ansteckend, daß Idan nicht anders konnte, als sie anzustarren. Als sie seinen Blick bemerkte, wandte sie mit einem winzigen, geheimnisvollen Lächeln die Augen ab. Idan war von ihren Lippen wie gebannt. Dieses ansteckende Lachen und dieses geheimnisvolle Lächeln ... Er versuchte, alle aufkommenden Gedanken im Keim zu ersticken. «Sie sind also wirklich nicht verletzt?» brachte er heraus.

«Nein, keine Sorge.»

«Wohnen Sie denn hier in der Gegend?» stotterte Idan und kam sich unbeschreiblich plump vor.

Ihre Gelassenheit und ihre Aufrichtigkeit, die ihr scheinbar verbot, die Situation in irgendeiner Weise auszunutzen, überwältigten ihn. In einer Gesellschaft, in der jeder auf Geld aus war, hatten Menschen wie sie Seltenheitswert. Und hübsch war sie auch noch ... sogar sehr hübsch.

Sie lachte leise. «Ich sehe nur Bürogebäude weit und breit. Leben tatsächlich Menschen hier?»

Nun mußte auch Idan lachen. Ihre Blicke trafen sich, und während Idan fasziniert ihr schönes Gesicht studierte, bemerkte er, daß auch sie ihn musterte.

«Also geht es ihnen wirklich gut?»

Zum ersten Mal zögerte sie kurz. «Na ja ... ich habe hier einen winzigen Kratzer.» Sie zeigte ihren rechten Ellenbogen. Es war tatsächlich nicht viel mehr als ein Kratzer, aber so etwas konnte sich unschön entwickeln, wenn man sich nicht darum kümmerte.

«Passen Sie auf, ich bringe Sie schnell in der Klinik vorbei, das ist gleich um die Ecke. Ich kenne da eine sehr nette Krankenschwester. Sie könnte sich das mal ansehen.»

«Das ist wirklich nicht nötig», sagte sie schwach. Und dann geschah das Unfaßbare: Sie ging einfach weg.

Idan war verstört und ratlos, er wollte sie aufhalten, aber seine Beine schienen wie gelähmt. Wie in einem Alptraum mußte er sie davongehen lassen, ohne ihr folgen zu können. Doch seine Erstarrung löste sich, als er sie plötzlich stolpern sah, als ob sie einen Schwindelanfall hätte. Er lief ihr nach und konnte sie gerade noch packen, bevor sie zusammensackte. Sie fiel ihm direkt in die Arme.

«Junge Dame, Sie kommen jetzt mit mir, keine Widerrede», sagte er sanft. «Ihnen geht es nicht gut, und ich lasse Sie nicht davonlaufen, selbst wenn Sie um Hilfe schreien.»

Einige Passanten warfen ihnen neugierige Blicke zu.

«Sehen Sie? Wenn wir jetzt nicht schnell hier wegkommen, sind wir gleich von einer ganzen Schar von Schaulustigen umringt. Also los.»

Diesmal leistete sie keinen Widerstand. Idan half ihr ins Auto, dann fuhren sie los. Später sollte Idan bitter bereuen, keinen anderen Weg gewählt zu haben. Denn als er an der nächsten Kreuzung hielt, bemerkte er plötzlich eine Gestalt an seinem Seitenfenster. Seine Mitfahrerin schrie erschrocken auf, und Idan spürte, wie eine Welle der Übelkeit in ihm hochstieg. Sie hatte es tatsächlich geschafft, diesmal ein noch groteskeres Bild abzugeben. Zur blonden Afroperücke hatte sich eine riesige, sehr dunkle Sonnenbrille gesellt. Für einen Moment war Idan sprachlos vor Wut. Die junge Frau neben ihm rutschte tiefer in ihren Sitz, als wollte sie darin verschwinden. Sie zitterte so heftig, daß Idan fast glaubte, ihre Zähne klappern zu hören.

Er ahnte, daß die Perückenfrau zu allem möglichen in der Lage war, wenn er sie ignorierte – er traute ihr sogar zu, daß sie sich vor seinen Wagen warf. Also legte er den Rückwärtsgang ein und hielt in einer Parkbucht, ohne jedoch auszusteigen. Erstens wollte er sie auf Distanz halten, zweitens fürchtete er, daß sie, wenn er ausstieg, seine Beifahrerin angreifen könnte. So ließ er den Motor laufen und kurbelte lediglich die Scheibe herunter.

Sie ging sofort zum Angriff über. «Sieh an, sieh an», kreischte sie. «Ein ‹sugar daddy›. Hast du mir deshalb die kalte Schulter gezeigt? Wegen diesem jämmerlichen, kränklichen Ding? Pah.»

Idan brach der kalte Schweiß aus. Sein erster Impuls war, die Scheibe wieder hochzukurbeln und davonzubrausen. Doch stattdessen bat er seine Beifahrerin, kurz zu warten, und kletterte aus dem Auto. Aus dem Inneren des Wagens verfolgte die junge Frau den hitzigen Wortwechsel zwischen dem Mann, dessen Namen sie nicht einmal kannte, und der merkwürdigen Gestalt mit der Perücke, die aussah wie ein Alien. Ein paar Minuten ging es hin und her. Dann wiederholte die Frau ihr «Sieh an! Sieh an!»- und «Pah.»-Gekreische, bevor sie völlig unvermittelt auf dem Absatz kehrtmachte und demonstrativ lässig mit Armen und Beinen schlenkerte.

Für einen Moment starrte Idan ihr gebannt nach, dann stieg er, peinlich berührt und leichenblaß, zurück ins Auto.

«Denken Sie das gleiche wie ich?» fragte er die junge Dame.

Sie starrte ihn mit großen Augen an und schwieg.

Idan hakte nach. «Sie haben doch das gleiche gedacht wie ich, oder?»

Sie lachte, und Idan konnte gar nicht anders, als in ihr Lachen einzustimmen. «Sie werden es mir wahrscheinlich nicht glauben.» sagte er schließlich. «Aber heute morgen habe ich diese Frau zum ersten Mal in meinem Leben gesehen.»

«Und ich habe gedacht, sie sei Ihre Frau.»

Idan grinste. «Meine Frau hat einen besseren Geschmack.»

Er spürte, wie seine Begleiterin ihn von der Seite ansah. Er erwiderte ihren Blick kurz, dann wandte er seine Aufmerksamkeit wieder dem Straßenverkehr zu. Für eine Weile war es still im

Auto. Schließlich brach Idan das Schweigen: «Ich denke, sie hat psychische Probleme.»

Die junge Frau antwortete nicht. Verdammt, dachte Idan. Wenn sie doch bloß etwas sagen würde. Nahm sie ihm die ganze Geschichte etwa nicht ab?

«Wie soll man aus euch Frauen schlau werden?» meinte er schließlich in nur halb gespielter Verzweiflung. «Ich weiß nicht einmal ihren Namen.»

Sie lächelte und schwieg weiter. Idans Finger trommelten nervös auf dem Lenkrad; sein Unbehagen war nicht zu übersehen. Schließlich gab sich die junge Frau einen Ruck.

«Mir ist es auch peinlich», sagte sie.

«Was denn?»

«Sie muß doch den Ring an Ihrem Finger gesehen haben.» Sie sprach wieder. Idan konnte es kaum fassen.

«Es gibt Frauen, die lassen sich von so etwas nicht entmutigen», meinte er. «Es heißt sogar, manche Frauen stehen richtiggehend darauf. Habe ich jedenfalls gehört.»

«Also, bitte.» Sie schüttelte den Kopf und lachte. Idan beobachtete sie aus den Augenwinkeln. Wenn sie lachte, war sie noch schöner, dachte er. Und so elegant.

«Aber ich habe das auch schon gehört», sagte sie in seine Gedanken hinein.

«Wirklich?»

«Ja.»

«Und weshalb ist das so, was denken Sie?»

Sie zuckte mit den Schultern. «Manche junge Frauen haben gar nicht die Absicht, sich zu binden ... Dann suchen sie sich eben einen Mann, der diesem Freiheitsbedürfnis entgegenkommt.»

«Wie meinen Sie das?»

«Na, ein verheirateter Mann ist doch der perfekte Partner für eine Affäre. Sie erfüllt ihm die Wünsche, die seine bessere Hälfte zu Hause nur abstoßen würden. Und dafür läßt er sie ein bißchen an seinem Wohlstand teilhaben. Beide profitieren von der Situation. Und manchmal sogar noch mehrere.»

Idan runzelte verwirrt die Stirn.

«Na, die Freunde zum Beispiel. Also der Mann fürs Leben, den die junge Frau aufrichtig liebt und mit dem sie eine Zukunft plant. Oft wissen diese Freunde sogar Bescheid und billigen das Doppelleben ihrer Geliebten. Schließlich haben sie ja auch etwas von dem Geld, das ihre Freundinnen dem anderen aus der Tasche ziehen.»

Idan hüstelte nervös. «Es geht also immer ums Geld?»

«Nicht immer», erwiderte seine Beifahrerin. «Manchmal geht es auch um Geborgenheit, um Wärme. Die ‹sugar daddies› verwöhnen ihre kleinen Prinzessinnen, sie überhäufen sie mit Aufmerksamkeit und Geschenken. Sex schafft emotionale Abhängigkeit. Die offizielle bessere Hälfte hat den ganzen Tag mit dem Haushalt und den Kindern zu tun. Wenn sie dann noch arbeitet, wieviel Energie bleibt wohl am Ende des Tages, um sexuelle Fantasien auszuleben?»

«Und da kommen die Geliebten ins Spiel.»

«Genau. Sie sind jung, frei und sorglos. Logischerweise strahlen sie eine Energie aus, die Ehemänner mehr als anziehend finden und die ihnen zu Hause fehlt. Durch die neue Situation werden die Verhältnisse noch verschärft: Die Geliebten schöpfen Kraft aus der Aufmerksamkeit, die sie bekommen, während die Frauen an der mangelnden Fürsorge ihrer Ehemänner leiden. Und wir wissen ja alle, welche Macht Sex hat. Wenn eine jüngere Frau einen Mann mit Sex an sich fesselt, schaltet sie seinen Verstand aus ...»

Sie verstummte, und Idan rettete sich erneut in ein nervöses Hüsteln. Warum fühlte er sich bloß so angespannt? Und warum, zum Teufel, hielt sie ihm hier philosophische Vorträge? Sie kannten sich doch kaum, zum Teufel noch mal.

Vor einer roten Ampel hielt er an. «Mache ich Sie nervös?» fragte sie plötzlich.

Mit ihrer Offenheit hatte Idan wahrlich nicht gerechnet. «Überhaupt nicht.» betonte er und merkte zugleich, daß er viel zu dick aufgetragen hatte.

Sie lachte, und Idan konnte nicht anders, als sie von der Seite zu betrachten. Dieses Lachen. Es schien ihm, als hätte sie es seit endlosen Zeiten versteckt gehalten, um es erst dort, in seinem Wagen, endlich hinauszulassen. Es fiel ihm unendlich schwer, den Blick von ihren Lippen zu lösen.

Für einen Moment trafen sich ihre Blicke. «Natürlich mache ich Sie nervös», sagte sie und lächelte.

Idan erwiderte ihr Lächeln. «Das war ein höllischer Tag», meinte er schließlich.

Nun war sie es, die ihn betrachtete. Als er ihren Blick schließlich erwiderte, war es, als würde er darin versinken. Ein wütendes Hupen löste ihn schließlich aus seiner Verzauberung. Die Ampel war schon längst auf Grün umgesprungen, ohne daß Idan davon etwas mitbekommen hatte. Die blonde Afroperückenfrau kam ihm wieder in den Sinn.

«Haben Sie sie gesehen, als ich Sie angefahren habe?»

Sie schüttelte den Kopf.

«Wäre es möglich, daß sie mich verfolgt?»

«Schon denkbar», sagte die junge Frau.

Idan schnaubte. «In was für einer Gesellschaft leben wir eigentlich?»

«Was meinen Sie?» Seine Begleiterin sah ihn stirnrunzelnd an.

«Na, wenn ich sie verfolgen würde, hätte ich schon längst die Polizei am Hals.»

«Und warum hetzen Sie ihr nicht auch die Polizei auf den Hals?»

«Denken Sie wirklich, ich gehe zur Polizei und melde, daß mich eine Frau mit einer seltsamen Perücke verfolgt? Am Ende denken die noch, ich hätte nicht alle Tassen im Schrank.» Er schüttelte den Kopf und brütete ein paar Augenblicke finster vor sich hin. Dann wandte er sich ihr wieder zu: «Sagen Sie, wie war noch mal Ihr Name?»

«Ich glaube nicht, daß ich ihn schon erwähnt habe», erwiderte die junge Frau amüsiert.

«Nicht?» sagte Idan in gespielter Überraschung.

Sie lachte. «Sie haben mich nicht danach gefragt. Sie wollten ja nicht einmal wissen, wohin ich eigentlich wollte.»

Idan trat abrupt auf die Bremse und schlug sich gegen die Stirn. Er hatte völlig vergessen, daß er sie eigentlich zur Klinik bringen wollte, und war seine übliche Strecke nach Hause gefahren. «Wie blöd von mir.»

«Die Richtung stimmt einigermaßen», beruhigte sie ihn.

«Aber ich wollte Sie doch zur Klinik fahren.»

«Und war ich damit einverstanden?»

«Schon, oder?»

«Ich glaube nicht.»

«Also gut, Sie haben gewonnen.» Er grinste. «Wie geht es also weiter?»

«Sie können mich am Circle rauslassen. Dann nehme ich ein Taxi zum Campus.»

«Nein.»

«Wie, nein?»

«Glauben Sie wirklich, ich lasse Sie einfach so am Circle raus?» sagte Idan beschwörend.

Die junge Frau drehte ihren Kopf langsam zu ihm. «Wissen Sie was? Sie haben mich gar nicht richtig angefahren.»

Idan lachte, als hätte sie einen Scherz gemacht.

«Nein, ernsthaft», beharrte sie. «Ihr Wagen hat mich nur gestreift.»

«Trotzdem sind Sie ja gestürzt. Von daher ist es wohl das mindeste, was ich tun kann, Sie zum Campus zu fahren. Und da es langsam dunkel wird, bringe ich Sie am besten direkt vor die Tür.»

«Nein», sagte sie scharf. Idan sah sie verwundert an.

«Vielen Dank, aber das wäre mir unangenehm. Ich will nicht, daß die Leute reden ...» Sie wackelte übertrieben tadelnd mit dem Zeigefinger.

Die Ampel, auf die sie zufuhren, zeigte Grün, aber Idan drosselte die Geschwindigkeit, bis sie umsprang. Der Fahrer hinter ihnen kurbelte die Scheibe herunter und stieß phantasievolle Beleidigungen aus, aber Idan bekam davon kaum etwas mit. Seine ganze Aufmerksamkeit galt der jungen Frau neben ihm. Die Luft im Wagen schien zu vibrieren.

«Sie haben mir immer noch nicht Ihren Namen gesagt.»

«Randa», flüsterte sie.

Idan ließ sich den Namen auf der Zunge zergehen. «Randa ... Randa ...», sang er leise. Sie sah ihn an und lächelte.

Bei Grün fuhr Idan los und parierte die Beschimpfungen seines Hintermannes mit einem eleganten Winken. Natürlich ließ er Randa nicht beim Circle aussteigen, sondern fuhr sie bis zum Taxistand am Campus. Als sie sich verabschiedet hatten und Randa schon aussteigen wollte, hielt Idan sie zurück. Er griff nach seiner Jacke und zog eine Visitenkarte aus dem Portemonnaie. Sie nahm die Karte entgegen und las sie sorgfältig durch, bevor sie sie in ihrer Geldbörse verstaute.

«Es hat mich gefreut, Sie kennenzulernen, Idan.»

«Ganz meinerseits, Randa.»

Sie schenkte ihm ein letztes strahlendes Lächeln und machte Anstalten, die Tür zu öffnen.

«Kann ich Ihnen wenigstens etwas Geld für die Taxifahrt über den Campus geben?»

Sie schüttelte den Kopf. «Ich bitte Sie. Ich habe genug Geld dabei. Die Fahrt aus der Stadt zum Campus hätte ich schließlich auch bezahlen müssen.»

Sie stieg aus, schloß die Tür vorsichtig und beugte sich noch einmal zu ihm hinunter: «Los jetzt.»

Idan machte nicht die geringsten Anstalten, ihr zu gehorchen. Ohne ein weiteres Wort verschwand sie. Er sah ihr nach, wie sie sich immer weiter entfernte, schließlich in ein Taxi stieg und davonfuhr.

Dann rief er seine Frau vom Handy an, um ihr mitzuteilen, daß er auf dem Weg nach Hause sei. Als Aggie ihn fragte, was denn losgewesen sei, zögerte er keine Sekunde. «Ein Meeting in letzter Minute. Dann hatte ich auch noch ein Dokument verkramt, das wir unbedingt brauchten, was alles noch mehr verzögerte.»

Er konnte Aggies Unruhe geradezu spüren. «Aber du hast das Dokument doch wiedergefunden?»

«Natürlich.»

«Gott sei Dank», sagte sie mit einem Stoßseufzer.

Seine Lüge verfolgte Idan den ganzen Heimweg über. Warum log er seine Frau einfach so an? Er hatte das doch gar nicht nötig. Er hätte ihr einfach sagen können, was passiert war. Warum in aller Welt hatte er nicht die Wahrheit erzählt? Als er zu Hause ankam, hatte er noch längst keine Antwort darauf gefunden.

KAPITEL 5

Der Sicherheitsmann, der im Auftrag Muffs den Haupteingang von Harvest FM bewachte, war kein übertrieben mißtrauischer Mensch. Aber irgend etwas war faul an diesem Kokosnußverkäufer, der seine Ware in einem Schubkarren feilbot und die ganze Zeit mit diesem merkwürdigen Handy herummachte. Wäre es eines dieser alten, ziegelsteingroßen und tonnenschweren Handys gewesen, hätte der Sicherheitsmann das nicht weiter verdächtig gefunden. Es gab genug Leute, die ihre alten Handys verschenkten, wenn sie sich ein neues anschafften. Auf die Art und Weise hätte der Kokosnußhändler an ein ausrangiertes Handy kommen können. Aber seines war der letzte Schrei. Dazu kam, daß er es auch noch ununterbrochen benutzte und wahrlich keine Anstalten machte, die Passanten für seine Kokosnüsse zu interessieren.

Je länger der Sicherheitsmann den Händler beobachtete, desto seltsamer kam ihm die Sache vor. Nur wenig entfernt stand ein anderer Händler mit einem Schubkarren voller Zuckerrohr, der das gleiche Handy benutzte wie der Kokosnußverkäufer. Niemand beachtete die beiden Männer. Die Leute, die an ihnen vorbeiliefen, waren nur am Schauspiel interessiert, das ihnen bald geboten werden sollte. Und auch der Sicherheitsmann hätte die beiden Männer bestimmt übersehen, wenn man ihm nicht größte Wachsamkeit eingeschärft hätte.

Er näherte sich dem Kokosnußhändler, kaufte einem etwa zwölfjährigen Mädchen ein paar Stücke Bohnenkuchen ab und blieb stehen, um in Ruhe zu kauen. Flüchtige Beobachter hätten ihn für einen der Schaulustigen gehalten, die sich vor dem Gebäude von Harvest FM versammelt hatten, um einen Blick auf Pesewas fünfte Frau zu erhaschen. Denn die war als Gast in Sylv Pos GMG-Show angekündigt.

Der Sicherheitsmann biß ein Stück Kuchen ab und starrte in die Richtung, aus der Pesewas Frau allem Anschein nach kommen sollte; gleichzeitig spitzte er die Ohren. Der Kokosnußverkäufer telefonierte wieder. Der Sicherheitsmann schielte zum Zuckerrohrhändler. Der hielt ebenfalls sein Handy am Ohr ...

«Wenn sie nicht kommt?» Die Stimme des Kokosnußhändlers überschlug sich fast. «Trauerkleidung? ... Ja, natürlich wird sie Trauerkleidung tragen ... Vermassele es bloß nicht ... Die Automarke und das Nummernschild ... Nein, gib es direkt an den Fahrer weiter. Ich kümmere mich um ihr Aussehen ... Wie? Nein, das gehört nicht zum Job ... Der Fahrer ist dafür zuständig, sie aufzuspüren ... Genau.»

Es war zwanzig nach sechs, als der dunkelrote Opel Corsa am Haupttor von Harvest FM ankam. Heraus stiegen eine Nonne, ganz in weiß gekleidet, und ein Priester, der ebenfalls einen schneeweißen Anzug trug. Man hatte den beiden vorgeschlagen, sie mit einem Wagen des Senders abzuholen, doch dieses Angebot hatten sie abgelehnt.

Der Zaun, der das Gelände umgrenzte, bot keinerlei Sichtschutz und erlaubte es, die Ankunft des seltsamen Paares genau zu verfolgen. Die beiden beeilten sich, den Wagen zu verlassen und in das Gebäude zu gelangen.

«Die Nonne und der Priester ... Die können ja für sie beten. Sie wird es nötig haben ...»

Einige Minuten später kam der Priester allein zurück und stieg wieder in den Wagen. Sofort fuhr er los. Offenbar hatte er die Nonne nur zum Radiosender begleitet.

«... Was ich denke? Der Priester ist wieder weg ... Bis jetzt ist keine Frau in Trauerkleidung an mir vorbei ... Verdammt. Verdammt noch mal ... Ja ... sie hat uns alle reingelegt. Wer hätte denn ... Ja, der Fahrer soll ... genau ... wenn ihr Priester sie abholen kommt.»

Muff eilte zur Rezeption, um die Nonne zu begrüßen. Dann führte er sie zu einem Büro, in dem Sylv bereits mit zwei anderen Frauen wartete. Die ältere wurde der Nonne als Dina von MUTE vorgestellt. Von der jüngeren, die nicht viel älter als zwanzig sein konnte, erfuhr die Nonne, sie sei eine Studentin, die auf der Suche nach einem Forschungsgebiet war und gerade für MUTE arbeitete. Ihr Name war Destine. Sie war noch nicht lange bei MUTE, aber Dina hatte sich entschlossen, sie mitzubringen, weil es in der Show direkt um ihren Aufgabenbereich gehen würde.

«Wartet das Taxi am Hintereingang?» wandte sich Sylv an Muff. Der Produzent nickte. «Alles vorbereitet.»

«Sollten wir nicht schon längst im Studio sein?» fragte Dina besorgt.

Muff lachte. «Wir sind doch nicht die Sklaven der Show. Wenn es die Umstände erfordern, gibt es bestimmte Möglichkeiten, um ...»

«Ich war gerade drin», fiel Sylv ihm ins Wort. «Sie spielen Werbung vom Band ab. Wir haben also etwas Zeit.»

Die Nonne erkundigte sich bei Muff, wo sie sich umziehen könne. Er wies auf eine braune Tür, woraufhin die Nonne den anderen höflich zunickte und den Raum verließ. Sobald sie außer Sichtweite war, flüsterte Dina Muff zu: «Wie sollen wir sie nennen?»

«Wir haben uns geeinigt, daß wir sie während der Show als ‹Fünfte Frau› ansprechen.»

Dina war verwundert. «Und das hat sie akzeptiert?»

«Es war sogar ihr Vorschlag», erwiderte Muff.

Die braune Tür öffnete sich, und heraus kam eine sportliche junge Frau, die einen dunkelblauen, lässigen Trainingsanzug mit passenden Sneakers und einer Baseballkappe trug. Sie lächelte. Ohne das weite Gewand sah sie genau so aus, wie Muff sie noch aus der gemeinsamen Schulzeit in Erinnerung hatte. Dunkle glatte Haut, große braune Augen – eine echte ghanaische Schönheit.

Das war ihm bei ihrem letzten Treffen, als sie sich als Callgirl verkleidet hatte, fast entgangen. Um die Hüften herum hatte sie zugenommen, was ihrer Figur zusätzliche Attraktivität verlieh. Aber man sah auch, daß sie unter enormem Streß stand – ihr Gesicht wirkte müde und leblos.

Der Sicherheitsmann rief Muff an und berichtete über die Menschenansammlung vor der Hauptpforte.

Während Muff telefonierte, erzählte Sylv den anderen, daß die angekündigte Soziologin, Ms. Kamame, aus persönlichen Gründen abgesagt hatte.

Destine dankte Dina und Sylv noch einmal dafür, daß sie die Show miterleben durfte. Dann wandte sie sich an die fünfte Frau: «Ich fühle mit Ihnen, Madam. Vor allem der Tod Ihres Mannes tut mir sehr leid. Mein Vater ist auch gestorben. Auch er hat sich umgebracht.»

Ihre Worte machte die Umstehenden betroffen. Schließlich fügte Destine rasch hinzu, um das Schweigen zu brechen: «Ich wollte nur, daß ihr das wißt.»

Zwischen Muffs nächtlichem Anruf und der Show, in der es um das Schicksal der fünften Frau gehen sollte, war fast ein Monat vergangen. Während jeder seiner täglichen Shows wies Sylv auf das anstehende Interview hin und heizte die Neugier der Zuhörer an. Brisanter Klatsch und Tratsch zog immer.

Sylv erklärte zu Beginn des Programms, daß man versucht hatte, eine Schwägerin der fünften Frau zu einer Telefonkonferenz zu überreden. Die Schwägerinnen hatten jedoch abgelehnt; nur unter der Bedingung, persönlich bei der Show anwesend zu sein, wollten sie ihren Standpunkt darlegen. Was Harvest FM nicht zulassen konnte, da dadurch die Sicherheit der fünften Frau gefährdet gewesen wäre. Als den Schwägerinnen bewußt wurde, daß sie ihre Forderung nicht durchsetzen konnten, hatte sich ein Mann bei Harvest FM gemeldet, der vorgab, der Anwalt der Familie zu sein. Er drohte mit einer Unterlassungsklage, falls die Show tatsächlich wie geplant stattfinden sollte. Bis jetzt, berichtete Sylv, lag dem Sender jedoch noch nichts Derartiges vor – es konnte also losgehen. Sylv stellte die Gäste vor und richtete die erste Frage an die fünfte Frau.

«Kommen wir zu den Umständen Ihrer Anwesenheit, Madam. Sie leben zur Zeit versteckt, nicht wahr?»

«Ja.»

«Ihr Leben ist in Gefahr?»

«Ja.»

«Möchten Sie uns mehr darüber erzählen?»

«Natürlich. Sie haben mich eben als die Fünfte Frau vorgestellt. Tatsächlich hatte mein Ehemann bereits vier Frauen, bevor ich kam. Alle vier haben Kinder von ihm. Nur ich nicht. Ich bin relativ jung, im gebärfähigen Alter ... Deshalb hält die Familie meines Mannes es für legitim, einem Brauch zu folgen, den ich aus tiefstem Herzen ablehne.»

«Von welchem Brauch sprechen Sie?»

«Sie wollen mich mit dem Bruder meines verstorbenen Mannes verheiraten.»

Vor dem Tor, wo sich die Menge um zahllose Radios aller Farben und Größen geschart hatte, brach Unruhe aus.

«Das ist doch normal», meinte ein Mann mit vorstehenden Zähnen.

«Normal für wen?» schnappte eine Frau neben ihm zurück, deren Gesicht durch den exzessiven Gebrauch von Bleichcreme ganz scheckig war. Doch bevor sie sich in Rage reden konnte, wurde sie von einem der Umstehenden zum Schweigen gebracht: «Ruhe ... Sylv redet weiter.»

«Diesen Bruder, kennen Sie ihn denn gut genug, um seine Frau zu werden?»

Die fünfte Frau erwiderte. «Jemanden gut zu kennen, reicht doch nicht aus, um dessen Frau zu werden, oder?»

«Wie meinen Sie das?»

«Ganz einfach – ich liebe ihn nicht.»

Die Menge draußen brach in Gelächter aus.

«Will sie uns etwa weismachen, daß sie ihren Mann geliebt hat? Ha. Die hält uns wohl für sehr blöd», lästerte ein junger Mann mit sorgfältig gestylter Frisur.

«Ist er älter oder jünger als ihr verstorbener Mann?» fragte Sylv.

«Jünger.»

«Und Ihren Mann, der doppelt so alt war wie Sie, den haben Sie geliebt?»

Die fünfte Frau seufzte. «Ich weiß, daß es unglaubwürdig klingt, aber ich habe ihn tatsächlich geliebt. Es hatte nichts mit körperlicher Anziehung zu tun und auch nichts mit sexueller Erfüllung. Ich brauchte einfach emotionale Sicherheit, und die konnte er mir im Überfluß bieten. Außerdem las er mir jeden Wunsch von den Augen ab. Er hat mich behandelt wie eine Königin.»

Destine krümmte sich unmerklich.

«Warum, glauben Sie, möchten Ihre Schwägerinnen Ihnen das antun?» fragte Sylv. «Handelt es sich um eine Art Bestrafung?»

Die fünfte Frau nahm sich Zeit, um über die Frage nachzudenken. Dann sagte sie: «In manchen Kreisen ist dieser Brauch schon üblich und wird als etwas Legitimes angesehen. Aber meinen Schwägerinnen geht es um etwas anderes. Sie berufen sich bewußt auf diesen Brauch, um Rache zu üben. Deshalb wäre ich selbst geflohen, wenn ich den Brauch an sich akzeptieren könnte.»

Sylv wandte sich an Dina. «Kann ich dich mit deinem Namen ansprechen oder bevorzugst du ein Pseudonym – sagen wir, hm, MUB?»

«Wie?»

«MUB. Mute-Boss.»

«Dina geht in Ordnung», sagte Dina grinsend.

«Also gut, Dina. Bist du mit dem Brauch, um den es geht, vertraut?»

Dina lachte. «Kommt drauf an, wie du das meinst. Am eigenen Leib habe ich ihn jedenfalls nicht erfahren. Aber ich bin über den Brauch informiert. Und an dieser Stelle muß ich meiner Mitarbeiterin Destine danken, die sich so schnell in das Gebiet eingearbeitet hat.»

Destine bedankte sich mit einem Lächeln für das Lob ihrer Chefin.

«Der Brauch ist als Bruderehe bekannt.»

«Den Ausdruck höre ich zum ersten Mal», bekannte Sylv.

«Das wird vielen so gehen.»

«Habt ihr herausgefunden, was sich unsere Vorfahren von diesem Brauch versprochen haben?»

Dina lachte. «Na ja, es liegt in der Natur der Sache, daß wir sie nicht mehr fragen können.»

«Nein, ernsthaft, Dina. Bräuche sind doch Traditionen, oder?»

«Ja, natürlich.»

«Und Traditionen werden von Generation zu Generation weitergereicht. Aber irgendwann gab es mal einen Anfang. Und der interessiert mich. Versuchen wir doch einmal, uns in die Denkweise unser Vorfahren hineinzuversetzen. Warum haben sie beschlossen, aus so etwas einen Brauch zu machen?»

Dina seufzte. «Fangen wir ganz vorne an. Ich denke, es hängt mit der traditionellen Konzeption der Ehe in unserer Gesellschaft zusammen. Die Vorstellung, daß ein höherer Bildungsstandard diese Konzeption verändert hat, ist nur teilweise richtig. Die Fünfte Frau zum Beispiel ist sehr gebildet und hat sich trotzdem für eine polygame Ehe entschieden, was kein Einzelfall ist. Die Globalisierung und die

Landflucht haben viel verändert, aber eine grundlegende Überzeugung steckt immer noch in den Köpfen: Die Ehe ist nicht nur eine Verbindung zwischen Mann und Frau, sondern zwischen zwei Familien. Eine Frau heiratet also nicht nur den Mann, sondern seine ganze Familie. Was nicht bedeutet, daß sie einfach so geteilt oder an die anderen männlichen Familienmitglieder ausgeliehen werden kann. Ihr Mann ist für den Fortbestand der Familie verantwortlich, also sind Kinder – die dann nicht in erster Linie als Kinder des Paares, sondern als Kinder der Familie betrachtet werden – obligatorisch. Wenn der Mann nun stirbt, ist die Bindung der Ehefrau an die Familie keinesfalls aufgelöst. Der Mann wird einfach ersetzt ...»

«Das heißt, die Familie der Fünften Frau handelt nicht sittenwidrig?»

«Wenn es in ihrer Familie diese Sitte gibt, dann nein.»

«Schwachsinn», knurrte die Scheckige. «Bei der Frau tickt es ja wohl nicht richtig. Ich denke, die hat studiert?»

«Und was hat das mit ihrer Analyse zu tun?» parierte ihr Nachbar.

«Häh?» Die Scheckige runzelte mißtrauisch die Stirn. Das Wort «Analyse» klang irgendwie nach einer Beleidigung.

«A-n-a-l-y-s-e. Das, was sie erzählt.»

«Ach ... du anüli ... anulisierst ... ja auch alles. So ein Schwachsinn. Willst du mich beleidigen, oder was?»

«Verdammt, Frau, deine Bleichcreme hat schon das Hirn angegriffen ...»

«Jetzt reicht es aber», mischte sich der Mann mit den vorstehenden Zähnen ein. «Interessiert euch das Gespräch gar nicht?»

«Wenn es in der Familie Sitte ist, verwitwete Frauen weiterzureichen, warum trifft es dann nur Sie und nicht die anderen Frauen?» wollte Sylv von der fünften Frau wissen.

«Wie ich schon sagte, ich bin jung, im gebärfähigen Alter, und ich habe meinem Mann kein Kind geschenkt. Jetzt fordern sie ihr Recht ein ... Aber wenn das wirklich der Grund ist, warum sie mich mit dem Bruder meines Mannes verheiraten wollen, dann wünschte ich, die Wahrheit wäre schon früher herausgekommen. So verschwenden wir nur Zeit.»

«Die Wahrheit?» flüsterte Sylv.

«Adweaaaa ... eduro no akye no», zischte ein junger Mann in abgerissenen Shorts vor dem Tor. «Jetzt kommt die Wahrheit? Was hat sie denn bis jetzt erzählt? Das ist eine von denen, die sich für was Besseres halten. Die sich so einen reichen Typen suchen, der bald abkratzt. Und jetzt hat sie Angst vor seinem Geist und will die Wahrheit erzählen. Frauen sind das Letzte!»

Die fünfte Frau seufzte. «Vor ein paar Jahren hatte ich eine Abtreibung. Etwas ist schiefgelaufen, und ich mußte mehrmals an der Gebärmutter operiert werden ... Was genau war, weiß ich nicht. Aber ich weiß mit Sicherheit, daß ich kein Kind mehr bekommen kann.»

«Das tut mir leid», sagte Sylv leise.

Destine zuckte nicht mit der Wimper.

Dina betrachtete die fünfte Frau wehmütig. Die Geschichte, die sie gerade erzählt hatte, war auch ihre.

«Oyiwa. Ena eda ho no!», jubelte der Mann in den abgerissenen Shorts.

In seiner Welt waren Frauen böse, und zwar ohne Abstriche.

Die fünfte Frau erzählte weiter: «Ich habe ja gesagt, daß ich bei meinem Mann emotionale Sicherheit gesucht habe. Es ging auch darum, daß ich keinem jungen Mann die Enttäuschung bereiten wollte, kinderlos zu bleiben.»

«Wußte Ihr Mann über Ihr Schicksal Bescheid?» fragte Sylv.

«Ja.»

«Darf ich etwas dazu sagen?» fragte Dina. «Ich kann die Fünfte Frau sehr gut verstehen. Wenn ich früher gewußt hätte, daß ich unfruchtbar bin, hätte ich mir und meinem Ex-Mann quälende Jahre der Ungewißheit erspart. Ich wünsche keiner Frau, daß sie das durchmachen muß. Zu wissen, daß man kein Kind bekommen kann, ist schlimm genug. Aber wenn man es nicht weiß, setzt man Himmel und Hölle in Bewegung, alles unter den Argusaugen des Mannes und seiner Familie, und jeden Tag horcht man in sich hinein, ob da nicht ein kleines Ziehen ist oder irgend etwas, das dafür spricht, daß es diesmal geklappt hat. Man wartet, man hofft, man betet, daß kein Blut kommt. Aber es kommt, Monat für Monat. Das richtet einen zugrunde.»

Während Dina versuchte, ihre Fassung wiederzugewinnen, bemühte sich Sylv, das Gespräch wieder auf eine sachlichere Ebene zu bringen.

«In vielen Teilen der Welt ist Kinderlosigkeit inzwischen akzeptiert, ob sie gewollt ist oder ungewollt ...»

«Bei uns nicht.» Dina schüttelte den Kopf. «Wenn eine Frau in unserer Gesellschaft kein Kind hat, dann deshalb, weil sie keins bekommen kann. Und das wird als Tragödie betrachtet, als unnatürlich und unweiblich.»

Sylv stimmte ihr zu. «Eine Soziologin hat in meiner Sendung einmal erzählt, daß unverheiratete junge Frauen massiv dazu gedrängt werden, sich einen Mann zu suchen, und das quer durch alle Schichten.»

«Der Sinn dahinter ist, daß sie sich als vollständige Frau beweisen soll. Aus körperlicher, gesellschaftlicher, geistiger und emotionaler Sicht ist die Mutterschaft die Pflicht der Frau, und zugleich ihre größte Auszeichnung.»

«Das hast du schön gesagt», flachste Sylv. «Aber nun zurück zur Fünften Frau ...»

«Darf ich eine Frage stellen?» unterbrach Destine, die bis jetzt mucksmäuschenstill gewesen war.

Dina runzelte die Stirn. Destines Einwurf kam etwas unerwartet, schließlich war sie nicht als offizieller Gast mitgekommen. Aber nun, da die Zuhörer ihre Stimme gehört hatten, konnte man sie unmöglich übergehen. Dina bemühte sich, ein entspanntes Lächeln zu zeigen. Die plötzliche Einmischung behagte ihr einerseits nicht, aber andererseits hatte Destine so sorgfältig zur Bruderehe recherchiert – warum sollte man ihr dann ein, zwei Fragen verweigern, die ihre Forschungsarbeit weiterbringen würden?

«Ich möchte die Fünfte Frau gern etwas fragen», sagte Destine. «Mich interessiert noch ein anderer Aspekt der Ehe mit Ihrem verstorbenen Mann.»

Ohne zu wissen warum, fühlte Dina sich unbehaglich.

«Sie haben gesagt, daß Sie Ihren Mann unter anderem deshalb heirateten, weil er Ihnen emotionale Sicherheit gab.»

«Das stimmt.»

«Haben Sie daran gedacht, daß Ihr Bedürfnis nach emotionaler Sicherheit für die ersten vier Frauen gerade deren Verlust bedeutete?

«Auf diese Frage müssen Sie natürlich nicht antworten», schaltete Sylv sich rasch ein.

«Warum denn nicht?» fragte die fünfte Frau zurück.

Dina warf Destine einen bitterbösen Blick zu. Doch Destine, die offenbar damit gerechnet hatte, ignorierte sie beharrlich. Ihre Augen blieben unbeirrbar auf die fünfte Frau gerichtet.

«Na ja. Über die Frage habe ich genauso nachgedacht wie die vierte Frau, als sie zu den ersten drei stieß. Und wie die dritte Frau. Und wie die zweite, als sie aus einer monogamen Ehe eine polygame machte.»

Nichts schien die fünfte Frau aus der Ruhe bringen zu können. Destine rutschte unruhig auf ihrem Stuhl herum; aus Dinas sanftem

Gesicht ließ sich keine Emotion herauslesen. Sylv kam zum eigentlichen Thema der Sendung: «Würden Sie uns die Wahrheit über den Tod Ihres Mannes erzählen? Es wurde ja verbreitet, er sei im Schlaf an Herzversagen gestorben. Mit Ihrer Behauptung, er habe sich unter Drogeneinfluß umgebracht, haben Sie für einigen Wirbel gesorgt. Wie kommen Sie darauf, daß er Selbstmord begangen hat? Und warum gehen Sie damit an die Öffentlichkeit?»

«Manche Dinge müssen einfach getan werden», sagte die fünfte Frau. «Wenn die Wahrheit über seinen Tod verborgen bliebe, würden andere Wahrheiten, die damit zu tun haben, auch verborgen bleiben. Und dann würden Unschuldige für Dinge angeklagt, mit denen sie nichts zu tun haben. In der Nacht vor seinem Tod kam mein Mann noch einmal zu mir und erzählte viele seltsame Dinge. Er hat immer wieder betont, daß er sich einen würdigen Tod wünsche und das unvermeidliche Ende nur beschleunigen wolle. Er hatte große Angst davor, geistig und körperlich abzubauen. Er war positiv auf HIV getestet worden. Meine älteste Schwägerin wußte davon. Die Angst vor der Seuche war es, die meinen Mann zum Selbstmord trieb. Und wer weiß, vielleicht hat er sogar die richtige Entscheidung getroffen.»

«Wie meinen Sie das?»

«Mit der Angst und der Scham wollte er nicht leben. Am meisten bedrückt mich die Vorstellung, daß mein Mann geglaubt hat, ich hätte ihn mit der Seuche angesteckt. Ich habe mich testen lassen ...»

«Und?» fragte Sylv leise.

«Negativ. Aber ein einziger Test gibt keine hundertprozentige Sicherheit, deshalb werde ich noch einen machen lassen.»

Sylv sah der Fünften Frau in die Augen. «Hatten Sie und Ihr Ehemann Geschlechtsverkehr?»

«Ja. Aber ich habe immer auf Kondome bestanden, was die anderen Frauen wahrscheinlich nicht taten. Für mich, als eine von mehreren Frauen, war das etwas Grundlegendes. Wenn er sich weigerte, ein Kondom zu benutzen, habe ich eins getragen.»

«Sie meinen, ein Kondom für Frauen?»

«Genau.»

Draußen, in der Menge, machte ein Mann seiner Wut lautstark Luft: «Da. Habt ihr das gehört? Das sind die ghanaischen Frauen von heute! Habt ihr gehört, was sie erzählt hat? Ohne jede Scham? Ich sage euch was, alle Unordnung heutzutage kommt daher, daß die Frauen aufgehört haben, Frauen zu sein. Sie wollen Mann und Frau zugleich sein. Da forderst du dein Recht als Ehemann ein, und sie befiehlt dir, ein Kondom anzuziehen. Da mache ich doch schon aus Prinzip nicht mit.»

«Kwasea», murmelte die Gebleichte in sich hinein, wobei sie sorgfältig darauf achtete, nicht von dem wütenden Mann gehört zu werden.

«Wie weit ist es mit uns gekommen? Wenn der Mann kein Kondom benutzen wollte, hat sie eben eins benutzt ... Genau wie diese weißen Frauen in Europa und Amerika. Die sind schuld, denen kommen ein paar ghanaische Frauen, die mehr weiß als schwarz denken, nur recht. Die haben damit angefangen und uns die Kondome gebracht. Am Anfang hatten wir noch die Macht, darüber zu entscheiden, ob wir sie benutzen oder nicht. Aber jetzt – wenn wir uns weigern, dann verschwinden unsere Frauen kurz im Badezimmer, und bestimmt nicht zum Pinkeln. Ein paar Minuten später hat sie's drin. Ah. Wie weit ist es mit uns gekommen?»

«Sie haben sich also immer geschützt. Ihr erster Test war negativ. Trotzdem glaubte ihr Mann, Sie hätten ihn infiziert. Und Ihre Schwägerinnen denken genauso?»

«Ja. Und deshalb begreife ich nicht, warum sie mich mit dem Bruder meines verstorbenen Mannes verheiraten wollen», antwortete die fünfte Frau. «Wenn sie mich für HIV-positiv halten, warum wollen sie dann, daß ich die Seuche an ein anderes Familienmitglied weitergebe?»

«Eine gute Frage, liebe Zuhörer», meinte Sylv. «Doch leider muß sie vorerst unbeantwortet bleiben.» Nach einem Blick auf die Uhr gab er Muff das Zeichen, die Werbung abzuspielen.

Draußen wartete die Menge gespannt darauf, die fünfte Frau in ihrer Nonnenverkleidung herauskommen zu sehen.

Muff verließ das Studio mit den drei Frauen. Dann verschwand er hinter der braunen Tür, wo die fünfte Frau vor der Sendung das Nonnengewand gegen normale Kleider ausgetauscht hatte. Fünf Minuten später rauschte er an Dina und Destine vorbei, die nur mühsam ein Lachen unterdrücken konnten ...

Vor dem Tor wurde die Menge immer unruhiger. Plötzlich schrie jemand: «Da ist sie», und zeigte auf die Nonne, die mit dem Rücken zu ihnen stand. Nachdem sie einen kurzen Blick nach draußen geworfen hatte, ging sie zurück ins Gebäude.

«Ah. Da war sie ja», sagte ein untersetzter Mann, der sich vor lauter Eifer auf die Zehenspitzen gestellt hatte. «Aber nun, wo jeder weiß, daß sie als Nonne verkleidet gekommen ist, macht ihre Tarnung nicht mehr viel Sinn ...»

Ein ausgesprochen zufrieden wirkender Eismann, der hervorragende Geschäfte gemacht und Unmengen von Eis und Joghurt verkauft hatte, erwiderte: «Die Frau setzt zu viel aufs Spiel. Ah. Sie hätte besser in ihrem Versteck bleiben sollen.»

«Wenn ihr mich fragt, ich verstehe ihr Problem überhaupt nicht», schaltete sich ein Glatzkopf ein. «Sie hat einen Mann geheiratet. Der ist gestorben. Die Familie hat einen anderen Ehemann für sie, und den mag sie nicht. Warum das ganze Theater? Also, ich hoffe ehrlich gesagt, sie schnappen sie.»

«Ebei. Bruder», schnappte eine Frau neben ihm. «Wenn ich deine Frau wäre und dann sterben würde, und meine Familie besteht darauf, daß du meine Schwester heiratest, wärst du dann einverstanden?»

«Maame», meinte Glatzkopf, «sagen wir mal so. Wenn ich meine Frau nehme und dann an ihre ältere Schwester denke, Araba Pompo, dann würde ich weinen, bis Gott mich aus Mitleid vom Leben erlöst. Die Frau ist so häßlich, daß die Leute ihre Kinder davor warnen, ihr ins Gesicht zu sehen. Aber wenn es um ihre jüngere Schwester ginge, Sweety Pie, yeeeh. Ob ich einverstanden wäre? Klar. Das wäre mein Glückstag.»

«Du Idiot», keifte eine Frau.

«Deshalb hat er keine Haare auf dem Kopf. Die sind zusammen mit dem Gehirn ausgegangen», unterstützte sie eine andere.

Alle waren nun so in Diskussionen und Streitereien vertieft oder damit beschäftigt, die Nonne zu beobachten, die ihnen immer noch den Rücken zudrehte, daß niemand auf das Taxi am Hintereingang achtete. Die junge Frau im blauweißen Jogginganzug konnte ganz unbehelligt einsteigen.

Währenddessen taten Muff, der in seiner Verkleidung furchtbar schwitzte, vom vielen Stehen schon die Füße weh.

«Wann wird dieser Alptraum zuende sein, Sylv?» zischte er.

Sylvs Mundwinkel zuckten. «Es kann sich wohl nur noch um Minuten handeln ... aller Voraussicht nach ...»

Der Wachmann vor dem Tor konnte sich an Muff im Nonnengewand kaum sattsehen. Es kostete ihn einige Überwindung, seine Aufmerksamkeit wieder dem Kokosnußverkäufer zuzuwenden, der erneut mit dem Zuckerrohrverkäufer telefonierte.

«Ja ... sie haben uns reingelegt ... mit einem ganz billigen Trick. Wie konnten wir darauf reinfallen?»

Dina und Destine liefen an der Rezeption vorbei und verließen das Gebäude Richtung Parkplatz. Das Gesicht des Kokosnußverkäufers hellte sich etwas auf. «Da kommt die Frau von dieser Organisation. Diesmal schütteln sie uns nicht ab. Wir kriegen sie.»

Muff riß sich das Gewand buchstäblich vom Leib, nachdem sein Auftrag erfüllt war. «Lieber Himmel! So, wie sich die Hitze in dem Ding staut, können einem Gottes Bräute wirklich leid tun ...»

«Sir.» Der Sicherheitsmann, der respektvoll gewartet hatte, bis Muff wieder einigermaßen repräsentativ aussah, trat auf ihn zu. «Jemand möchte Sie sprechen, Sir. Es scheint sich um einen Propheten zu handeln.»

«Ein Prophet?» feixte Muff. «Gratuliere, Sylv. Endlich ist dein Ruhm bis zum Himmel durchgedrungen.»

«Genau. Dank sei der falschen Nonne und dem falschen Priester.» Sylv grinste und erkundigte sich beim Sicherheitsmann, ob der Prophet eine Nachricht hinterlassen hatte.

«Ja, Sir. Er bat mich, Ihnen auszurichten, daß er wiederkommen würde.»

«Gütiger Himmel!» Muff gluckste. «Das klingt nach Jesus.»

«Mehr hat er nicht gesagt?» fragte Muff den Security-Mann.

«Nur das, Sir.»

«Hat er seinen Namen genannt?»

«Ja, Sir. Sein Name ist Abednego. Ich sollte Ihnen ausrichten, daß der Prophet Abednego gekommen ist.»

KAPITEL 6

Aggie ließ sich auf den Schemel unter der schattigen Palme sinken, die genau in der Mitte des Gartens wuchs. Zeit für die übliche Samstagmorgen-Wäsche. Sie war angespannt. Das Warten war unerträglich. Das ständige Lauschen. Das Wissen, daß es bald wieder soweit sein würde. In den letzten Wochen war es jeden Samstagmorgen passiert. Idan schien nicht im Traum zu ahnen, daß sie es mitbekommen haben könnte. Er saß nun im Wohnzimmer – wahrscheinlich ging es ihm genauso elend wie ihr – und wartete. Dieses Warten würde sie beide noch umbringen. Die Uhr schlug zehn. Aggie fühlte, wie sich ihr Magen verkrampfte. Diese Krämpfe setzten immer ein, wenn sie das Klingeln so sehr erwartete, daß sie es schon fast hören konnte.

Im Wohnzimmer spürte Idan seinen Puls rasen.

Dann klingelte das Telefon.

Es war soweit. Für Idan bedeutete dieses Klingeln das Ende einer quälenden Warterei. Für Aggie bedeutete es stärkere Krämpfe und ein mörderisches Stechen in der Brust, als wollte ihr Herz platzen. Aggie lauschte den Klingelzeichen, dem geheimen Code, den sie mittlerweile so gut kannte. Idan saß neben dem Telefon, aber er nahm nicht ab. So war es immer.

Eine Minute verstrich. Dann klingelte das Telefon wieder. Diesmal erhob sich Idan wie ein Zombie aus seinem Sessel. Aggies Brust schmerzte, während sie ihn beobachtete, wie er ins Schlafzimmer lief. Sie kannte das Ritual.

Sie konnte nur ahnen, warum er sein Handy immer im Schlafzimmer ließ, wenn er auf ihren Anruf wartete. Vermutlich hing es damit zusammen, daß Aggie ihn dort nicht so gut im Blick hatte, wenn sie im Garten die Wäsche machte. Und er hatte sich wirklich Mühe gegeben, daß alles unverdächtig wirkte. Hätte er das Handy bei sich im Wohnzimmer gehabt und dann den Raum verlassen, um zu telefonieren, wäre das schon irgendwie seltsam gewesen.

Nun war er im Schlafzimmer angekommen. Aggie ahnte mehr als sie sah, wie er ihre Nummer wählte.

Sie griff das nächste Teil aus der Schmutzwäsche. Eine Unterhose. Eine von seinen. Sie biß sich auf die Lippen. Wie war Idan bloß in so etwas hineingeraten? Und was hatte seine Geliebte vor? Wollte sie, daß Aggie von ihr wußte oder zumindest ahnte, daß es sie gab? Diese allzu offensichtlichen Klingelzeichenspiele ... Aggie wußte von Geliebten, die ihren Männern am Ende einer gemeinsamen Reise einen Tanga in den Koffer stopften, weil sie genau wußten, daß die Ehefrauen sich später um die Wäsche kümmerten. Während Papa im Sessel die Strapazen seiner Dienstreise Revue passieren ließ.

Idan war völlig ins Gespräch vertieft, als Aggie schließlich ihren Waschplatz verließ und zum Schlafzimmer lief. Dieser Treuebruch ausgerechnet in ihrem Schlafzimmer – das war einfach nur krank. Sie blieb im Türrahmen stehen und beobachtete Idan, der ihr den Rücken zudrehte. Da stand er, mit hängenden Schultern, und flüsterte den Namen seiner Geliebten. «Randa ... Randa ... Randa.»

In diesem Moment passierte etwas Merkwürdiges. Mit einem Mal war der Schmerz in Aggies Brust verschwunden und mit ihm das Entsetzen über die Szene, die sie gerade beobachtet hatte. Sie stellte fest, daß ihre Glieder ihr wieder gehorchten. Leise drehte sie sich um, verließ das Haus und kehrte zur Waschstelle zurück. Als sie wieder auf dem Schemel saß, dachte sie plötzlich an eine Pistole. An einen Schuß. Irgendwie erheiterte sie die Vorstellung fast. Die Kugel, die in einen Körper eindringt und ihn zerfetzt, das Innerste nach außen kehrt. Erst kommt der Schock. Dann die Taubheit. Und dann ein unvorstellbarer Schmerz.

Sie tauchte ihre Hand in die Seifenlauge und griff nach dem nächsten Wäschestück. Natürlich war es wieder eine von Idans Unterhosen. Hatte er die angehabt, sie ausgezogen, um mit Randa Sex zu haben, und sie dann zum Waschen nach Hause gebracht? Haftete daran noch Randas Geruch?

In diesem Moment trat Idan auf die Veranda. Ohne Handy. Sein Gesicht glühte, offenbar war das Gespräch mehr als zufriedenstellend gelaufen.

Sofort spürte Aggie den Schmerz in ihrer Brust wiederkehren. So mußte sich eine Schußverletzung anfühlen. Der Schmerz war so stark, daß sie sich kaum auf dem Schemel halten konnte.

«Idan!» rief sie.

Ihre Stimme klang ganz ruhig und sanft. Ein Teil von Aggie war erschrocken über diese Stimme, denn es war nicht ihre, es war nicht sie.

«Wer ist Randa?»

Sie klang wie eine Mutter, die ihr verängstigtes Kind beruhigt. Idan fühlte sowohl Erleichterung als auch Schmerz, als ihm klar wurde, daß sie sein Versteckspiel durchschaut hatte. Er liebte seine Frau, die Sache mit Randa hatte nichts mit seinen Gefühlen für Aggie zu tun. Aber Randa hatte ihn vom ersten Augenblick an in ihren Bann gezogen, ihn gefesselt – und nun drehte sich sein ganzes Denken und Sehnen nur um sie. Sie war sein sprichwörtlicher Santrofi-Vogel: Er hatte sie im Wald gefangen und war nicht in der Lage, sie nach Hause zu bringen, aber noch weniger, sie zurückzulassen.

Er wußte nicht, was er Aggie antworten sollte. Wie hätte er ihr erklären können, daß Randa buchstäblich aus dem Nichts in sein Leben getreten war, nach Feierabend auf dem Firmenparkplatz? Wie hätte sie verstehen können, welche Macht Randa nun über sein Gefühlsleben hatte? Wie sie dafür sorgte, daß er sich an einem Tag wie der glücklichste Mann der Welt fühlte und am anderen Tag am Boden zerstört war?

Hilflos betrachtete er seine Frau. Sie wußte es, warum sollte er Randa noch verleugnen? Am liebsten hätte er sie angefleht, daß sie ihn diese Geschichte ausleben ließ, bis er irgendwann die Kontrolle über seinen Verstand und seine Gefühle wiedererlangen würde. Er hätte ihr gern gesagt, wie sehr er sie nach wie vor liebte, obwohl er Randa so sehr begehrte. Doch ihm war klar, daß jedes falsche Wort fatale Folgen haben konnte. So ging er wortlos ins Haus zurück, duschte, zog sich frische Sachen an, setzte sich ins Auto und fuhr los. Für seine Frau hatte er keinen Blick, geschweige denn ein Wort mehr übrig. Randa hatte angerufen.

Nach dem Abend, an dem er sie angefahren hatte, wußte er nur, daß sie Randa hieß und Studentin war. Zweimal kehrte er zum Campus zurück in der Hoffnung, ihr zufällig über den Weg zu laufen. Er hätte sie dann angesprochen, sie gefragt, ob es ihr nach dem Unfall wieder gutging ... Aber er hatte kein Glück gehabt.

Die erste Woche danach war fast unerträglich. Er versuchte, seine Leidenschaft in den Griff zu bekommen, indem er jede Nacht mit Aggie schlief. Das half nicht. Und Aggie, die zuerst von Idans Lust überaus geschmeichelt war, bemerkte irgendwann, daß Idan beim Sex ganz woanders war. Er sah sie dabei nie an, als ob er fürchtete, ihr Anblick könne ihn aus seinen Phantasien reißen. Sobald Aggie die Initiative ergriff – was selten genug vorkam –, kam der Sex einem Desaster gleich: verkrampft, hastig, ohne wirkliche Nähe. Es hatte etwas Mechanisches, so wie man eine Pille gegen Kopfschmerzen schluckt. Dennoch spielte Aggie brav mit und täuschte Lust und Befriedigung vor.

Wenn Idan arbeitete, wurde die Sehnsucht nach Randa manchmal so stark, daß er auf dem Parkplatz die Stelle aufsuchte, wo sie sich zum ersten Mal begegnet waren. Dann glaubte er fast, Randas Stimme zu hören, ihr hübsches Gesicht und ihr Lächeln zu sehen. Manchmal dachte er auch an ihre erste Diskussion, die sich um «sugar daddies» gedreht hatte. Die Erinnerung verursachte ihm ein leises Unbehagen, das sich jedoch leicht abschütteln ließ.

Nach der ersten Woche hatte er die Hoffnung, Randa wiederzusehen, fast aufgegeben. Die Ausflüge zum Parkplatz wurden seltener. Und er gewöhnte sich wieder ab, stundenlang das Telefon anzustarren.

Doch dann – am dritten Tag der zweiten Woche – blinkte die Nummer der Telefonzentrale im Display. Er nahm den Hörer ab.

«Ein Anruf für Sie, Sir», säuselte eine Frauenstimme.

Idan ließ den Anrufer durchstellen und meldete sich wenig enthusiastisch. Im nächsten Moment war er auf den Beinen, spürte, wie das Blut in seinen Kopf schoß, und stand stramm wie ein Soldat, dessen Vorgesetzter einen unangemeldeten Besuch abstattet.

Er mußte den Hörer mit beiden Händen festhalten, um ihn nicht vor Aufregung fallen zu lassen.

«Hallo», sagte Randa noch einmal.

In seiner Nervosität hatte er zunächst kein Wort herausbringen können. Diesmal klappte es etwas besser, er brachte ein verständliches «Hallo» zustande. Dann schwiegen beide. Es war ein peinliches Schweigen, und Idan fühlte, wie sein Selbstbewußtsein zusammenschrumpfte wie ein löchriger Luftballon. Sollte er sie nach dem Grund ihres Anrufs fragen? Oder war das unhöflich? Würde sie das nicht abschrecken?

«Wie ist es Ihnen denn so ergangen?» brachte er schließlich heraus.

Sie antwortete, bei ihr sei alles in Ordnung.

«Also ist nichts vom Unfall zurückgeblieben?»

«Nein.»

Er hätte sie nur zu gern gefragt, warum sie sich nicht früher gemeldet hatte, ihr erzählt, daß das Warten auf ihren Anruf ihn fast in den Wahnsinn getrieben hatte. Aber ihre kühle, leidenschaftslose Stimme hielt ihn davon ab.

«Können wir uns treffen?» fragte sie dann zu seiner Überraschung. «Es ist etwas passiert», fügte sie schnell hinzu. «Bitte, wir müssen uns treffen. Es ist dringend.»

Sie verabredeten sich am gleichen Ort, wo er sie beim ersten Mal abgesetzt hatte. Kaum hatte er den Hörer aufgelegt, machte sich Idan auf den Weg.

Sie wartete schon auf ihn, als er ankam. Idan bemerkte, daß sie sehr unruhig war, aber sich trotzdem bemühte, ihn anzulächeln. Sein Herz machte einen Sprung. Er war ein paar Mal untreu gewesen, aber keine Frau hatte ihn jemals so beschäftigt wie dieses Mädchen, das er bisher noch nicht einmal geküßt hatte. In seinen bisherigen Affären hatte er sich immer als Herr der Lage gefühlt, er hatte sie richtiggehend geplant, und es war um nichts anderes als Sex gegangen. Sex, um Druck abzubauen, Sex, um sich ein wenig Abwechslung zu verschaffen, wenn er den ewig gleichen Ritualen seiner Ehe überdrüssig war. Und manchmal auch, um sein Selbstwertgefühl aufzupolieren, wenn der Gedanke an seine mögliche Unfruchtbarkeit ihm zusetzte.

Aber Randa war völlig ungeplant in sein Leben getreten. Bisher hatte er sich immer einreden können, seine Frau habe ihn dadurch, daß sich alles nur noch um den Kinderwunsch drehte, ja geradezu in seine Affären hineingetrieben. Wie hätte er anders mit dieser ständigen Anspannung zurechtkommen können? Aber seine Gefühle für Randa konnte er damit nicht so einfach entschuldigen.

Er entriegelte die Beifahrertür; Randa stieg ein und sah ihn hilflos an.

«Ich hatte gestern unerwarteten Besuch», erklärte sie ohne Umschweife.

Idans Herz setzte einen Schlag aus. Das konnte nur Aggie gewesen sein. Aber wie ... und warum ... Zwischen ihm und Randa war doch nichts passiert.

«Auf einmal stand sie vor meiner Tür», fuhr Randa fort. «Deshalb habe ich Sie angerufen. Ich habe wirklich Angst.»

Idan hätte sie liebend gern in den Arm genommen und getröstet. «Das verstehe ich nicht», murmelte er. «Ich meine, Sie haben doch nur in meinem Auto gesessen. Und als ich Aggie hinterher angerufen habe, war sie zu Hause. Wie kann sie von uns wissen? Mal ganz davon abgesehen, daß es gar kein ‹uns› gibt, zum Teufel ... Das paßt gar nicht zu meiner Frau.»

«Also war sie doch Ihre Frau», sagte Randa kühl.

Idan runzelte die Stirn. «Moment mal. Sprechen wir über die gleiche Person?»

«Ich meine die Frau mit der blonden Afroperücke.»

«Was?»

«Ist sie Ihre Frau?» bohrte Randa.

«Verdammt noch mal, nein!»

«Ihre Ex-Frau?»

«Also wirklich ...»

«Ex-Geliebte?»

«Ich kenne diese Frau nicht!» brüllte Idan. «Gütiger Gott! Ich hätte ja mit allem gerechnet, aber nicht damit. Vielleicht sollte ich zur Polizei gehen.»

«Und was würden Sie da erzählen?» Der Spott in Randas Stimme war kaum zu überhören. Sie glaubt mir nicht, dachte Idan.

«Ich weiß nicht, wie ich es Ihnen begreiflich machen soll. Ich habe Ihnen die Wahrheit erzählt, und die gleiche Wahrheit werde ich auch den Polizisten erzählen. Ich kann doch nicht tatenlos zusehen, wie ... Wenn sie Ihnen etwas antut, jetzt, wo sie Ihre Adresse kennt? Oder wenn sie mir etwas antut? Die Frau ist ein Stalker. Sie ist verrückt. Sie haben doch gehört, was sie erzählt hat ...»

«Daß Sie ihr Mann seien und ich die Finger von Ihnen lassen soll.»

«Verdammt noch mal», jaulte Idan.

Und dann, zu seiner Überraschung, lachte Randa.

«Was ist denn daran so lustig?»

«Idan, Sie müssen sich entspannen», sagte sie sanft. «Sie ist ja nicht mit einem Maschinengewehr unter dem Arm gekommen. Nur ihre blöde Perücke hatte sie dabei.» Bei der Erinnerung daran mußte sie erneut kichern.

Idan war vollends verstört. Eben war Randa noch so wütend gewesen, daß er fast Angst vor ihr gehabt hatte, und nun strahlte sie ihn fröhlich an. Sie war die rätselhafteste Frau, die ihm je begegnet war.

«Ich werde Sie beschützen, Randa», sagte er ernst. «Ich glaube, unser Zusammentreffen war schicksalhaft, und ich werde Sie beschützen, ob es Ihnen paßt oder nicht. Ich werde ihnen auch nicht erlauben, wieder ein Taxi zum Wohnheim zu nehmen. Ich bringe Sie bis zur Zimmertür. Und wenn Ihnen mein Ehering peinlich ist, ziehe ich ihn eben aus. Außerdem brauche ich Ihre Zimmernummer und Ihre Telefonnummer. Widerstand ist zwecklos.»

Randa hörte sich Idans Vortrag stumm an. Schließlich lächelte sie und sagte leise: «Dann stimmt es also.»

«Was denn?»

Sie sah ihm eine Sekunde länger in die Augen, als es nötig gewesen wäre. «Daß verheiratete Männer die besten heimlichen Liebhaber sind.»

Nun mußte Idan lachen. Randa beobachtete ihn mit einem Blick, der stilles Einverständnis ausdrückte.

«Haben Sie schon gegessen?» fragte Idan abrupt. Er war nervös.

Randa streckte den Zeigefinger aus und strich sanft über Idans Lippen. Ihm brach der Schweiß aus, obwohl die Klimaanlage auf Hochtouren lief.

«In der Oxford Street?» stotterte er.

Randa schwieg. Dann berührte sie ihn sanft an der Schläfe, und Idan spürte, wie das Blut in seinen Adern pochte. Randa hingegen wirkte ganz entspannt. «Ich muß zurück zum Campus», sagte sie ruhig. «Aber morgen würde mir passen. Wenn das Angebot dann noch steht.»

«Natürlich», brach es aus Idan heraus. Ein Teil von ihm registrierte, daß sein Eifer etwas Peinliches an sich hatte, aber eigentlich war ihm das egal. «Soll ich Sie abholen? Hier? Oder beim Wohnheim?»

«Das können wir ja morgen ausmachen. Ich rufe Sie an. Wenn es morgen nicht klappt, dann übermorgen.»

«Aber das wäre Samstag. Da bin ich nicht im Büro.»

Randa warf ihm einen enttäuschten Blick zu, was Idan augenblicklich zum Einlenken bewegte: «Also gut, wenn Ihnen Samstag paßt, paßt mir das auch. Rufen Sie mich einfach an.»

«Auf dem Handy?»

«Ja ... äh ... nein. Nicht auf dem Handy.»

Randa feixte. «Ihre Frau könnte rangehen, nicht wahr?»

«Na ja, ich könnte ja im Bad sein», sagte Idan dümmlich.

«Was machen wir jetzt?» drängte Randa. «Wenn sie meine Nummer auf Ihrem Handy findet, ruft sie mich bestimmt an, um zu sehen, wer ich bin.»

Idan betrachtete sie hilflos.

«Was ist mit Festnetz?» schlug Randa schließlich vor. «Dann wäre meine Nummer nicht gespeichert, und wenn sie drangeht, lege ich einfach auf.»

«Sie ist sehr intelligent, Randa. Sie würde sicher mißtrauisch werden. Machen wir es so: Sie klingeln zweimal durch und legen dann auf. Nach einer Minute rufen Sie nochmal an, lassen zweimal durchklingeln und legen auf. Dann rufe ich Sie vom Handy aus an. Wie klingt das?»

«Perfekt», sagte Randa leise. «Einfach perfekt.»

Am kommenden Tag hatte Randa keine Zeit, und so fiel ihr erstes Treffen auf den Samstag. Der Plan mit den Klingelzeichen funktionierte perfekt, wie Randa es vorausgesagt hatte. Idan gab vor, eine geschäftliche Verabredung im Büro zu haben, und machte sich auf den Weg zu Randas Wohnheim. Vor dem Gebäude hielt er und griff nach seinem Handy. «Randa? Ich bin jetzt hier ... kommen Sie?»

«Kommen Sie doch», gurrte Randa.

Idan fiel aus allen Wolken. «Soll ich wirklich?»

«Klar. Meine Zimmernummer wissen Sie doch noch?»

«Ja.»

«Dann kommen Sie. Ich warte.»

«Ja ... alles klar», stotterte er.

«Ach, und Idan?»

«Ja?»

«Ihren Ehering können Sie anlassen.»

Aus dem Essen in der Oxford Street wurde nichts. Stattdessen landeten sie in einer Absteige in einem Vorort von Accra. Es folgten zahllose weitere Treffen, wobei es immer Randa war, die Zeitpunkt, Ort und Dauer bestimmte. Idan folgte ihr, überwältigt, willenlos und unendlich dankbar.

Wer war Randa?

Nicht einmal Idan war sicher, sie wirklich zu kennen. Aber Randa hatte angerufen. Und wenn Randa anrief, spurte er.

Als der Wagen außer Sichtweite war, lehnte sich Aggie gegen den Baum und weinte wie ein Kind.

In ihrem Kopf hallte das Echo eines wohlbekannten Klingelzeichens wider: zweimal Klingeln – Ruhe. Zwei Mal klingeln – Ruhe.

Wer war Randa?

KAPITEL 7

Die knallrote Aufschrift auf dem hellblauen Mercedes-Benz-Bus stach ihr sofort ins Auge. «Der Mensch denkt, Gott lenkt», stand da. Sie hielt die Bibel in ihrer Hand noch fester und rückte mit der anderen Hand die Sonnenbrille zurecht, hinter der sie sich versteckte. «Auch eine Meinung», dachte sie und grinste zynisch.

Die Busstation war wie immer hektisch und ein einziges Farbengewimmel. Schals, Mützen, Agbadas und Kaba-Blusen. Aber die Frau sah nur Dunkelheit, Grau.

Ihre Gedanken kehrten zum alten Mann zurück. Sie erinnerte sich noch genau, wie sie ihn zum ersten Mal angerufen und ihn und seine Frauen schließlich besucht hatte. Ihre Geschichte hatte er ihr sofort abgenommen. Er war zugleich überrascht und geschmeichelt, daß unter allen polygamen Haushalten des Landes seiner ausgewählt worden war, um Grundlage ihrer Studie zu sein – ihrer Studie, an der auch wichtige weiße Menschen aus Europa und Amerika beteiligt waren. Noch beeindruckter war er, als er erfuhr, daß die Studie sogar von den Vereinten Nationen gefördert wurde und er für seine Kooperation eine «kleine Bezahlung» erhalten sollte.

Am meisten hatte ihn interessiert, ob die «kleine Bezahlung» in Dollar erfolgen würde, wenn sie doch von den Vereinten Nationen kam – der Dollarwahn, der die Cedi-Länder fest im Griff hatte, war längst nicht mehr auf die großen Städte beschränkt. Die Aussicht, daß er die schönen Dollars wohl doch in einem Forex-Büro tauschen mußte, um sie ausgeben zu können, betrübte ihn sehr.

Ihr Plan war am Anfang nur sehr vage gewesen. Das änderte sich bei ihrem ersten Besuch, als der alte Mann ihr von seinem

Geschwür am Bein erzählte. Er wußte nicht genau, was er da eigentlich hatte, ob es eine Eiterbeule oder ein entzündeter Insektenstich war. Da das Geschwür mit Kräutern bedeckt und mit Kattun umwickelt worden war, konnte sie sich kein Bild machen. Sie erzählte ihm, sie hätte eine Ausbildung als Lehrerin gemacht. Auch auf seine Frage, wie sie ausgerechnet auf ihn gekommen seien, hatte sie eine vorgefertigte Antwort parat.

«Wir haben in einer Radiosendung einen Aufruf gestartet, polygame Haushalte für unsere Studie vorzuschlagen. Es kamen ziemlich viele Hinweise aus allen Ecken des Landes, und wir haben jeden einzelnen sorgfältig geprüft. Dann haben wir uns einstimmig für Sie entschieden. Viele der Zuhörer haben ihre Vorschläge anonym abgegeben, das war für uns kein Ausschlußkriterium. Ich glaube, auch der Hinweis auf Sie kam anonym. Haben Sie eine Idee, wer Sie vorgeschlagen haben könnte?»

Der alte Mann überlegte keine Sekunde. Er antwortete treuherzig, das könne nur sein Sohn gewesen sein, der in einer Holzfabrik in Takoradi arbeitete, oder aber seine Tochter, die bei einer Organisation in Accra angestellt war. Beide hatten ein abgeschlossenes Studium, fügte er mit stolzgeschwellter Brust hinzu, aber ihre verantwortungsvollen Posten brachten es auch mit sich, daß sie fast nie Zeit für einen Besuch fanden.

Das erste Treffen fand seinen Höhepunkt in der feierlichen Übergabe eines weißen Umschlags, der ein paar Scheine enthielt. Eine Vorauszahlung für seine Mitarbeit, erklärte sie. Der alte Mann wollte seinen Augen kaum trauen. Er hatte doch nur ein bißchen mit ihr geplaudert, und so wie es aussah, würden die nächsten Treffen nicht wesentlich anders ablaufen. Dafür sollte er bezahlt werden?

«Ich sage Ihnen gleich, daß ich auch mit Ihren Frauen reden muß!» sagte sie mit einem kleinen Lächeln und beobachtete, wie er die Scheine zählte.

Es war ein sehr erfolgreiches erstes Treffen gewesen. Als sie schließlich ging, ließ sie einen restlos glücklichen Mann zurück.

Die Erinnerung an das Treffen mit dem alten Mann ermüdete sie. Irgendwann döste sie ein, und als der Bus den Busbahnhof verließ, schlief sie fest. Sie wachte erst wieder auf, als eine Frau, die gerade ihr Baby stillte, dem Schaffner quer durch den Bus zuschrie, daß sie im nächsten Ort aussteigen wollte. Der Schaffner schrie ihr Anliegen postwendend an den Fahrer weiter, der keine Miene verzog. Das Geschrei gehörte zum Busfahren wie die Schlaglöcher auf der Straße.

Die Frau begann zusammenzupacken und bugsierte ihre schwere Hängebrust wieder in die Kaba-Bluse. Woraufhin ihr Baby ein ohrenbetäubendes Protestgeheul anstimmte, das es bis zur Haltestelle nicht einmal zum Atemholen unterbrach. Schließlich stiegen Mutter und Baby aus, und ein neuer Passagier nahm ihren Platz ein. Sie hatten die halbe Strecke hinter sich. Im Auto schaffte man es in gut einer Stunde von Accra bis zu dem Ort, wo der alte Mann wohnte, aber der Bus brauchte mehr als drei Stunden, weil er buchstäblich an jedem Steinhaufen anhielt, um Passagiere aus- oder einsteigen zu lassen.

Mittlerweile besuchte Cora den alten Mann und seine Frauen nun schon zum dritten Mal. Cora lockerte die Schultern und versuchte, eine bequemere Sitzposition zu finden, während ihr plötzlich wieder das Baby in den Sinn kam ... wie es geweint hatte. Es brauchte die Milch, es glaubte, ein Recht darauf zu haben, und der plötzliche Entzug blieb ihm völlig unverständlich.

Ihre Augen fielen zu, während Erinnerungen und längst vergessen geglaubte Eindrücke in ihr hochstiegen.

Sie sah Randa, sechs oder sieben Jahre alt, die noch in Mas und Pas Bett schlief. Randa, das Überraschungskind, das ungeplant und unerwartet gekommen war – und von Ma hoffnungslos verzogen wurde. Als Ma irgendwann versucht hatte, Randa dazu zu bewegen, im Zimmer ihrer Schwester zu schlafen, hatte Randa geweint wie ein Baby. Sie hatte nicht begreifen können, warum sie so plötzlich auf Mas Wärme und Nähe verzichten sollte. Randa wollte Mas und Pas großes, gemütliches Bett nicht verlassen. Pa schlief außen, Ma in der Mitte und Randa an der Wand, damit sie nachts nicht hinausfallen konnte. So war es immer gewesen, und so sollte es auch bleiben. Doch dann begannen die Träume, in denen Randa Ma weinen hörte. Das verwirrte Randa. Kleine Mädchen träumen nicht davon, daß ihre Mütter weinen. Sie träumen von Engeln, von Blumen, von Spielsachen. Aber der Traum, in dem Randa ihre Mutter weinen hörte, kehrte immer wieder.

«Ich habe was Komisches geträumt!» erzählte sie Cora eines Morgens.

Cora lachte. Sie, die dreizehn Jahre älter war als ihre Schwester, hing sehr an der Kleinen. «Jeder träumt mal komisch», sagte sie leichthin. «Ich auch.»

«Träumst du auch davon, wie Ma weint?» fragte Randa unschuldig.

Einen Augenblick lang war Cora wie vor den Kopf gestoßen. Dann nahm sie ihre Schwester fest in den Arm. «Träum doch lieber von Engeln und Blumen und Spielzeug. Meinst du, das bekommst du hin?»

Randa bekam es nicht hin. Der Traum kehrte immer wieder. Doch eines Nachts wachte Randa mitten im Traum auf. Das Weinen war immer noch da! Obwohl Randa noch sehr jung war, wußte sie, daß man nur träumte, wenn man schlief. Langsam formte sich eine beängstigende Gewißheit in ihr. Sie beugte sich dicht über Mas Gesicht. Ma weinte. «Ma», rief Randa, doch Ma schien sie nicht zu hören. Vielleicht hatte sie zu leise gerufen. Sie versuchte es noch einmal, doch wieder tat sich nichts. Als Randa Ma genauer betrachtete, stellte sie fest, daß diese schlief! Warum weinte

Ma im Schlaf? Das mußte sie Pa erzählen. Randa streckte ihre kleine Hand aus, um ihn anzustupsen. Aber da lag niemand. Jetzt begriff Randa: Ma weinte, weil Pa nicht im Bett war. Sie wußte nicht, was sie machen sollte. Auf jeden Fall mußte sie Cora wecken. Cora würde wissen, was zu tun war. Randa schlüpfte aus dem Bett und machte sich auf den Weg zu Coras Zimmer, genau gegenüber vom Schlafzimmer. Doch auf den Flur erstarrte sie plötzlich. Da war ein Geräusch. Es kam aus dem Wohnzimmer. Auf Zehenspitzen schlich sie sich näher heran. Cora hatte ihr beigebracht, wie man auf Zehenspitzen lief, wenn man nicht gehört oder gesehen werden wollte. Je näher sie dem Wohnzimmer kam, desto deutlicher konnte sie hören. Im Wohnzimmer redete jemand ... und zwar Pa. Es klang ein bißchen, als würde Pa auch weinen. Aber Pa schlief nicht. Pa machte irgendwas. Randa war sonnenklar, daß Cora in ihrem Zimmer auch weinte. Ihr Bruder Kweku war nicht zu Hause. Nur sie, Cora, Ma, Pa. Und wenn Ma und Pa und Cora mitten in der Nacht weinten, dann mußte das irgendwie ihre, Randas, Schuld sein. Aber was hatte sie bloß getan?

Sie schlich sich noch näher an Pa heran. Ach so! Warum war ihr das vorher nicht aufgefallen? Pa telefonierte. Er flüsterte etwas in den Hörer und weinte ein bißchen dabei. Und dann bemerkte sie, daß Pa seinen Wee-wee hielt. Das war es also. Pa hatte Schmerzen im Wee-wee, und das erzählte er jemandem am Telefon. Klar!

Leise drehte sie sich um und trippelte auf Zehenspitzen zu Cora. Pa mußte wirklich schlimme Schmerzen im Wee-wee haben. Cora hielt sie ganz fest. Dann sagte sie ihr, es gebe nur eine Möglichkeit, Pa zu helfen. Randa mußte aus dem Schlafzimmer aus- und bei Cora einziehen. Und sie dürfte niemandem, nicht einmal Ma und Pa, erzählen, was sie gesehen hatte. «Das ist unser Geheimnis», erklärte Cora.

«Meins und deins?» fragte Randa.

«Genau. Das Geheimnis der kleinen Schwester und der großen Schwester.» Sie lachte ein bißchen.

Randa kicherte auch. Ihre Verwirrung war wie weggeblasen. Sie kuschelte sich zu Cora ins Bett und schlief schnell ein, während ihre Schwester noch lange wachlag und über ihr Geheimnis nachdachte. Sie hatte Pa auch schon einmal nachts am Telefon beobachtet. Und sie wußte, daß Pa keine Schmerzen hatte. Im Gegenteil, dachte Cora. Ganz im Gegenteil.

Cora fuhr hoch. Eine Frau, der deutlich anzusehen war, daß sie Streit suchte, starrte ihr böse ins Gesicht.

«Du bist wohl im Traumland? Rück rein, hab ich gesagt.»

Cora machte sich in ihrer Ecke noch kleiner. Die Frau machte sich augenblicklich auf der Sitzbank breit, als befinde sie sich an Bord ihrer Privatlimousine. Der Schaffner, der die Szene beobachtet hatte, gluckste vor Vergnügen. «He!» flüsterte er einem Passagier in der Nähe zu. «Das nenne ich mal einen Auftritt.»

Der Passagier knurrte. «Frauen! Ich preise Gott dafür, daß er Adam vor Eva erschaffen hat. Umgekehrt würden die Frauen uns zwingen, sie vierundzwanzig Stunden am Tag huckepack zu tragen, da bin ich sicher.»

Coras Gedanken wanderten zu ihrem Bruder. Kweku saß in seinem Büro und wartete auf ihren Anruf. Er war bestimmt nervös. Sein geräumiges, komfortables Büro zeugte von Erfolg, von dem Glück, das er im Leben gehabt hatte – Gott hatte es trotz aller Prüfungen gut mit Kweku gemeint. Wenn Kweku in Gedanken war, starrte er immer die schweren Vorhänge an, die das grelle Sonnenlicht aus seinem Büro fernhielten. Cora sah ihn geradezu vor sich.

Er sah nicht einfach nur ein Stück Stoff, er sah seine Frau Elsie. Elsie hatte Textildesign studiert und nach ihrem Abschluß auch einen Job in der Branche gefunden. Sie gründete ihre eigene Firma, stellte eine Textildesignerin und ein paar Frauen ein, die noch die traditionellen Webtechniken beherrschten, und entwickelte neue Muster für Textilien im Haushalt: Tischdecken, Vorhänge, Bettwäsche ... Innerhalb kürzester Zeit gehörte Elsie zu den Topdesignerinnen des Landes. Ihre Entwürfe fanden sich in Häusern Prominenter wieder, in Regierungsgebäuden, in den besten Hotels.

Kweku war stolz auf Elsie und dankte Gott für ihre Ehe und die Kinder, die sie ihm geschenkt hatte. Wundervolle Erinnerungen verbanden sie und ihn. Aber der Anblick der Vorhänge brachte auch eine andere Saite in ihm zum Klingen. Gerade an dem Tag, an dem die alten Vorhänge in seinem Büro abgehängt wurden, um durch Elsies ersetzt zu werden, war ein Mann zu ihm gekommen. Kweku, der sich auf ein geschäftliches Gespräch eingerichtet hatte, fiel aus allen Wolken, als er hörte, daß es um seine Schwester Cora gehen sollte.

Der Besucher stellte sich als Gesandter der Familie Nana Affuls vor, der damals Coras Freund war. Die beiden kannten sich bereits viele Jahre, und Kweku schätzte Nana Afful sehr. Er war gut zu seiner Schwester. Nana Afful hatte Cora natürlich seiner Familie vorgestellt, und sie war dort stets willkommen gewesen. Bis zu dem Tag, an dem Nana Afful der Familie von seinen Heiratsplänen berichtete. Seine Eltern hatten gehofft, so weit werde es nie kommen. Sie stammten von einer Häuptlingsfamilie ab, und es war absolut undenkbar, daß ihr Sohn eine Frau heiratete, die einen Selbstmordfall in der Familie hatte. Davon abgesehen, fragte der Besucher, habe Kweku wirklich geglaubt, sie hätten dieses andere Familiengeheimnis vor Nana Affuls Familie verbergen können? Mit der Wahrheit war es doch wie mit einem Korken, den man unter Wasser drückte. Und der so oder so an die Oberfläche schoß – früher oder später.

«Wenn Sie von meiner Mutter reden, dann möchte ich etwas klarstellen. Sie scheinen darauf anzuspielen, daß wir einen Fall von Wahnsinn in der Familie haben. Da täuschen Sie sich. Unsere Mutter ist psychisch erkrankt.»

Der Besucher zeigte sich wenig beeindruckt. Nana Affuls Familie wollte Cora nicht als Familienmitglied, und Kweku war der Ansprechpartner, dem diese Botschaft überbracht werden mußte. Das hatte er nun getan. Wenn Kweku Interesse daran hatte, daß die Sache ohne böses Blut über die Bühne ging, sollte er Cora zu einer schnellen Trennung von Nana Afful bewegen. Sonst, so erklärte der Besucher, würden Kweku und Cora es nicht nur mit Nana Affuls Familie zu tun kriegen, sondern mit dem ganzen Clan.

So zahlte Cora für Pas Selbstmord und Mas Geisteskrankheit mit ihrem eigenen emotionalen Selbstmord. Einem emotionalen Selbstmord. Cora sollte sich nie von der Trennung erholen. Sie verfiel in Depressionen und ließ sich solange gehen, bis sie nicht mehr unterrichten konnte. Schließlich gab sie ihre Stelle auf und arbeitete stattdessen in Mas Geschäft. Der Klatsch und die Gerüchte, die auf die Trennung folgten, waren grausam und zynisch. Die Mutter sei verrückt, so tuschelte man sich hinter vorgehaltener Hand zu, und die Tochter litt an gebrochenem Herzen. Der Apfel fiel nicht weit vom Stamm.

Für Cora wurde jeder Sonnenstrahl zum Feind, und jedes unschuldige Lachen, das sie hörte, erschien ihr als Verrat. Sie selbst begann erst wieder zu lachen, als sie schließlich ihren Rachefeldzug starteten.

«He, kannst du dir nicht die Hand vor den Mund halten, wenn du gähnst?» keifte ein junger Mann in Richtung seiner Sitznachbarin. «Du bist hier nicht allein im Bus.»

Die Frau funkelte ihn an. «Was soll das? Wer sagt, daß ich mir die Hand vor den Mund halten muß, wenn ich gähne?»

Die Antwort kam postwendend: «Na, ich sage das. Weil du nämlich aus dem Maul stinkst, denn du es genau wissen willst.»

Wenn der junge Mann gedacht hatte, seine Sitznachbarin würde klein beigeben, sollte er sich getäuscht sehen. Sie rückte so dicht wie möglich an ihn heran und hauchte ihm genüßlich ins Gesicht, bevor sie erwiderte: «Und welches Gesetz in Ghana verbietet mir, aus dem Maul zu stinken?»

Bevor die beiden ihren lautstarken Dialog weiterführen konnten, schaltete sich der Fahrer ein: «Noch ein Wort, und ich lasse euch aussteigen. Dann könnt ihr euch draußen weiterunterhalten, ohne den anderen Passagieren auf die Nerven zu gehen.»

Die Drohung verfehlte ihre Wirkung nicht. Cora grinste und sah auf die Uhr. Noch eine Stunde. Wo Randa wohl gerade war? Und was sie tat? Den Rest der Fahrt verbrachte Cora damit, die Landschaft anzuschauen, die an ihr vorbeizog. Sie hatte genug nachgedacht.

KAPITEL 8

Während Cora auf dem Weg zum alten Mann und seinen beiden Frauen war, verließ Aggie das Büro und machte eine kurze Pause im Schatten des Baums, der vor dem Gebäude wuchs. Sie und Destine waren an diesem Tag allein; Dina und Vickie hatten eine Besprechung mit den Partnern von Budu and Stiles, einer privaten Anwaltskanzlei. Vor einiger Zeit hatte MUTE sich ein Team von Juristen gesucht, die sie im Notfall umsonst oder für ein geringes Entgelt unterstützen würden. Und der Notfall war bald eingetreten. Der Priester einer kleinen, wenig einflußreichen Kirche hatte den Ehemann einer Frau aufgehetzt, um die sich MUTE gekümmert hatte. Der Ehemann hatte tatsächlich MUTE wegen Verletzung seiner Privatsphäre verklagt. Dazu kam, daß Destine den Verdacht hegte, seit der GMG-Show mit der fünften Ehefrau verfolgt zu werden. Alles wies auf ein Mitglied der Pesewa-Familie hin. Auch hier war eindeutig juristische Unterstützung gefragt. Die Besprechung, die Dina organisiert hatte, zog sich hin, so daß die Beteiligten gegen Nachmittag einhellig beschlossen, daß es Zeit für ein Essen war. Als sie zurückkamen, sahen sie Aggie unter dem Baum sitzen.

«Stromausfall?» fragte Dina.

Wenn kein Strom da war und die Ventilatoren stillstanden, wurde es im Büro nach kürzester Zeit brütend heiß. Bei solchen Gelegenheiten waren sie schon öfter sehr dankbar für den schattenspendenden Baum vor dem Gebäude gewesen – und die Gelegenheiten waren nicht selten.

«Mir war schwindelig», sagte sie. «Ich habe einfach etwas frische Luft gebraucht.» Sie stand schnell auf und begleitete Dina und Vickie zurück zum Büro.

«Hoffentlich war das keine Überdosis frische Luft», ulkte Dina und brachte damit alle zum Lachen. «Was macht Destine?» fragte sie dann.

«Sie ist gut vorangekommen. Mit den Recherchen, die du ihr aufgetragen hast, ist sie fertig. War das Essen gut?»

«Es war exzellent», sagte Dina.

«Chinesisch?»

«Was denn sonst?» fragte Dina zurück. «Glaubt ihr eigentlich, es gibt in China genauso viele ghanaische Restaurants wie hier chinesische?»

Sie lachten noch, als sie das Büro betraten. «Übrigens, ich habe es genau gesehen, einer von denen trägt keinen Ring», Vickie sah Dina vielsagend an, die eine Grimasse zog. «Vickie, ich wußte gar nicht, daß du noch einen Nebenjob als Verkupplerin hast ... Aber um mal das Thema zu wechseln: Wollen wir uns kurz zusammensetzen und über die Besprechung reden?»

Dina steuerte auf den großen, runden Tisch im Nebenraum zu und war sehr erstaunt, daß Aggie, die direkt neben ihr stand, nicht folgte. Stattdessen wühlte sie in in den Unterlagen auf ihrem Schreibtisch, als würde sie etwas suchen. Dina hatte den merkwürdigen Eindruck, ihre Aktivität sei nur vorgetäuscht gewesen. Aber warum? Plötzlich fiel ihr Blick auf Destine, die mittlerweile am Tisch Platz genommen hatte. Und dann kam auch Aggie. Es war, als ob Aggie um jeden Preis vermeiden wollte, daß Destine sich neben sie setzte ... Hatte sie ihr deshalb den Vortritt gelassen? Während Dina von der Besprechung erzählte, behielt sie Aggie und Destine unauffällig im Blick. Und tatsächlich, sobald Destine aufstand und an Aggie vorbeilief, um ein Blatt Papier oder ein Glas Wasser zu holen, zuckte Aggie zusammen. Irgend etwas stimmte da nicht.

«Willst du noch mal an die frische Luft, Aggie?» fragte sie.

«Nein ... nein, alles bestens», brachte diese wenig überzeugend hervor.

Dina führte ohne einen weiteren Kommentar ihren Bericht fort: «Destine, die Anwälte haben gesagt, daß du ab jetzt jedes kleine Detail notieren sollst, sobald du dich verfolgt fühlst. Tag, Zeit, Ort, einfach alles ... Wenn du jemanden siehst, der dir verdächtig vorkommt, dann schreibe das Geschlecht auf, das geschätzte Alter, das Ausssehen, besondere Merkmale, alles, was später eine Identifikation erlauben könnte. Aber gehe nie auf direkten Konfrontationskurs. Das könnte später gegen dich verwendet werden.»

«Danke, Auntie Dina», sagte Destine sanft.

Nachdem die Ergebnisse der Besprechung diskutiert worden waren, stellte Aggie eine Frage, die ihr schon die ganze Zeit unter den Nägeln brannte. Wie sahen die beiden aus? Waren sie attraktiv? Oder doch eher häßlich?

Dina kicherte. «Ich sage nur, Namen können täuschen. Mr. Budu ist fast weiß ...»

«Du meinst, weiß im Sinne von Weißer Mann, Schwarzer Mann, Gelber Mann?»

«Genau. Sein vollständiger Name lautet Yaw Ketewaba Budu. Sein Großvater hat eine weiße Britin geheiratet. Ihr Sohn, Budus Vater, hat eine weiße Deutsche geheiratet. Sowas nennt man wohl Familientradition.»

«Also ist er auch mit einer Weißen verheiratet?»

«Er ist mit der Schwester seines Partners, Thomas Brookman Stiles, verheiratet, und der ist schwarz. Sie folglich auch.»

«Und Thomas Brookman Stiles hat keinen Ring getragen», warf Vickie mit einem anzüglichen Grinsen ein.

Dina verdrehte nur die Augen, was allgemeines Gelächter zur Folge hatte.

Dann sagte Vickie: «Ach ja, wir sind bei der Post vorbeigekommen. Für MUTE waren nur zwei Briefe da.»

«Und die stecken wohl noch in deiner Tasche?»

«Alzheimer läßt grüßen», Vickie stand auf, um die Briefe zu holen. Als sie zurück an den Tisch kam, beichtete Destine gerade, daß sie ebenfalls versehentlich einen Brief unterschlagen hatte – einen Brief für Aggie, der am Morgen gekommen war. Die anderen musterten sie erstaunt. Die Tür-zu-Tür-Zustellung war in Ghana noch ein schöner Zukunftstraum. Im Ghana der Gegenwart mußte man zur Post, um seine Briefe abzuholen. Umso merkwürdiger, daß nun ein Brief für Aggie im Büro abgegeben worden war.

«Scheinbar hat ihn jemand unter der Tür durchgeschoben», erklärte Destine. «Ich wollte ihn dir auf den Schreibtisch legen, aber ich bin wohl abgelenkt worden. Warte, ich hole ihn dir schnell.» Sie stand auf und lief an Aggie vorbei, die leise seufzte.

Dina ergriff die Gelegenheit beim Schopf. «Warum gehst du Destine aus dem Weg?»

«Es ist ihr Parfüm, Dina», sagte Aggie leise. «Ich kann es einfach nicht ausstehen.»

Vickie starrte sie überrascht an. «Aber das riecht doch gut.»

«Findest du den Duft zu intensiv?» fragte Dina nach.

Aggie nickte und entgegnete: «Es ... es überwältigt mich ... irgendwie. Kannst du vielleicht mit ihr reden?»

In Aggies Blick las Dina abgrundtiefe Verzweiflung. Sie zögerte keine Sekunde, obwohl Vickie große Augen machte. «Natürlich. Ich rede mit ihr.»

In diesem Moment kam Destine durch die Tür und wedelte mit einem weißen Umschlag. Aggie versuchte offenkundig, den Duft ihres Parfüms zu verdrängen, aber sobald Destine direkt neben ihr stand, sackte sie richtiggehend in sich zusammen.

Jetzt oder nie, dachte Dina. «Destine?» sagte sie sanft.

«Ja, Auntie Dina?»

«Destine», Sie lächelte unsicher. «Ich muß dir leider etwas sagen. Aggie reagiert allergisch auf dein Parfüm.»

«Oh Gott!» Destine fing fast an zu weinen. «Das tut mir so leid, Aggie. Bitte entschuldige, ich habe es erst seit ein paar Tagen. Ich benutze es nicht wieder. Es tut mir wirklich, wirklich leid.»

Als sie bemerkte, wie sehr sich Destine schämte, kam sich Aggie furchbar schäbig vor. «Nicht so schlimm, Destine», versuchte sie sie zu beruhigen. «Ich nehme Medikamente, vielleicht ist es eine Art Wechselwirkung ... keine Ahnung.»

«Es tut mir leid. Ich denke, ich sollte kurz eine Pause machen», murmelte Destine. Mit hängenden Schultern verließ sie Dinas kleines Büro und setzte sich im Nebenraum an einen Schreibtisch.

Plötzlich verwandelte sich Dinas besorgte Miene in ein Lächeln. «Meine liebe Kollegin, könnte es sein, daß du jetzt, wo du es am wenigsten erwartest, Nachwuchs bekommst? Ein Geruch, der Übelkeit hervorruft, das ist doch klassisch.»

Aber Aggie schüttelte nur den Kopf. «Es ist etwas anderes, Dina.»

Dinas Lächeln erstarb augenblicklich. «Möchtest du darüber reden?»

«Nein.»

Vickie beschloß, daß es Zeit war, die Atmosphäre aufzulockern. «Willst du nicht mal nachschauen, wer dir geschrieben hat?»

Aggie warf einen flüchtigen Blick auf den Umschlag. «Das wird ein Kontoauszug sein.»

«Und du willst deinen Kontostand nicht wissen?»

«Ich habe eine ungefähre Vorstellung, und die reicht mir, ehrlich gesagt.»

Aggie stutzte.

«Was ist los?»

«Der Brief ist gar nicht frankiert.» Stirnrunzelnd riß sie den Umschlag auf und zog ein weißes Blatt heraus. Von einem Moment auf den nächsten verlor ihr Gesicht jede Farbe.

«Was ist?» flüsterte Dina.

Aggie antwortete nicht. Ihr Blick haftete starr auf dem Papier.

Ohne um Erlaubnis zu bitten, griff Dina nach dem Blatt, warf einen Blick darauf und reichte es Vickie weiter. «Nemesis?» brachte Dina heraus.

Mehr stand nicht auf dem Blatt. Nur dieses eine Wort, in roten Großbuchstaben.

«Nemesis?» murmelte auch Vickie. «Ist das nicht eine griechische Göttin?» Sie stand auf und griff nach einem Wörterbuch aus Dinas Bücherregal.

«Das ist es ja», sagte sie schließlich. «Hier steht: Vergeltung. Gerechte Strafe.»

«Das heißt es?» erkundigte sich Aggie.

Dina schnappte sich das Wörterbuch, las den Eintrag und sah ihre Kolleginnen dann ratlos an. «Warum sollte dir jemand so etwas Merkwürdiges schicken?» rätselte Vickie.

«Vielleicht ist es ein Ablenkungsmanöver von Pesewas Familie», meinte Dina. «Sie könnten mitbekommen haben, daß wir wissen, daß Destine verfolgt wird. Und daß wir mit Anwälten gesprochen haben. Vielleicht haben sie Angst, daß wir sie anzeigen.»

«Aber wie kommen sie dann auf mich?» Aggie schien dieses Gedankenspiel wenig überzeugend. «Ich war doch nicht mal bei der GMG-Show dabei.»

Dagegen konnte Dina wenig sagen. «Wahrscheinlich hat es garnichts mit MUTE zu tun.»

Für einen Moment überlegte sie, Destine zurück ins Büro zu rufen, verwarf aber den Gedanken schnell wieder. Destines Parfüm war wohl das letzte, was Aggie jetzt gebrauchen konnte. Also stand sie auf und lief zu Destine hinüber. Das Mädchen hatte sich hinter einem Aktenordner vergraben und sah erschrocken auf, als Dina sie ansprach.

«Wie, meinst du, ist der Brief ins Büro gekommen?»

«Er lag auf den Boden, direkt hinter der Tür. Ich habe ihn gefunden, als ich heute morgen das Büro aufgeschlossen habe. Ich komme ja immer als erste.»

Dina schwieg. Sie suchte etwas in Destines Gesicht, irgend etwas, einen Anhaltspunkt – aber da war nichts.

Destine wurde unruhig. «Auntie Dina, habe ich wieder etwas falschgemacht?»

«Nein», sagte Dina sanft. «Es hat nichts mit dir zu tun. Manchmal bringt unsere Arbeit gewisse ... Unannehmlichkeiten mit sich. Einmal hat uns jemand ein Paket voller Exkremente geschickt.»

Destine schüttelte sich vor Ekel.

«Na ja. Wir haben es überlebt. Aber dagegen ist dieser Brief, den Aggie bekommen hat, halb so wild. In Ordnung?»

Destine nickte unsicher.

«Destine, nimmt dich das sehr mit?» fragte Dina besorgt. «Ich hoffe, du überlegst nicht, uns zu verlassen und dir ein anderes Thema für deine Arbeit zu suchen.»

«Auf keinen Fall.» Sie schüttelte wild entschlossen den Kopf.

«Gut, das freut mich zu hören.»

Dina verließ das Büro, um mit dem Portier zu reden. Er hatte in einem Liegestuhl bei der Pforte gedöst und stand sofort auf, als Dina auf ihn zukam. Sein Dienst ging von sechs Uhr morgens bis sechs Uhr abends, danach wurde er abgelöst. Wenn jemand gekommen war, um den Brief unter der Tür durchzuschieben, mußte er an ihm vorbeigegangen sein. Aber er hatte niemanden bemerkt. Sollte jemand den Brief im Morgengrauen abgegeben haben? Als der Nachtportier noch im Dienst war? Der Portier schien dies für nicht sehr wahrscheinlich zu halten. Ein Besucher zu so früher Stunde war etwas Außergewöhnliches, das hätte der Nachtportier ihm bei der Ablösung sicherlich mitgeteilt.

«Mal angenommen, die Person, die den Brief abgegeben hat, wollte nicht gesehen werden. Wie hätte diese Person dann ins

Gebäude kommen können, ohne an der Pforte vorbeizulaufen?»

Der Portier hatte schlichtweg keine Ahnung.

Frustiert kehrte Dina ins Büro zurück. «Kennt ihr die Geschichte vom Nachtportier, der eines Morgens zu seinem Chef ging und ihm die Gewinnzahlen der kommenden Auslosung verriet?»

Vickie kannte sie zwar nicht, wollte sie aber unbedingt hören.

«Also. Mit stolzgeschwellter Brust wartet der Nachtportier morgens auf seinem Chef und erklärt ihm, Gott hätte im Traum zu ihm gesprochen und die Zahlen genannt. Er sei sicher, daß es die Gewinnzahlen für die kommende Lottoziehung seien, habe aber nicht genug Geld für den Einsatz. Er schlägt seinem Chef also vor, im Falle eines Gewinns das Geld zu teilen. Der Chef läßt sich darauf ein, setzt auf die Zahlen, gewinnt, drückt dem Nachtportier einen Umschlag mit seinem Geld in die Hand ... und feuert ihn. ‹Wie?› winselt der Nachtportier. ‹Glauben Sie, ich wäre mir jetzt zu fein für den Job?› Sein Chef betrachtet ihn ruhig. ‹Wie, sagtest du, bist du an die Zahlen gekommen?› ‹Gott hat sie mir im Traum genannt.› wiederholt der Nachtportier, der sich über die Vergeßlichkeit seines Chefs etwas wundert. ‹Und ich bin sicher, das war nicht das letzte Mal.› fügt er würdevoll hinzu.

‹Gut möglich›, sagt der Chef mit einem breiten Grinsen. ‹Aber eine Frage habe ich noch: könnte es sein, daß du geschlafen hast, als du diesen Traum mit den Zahlen hattest?›»

Selbst Aggie mußte lachen. Konnte es sein, daß der geheimnisvolle Jemand am Nachtportier vorbeigeschlichen war, während der von den kommenden Lottozahlen oder was auch immer geträumt hatte?

Während sich die drei Frauen ratlos ansahen, verabschiedete sich Cora, weit entfernt von Accra, gerade vom alten Mann und seinen zwei Frauen.

Zwei Schauplätze, zwei Ereignisse ... und doch existierte eine unsichtbare Verbindung zwischen ihnen.

Im Ort, in dem der alte Mann wohnte, gab es keinen Handyempfang. Aber im Ortskern fand Cora ein öffentliches Telefon und rief Kweku im Büro an.

«Hat alles geklappt?» fragte Kweku besorgt.

«Mission erfüllt», antwortete Cora. «Ich bin schon auf dem Heimweg.»

KAPITEL 9

Der Mann war sehr groß, schlank, barfüßig und lief etwas gebeugt. Er trug eine weiße Robe, die bis zum Boden reichte, und um seine Hüften hatte er eine leuchtend rote Schärpe geschlungen.

Der Wachmann am Hauptportal von Harvest FM spitzte die Lippen, als ihm klar wurde, daß der Mann zielstrebig auf ihn zulief. Hatte der Zeitungsverkäufer ihm am Morgen nicht tausend Cedi Wechselgeld gegeben? Er griff in seine Tasche. Irgendwo mußten sie doch sein ...

«Ein anderer», dachte der große Mann. Nicht derselbe wie letztes Mal. Der Ankömmling machte die letzten Schritte auf den Wachmann zu und sah ihm in die Augen, als wolle er ihn hypnotisieren. «Gott hat mich zu einem Mann namens Sylv Po gesandt!» verkündete er.

Der Wachmann griff erneut in die Tasche und förderte den Tausend-Cedi-Schein zu Tage.

Nach einer längeren Diskussion mit dem selbsternannten Boten Gottes stand ihm nicht der Sinn.

«Hat Gott dir auch geraten, heute mal auf höfliche Umgangsformen zu pfeifen?» feixte er und hielt ihm den Geldschein hin. «Was solls. Hier, nimm das und verschwinde. Heute ist nicht dein Tag. Vielleicht läuft es nächstes Mal besser, vorausgesetzt, du schließt mich auch schön in deine Gebete ein.»

Ein Lächeln huschte über das Gesicht des großen Mannes, ein Lächeln, das sehr viel Mitgefühl für die verlorene Seele des unwissenden Wachmanns ausdrückte. Er ignorierte den Geldschein und wiederholte, ebenso eindringlich wie beim ersten Mal: «Gott hat mich zu einem Mann namens Sylv Po gesandt!»

Der Wachmann begriff, dass er den Irren nicht so einfach loswurde. Kopfschüttelnd ging er in die Pförtnerloge und stellte eine

Verbindung zum Empfang her. «Könntest du Sylv Po bitte informieren, daß er am Haupttor erwartet wird? ... Genau ... und sag ihm bitte, es ist wohl besser, wenn der Typ nicht bis zum Empfnag vordringt. Er soll besser direkt zum Haupttor kommen.»

«Danke für den Hinweis», erwiderte die Empfangsdame.

Der Wachmann erklärte dem großen Mann, daß Sylv Po ans Tor kommen würde, um ihn zu treffen. Der große Mann quittierte diese Nachricht mit einem gnädigen Kopfnicken. So weit, so gut ... Doch dreißig Minuten später hatte sich Sylv immer noch nicht sehen lassen. Der Wachmann wurde nervös. Die Ausdauer und Beharrlichkeit des großen Mannes gefielen ihm nicht.

Er beschloss, noch einmal beim Empfang anzurufen. Dort sagte man ihm, seine Nachricht sei an Sylv weitergeleitet worden. «Soll ich dich direkt zu Sylv durchstellen?»

Einige Sekunden später hörte der Wachmann Sylvs tiefe Stimme. «Ja, hallo?»

«Sir, hier ist der Wachdienst. Ihr Besuch wartet immer noch auf Sie, Sir.»

«Besucher?» murmelte Sylv ratlos. Dann fiel der Groschen. «Ach ja! Mein Besuch! Der Empfang hat mich deswegen angerufen, oder?»

«Ja, Sir.»

«Und? Mann oder Frau? Alt oder jung? Hübsch? Oder bloß eine Verwandte? Vielleicht diese eine Tante, die ab und zu kommt?»

«Ganz sicher nicht, Sir.»

Sylv seufzte. «Na, Gott sei dank.»

«Da wäre ich mir nicht so sicher, Sir», grinste der Wachmann.

«Wieso?»

«Na, Sie sollten Gott nicht zu voreilig danken. Ihr Besuch behauptet nämlich, eine Botschaft des Allmächtigen für Sie zu haben.»

Sylv runzelte die Stirn. «Wer ist der Kerl, zum Teufel?»

«Ein Prophet, Sir. Lange, weiße Robe, so ein rotes Stoffding ... Sie wissen schon ...».

«Eine Schärpe.»

«Genau. Und barfuß ist er auch.»

«Barfuß.»

«Ja, Sir. Deshalb habe ich ihn auch nicht ins Gebäude gelassen.»

«Sehr umsichtig. Aber können Sie ihn nicht irgendwie dazu bringen, daß er verschwindet? Geben Sie ihm Geld, Sie bekommen es später von mir zurück.»

Der Wachmann berichtete, wie seine Abwimmelungsversuche gescheitert waren. «Er macht den Eindruck, als sei es ihm todernst, Sir.»

«Todernst mit was?»

«Na ja, mit Gottes Botschaft, die er Ihnen überbringen muss.»

«Oh Mann!» jaulte Sylv. «In ein paar Minuten muß ich wieder auf Sendung. Meinen Sie, die Botschaft ist sehr lang?»

«Da sie von Gott kommt, lassen sich wahrscheinlich keine menschlichen Maßstäbe anlegen», flachste der Wachmann.

«Ach, sagen Sie ihm einfach, ich wäre auf dem Weg ins Studio und würde da zwei Stunden bleiben. Dann wird er ja wohl abhauen.»

«Alles klar, Sir.»

Der Wachmann legte den Hörer auf und überbrachte dem großen Mann Sylvs Nachricht. Der verzog keine Miene und ließ sich auf einem Felsbrocken nieder.

Für den Wachmann, der den seltsamen Besucher auf seinem Stein ununterbrochen im Auge behielt, zog sich die Zeit wie Kaugummi. Schließlich rief er noch einmal bei Sylv an und erstattete ihm Bericht.

Also beschloss Sylv, mit einem persönlichen Sicherheitsmann ans Tor zu kommen. Anstatt direkt auf den Besucher zuzugehen, verschanzte Sylv sich mit dem Wachmann in der Pförtnerloge. Der Sicherheitsmann beobachtete, wie sich der große Mann zielstrebig dem Fenster näherte.

«Mein Name ist Prophet Zechariah Abednego!» stellte sich der Mann vor und streckte Sylv durch das offene Fenster die Hand hin. Augenblicklich hatte Sylv die Vision eines Mörders, der seinem Opfer vermeintlich freundlich die Hand reicht und es dann durch das Fenster in den sichern Tod zieht. Puh! Nur mit Mühe konnte Sylv diesen Gedanken abschütteln – auf die dargebotene Hand verzichtete er jedenfalls. «Fürs Händeschütteln bin ich nicht gekommen, Prophet. Sie sagten doch, Sie seien ein Prophet, oder?»

«Ja.»

«Gut. Darf ich fragen, was genau Sie von mir wollen?» fragte Sylv harsch.

Der Prophet blieb ruhig und gelassen. Er spürte Sylvs Unbehagen und kostete es genüßlich aus. Schließlich sagte er: «Ein Befehl Gottes hat mich zu Ihnen geführt.»

«Na, so was», murmelte Sylv.

Abednego ignorierte Sylvs Kommentar. Er erinnerte den Wachmann an eine Schildkröte, die sich unendlich langsam, aber stetig und unbeirrbar ihrem Ziel nährt.

«Ich bin gekommen, um Sie um Hilfe zu bitten», verkündete Abednego. «Auf Befehl Gottes habe ich mich auf die Suche nach jemandem begeben und ...»

«Wie? Jetzt gibt es schon zwei Befehle Gottes?» unterbrach ihn Sylv.

Abednego lächelte milde. «Ja. Der erste Befehl lautete, die Person zu finden. Der zweite Befehl lautete, Sie dazu zu bringen, daß Sie mir bei der Suche helfen.»

«Und das ist Gottes Wille?»

«Ja.»

«Ich darf helfen? Ich, der arme, sterbliche Sylv?»

«Ja.»

Für Sylv stand fest, daß es sich um einen Geisteskranken handelte und er Abednego mit größter Vorsicht entgegentreten mußte, um unangenehme Szenen zu vermeiden. Einfach abzuhauen wäre sicher keine gute Entscheidung gewesen.

Vor allem, da Abednego sich nun auf dem Gelände befand. Kurz dachte er daran, die Polizei zu rufen, aber das hätten Neider und Rivalen (von denen es genug gab) gegen ihn verwenden können. Sylv sah schon Schlagzeilen vor seinem geistigen Auge, in denen es von «Machtmissbrauch», «Skandal», «Überreaktion» nur so wimmelte. So lästig es ihm auch war, er musste Abednegos Spiel mitspielen, bis es zu Ende war.

«Wie heißt die Person, die Sie finden müssen? Ist es ein Mann oder eine Frau?»

«Ein Mann. Aber ich weiß nicht, wie er heißt.»

«Nicht? Das ist schlecht.»

«Ja.»

«Gott hat Ihnen seinen Namen nicht offenbart?»

«Nein.»

Sylv bemühte sich um eine ernste Miene und bilanzierte: «Das ist keine gute Ausgangslage. Darf ich einen Vorschlag machen?»

Abednego nickte.

«Warum gehen Sie nicht zurück nach Hause und fragen noch mal genauer bei Gott nach. Wenn Sie mehr Hinweise haben, kommen Sie zurück, und wir starten richtig durch mit der Suche.»

Abednego lächelte nur.

«Manchmal können ein paar Fastentage wahre Wunder wirken. Meinen Sie nicht?» fügte Sylv hinzu.

Von einer Sekunde zur anderen verdunkelte sich Abednegos Gesicht. «Sie wagen es, Gott zu verhöhnen?» zischte er.

«Ich habe doch nur ...», stotterte Sylv überrumpelt.

«Sie denken, nur weil Sie ein schnelles Auto fahren, einen guten Job und ein schönes Haus haben, können Sie Gott verhöhnen?»

Die Eindringlichkeit seiner Stimme brachte Sylv völlig aus dem Konzept. Obwohl die Stimme der Vernunft in ihm forderte, Abednego sofort wegschaffen zu lassen, verließ er die Pförtnerloge und bat den Mann, ihn in die Lobby zu begleiten. Die Sicherheitsmänner waren fassungslos und ließen sich erst beruhigen, als Sylv einem von ihnen gestattete, in seiner unmittelbaren Nähe zu bleiben.

In der Lobby bot Sylv dem Propheten einen Platz an und setzte sich ihm gegenüber auf eine Couch. Ein weiterer Sicherheitsmann baute sich in der Nähe des Eingangs auf, wo er Abednego im Fall einer überstürzten Flucht leicht hätte abfangen können.

«Prophet, Sie sind mit einer sehr merkwürdigen Geschichte zu mir gekommen», sagte Sylv. «Wir sind uns doch einig, dass es eine merkwürdige Geschichte ist, oder?»

Abednegos Lippen verzogen sich zu einem Lächeln, das als Zustimmung gewertet werden konnte.

«Also gut», sagte Sylv schließlich. «Wie soll ich irgend etwas für Sie tun, wenn Sie nicht einmal einen Namen in der Hand haben?»

«Wenn Gott gewollt hätte, daß ich den Namen kenne, hätte er ihn mir offenbart», konterte Abednego.

Plötzlich tauchte Muff neben Sylv auf und ließ sich dezent zu ihm aufs Sofa fallen. «Hier geht es rund in letzter Zeit», flüsterte er Sylv zu. «Erst die fünfte Frau und jetzt ein Abgesandter des Allmächtigen. Wahnsinn.»

Sylv lächelte und wandte sich dann wieder Abednego zu. «Wissen Sie wenigstens, was diese Person so macht? Hat Gott ... ich spotte nicht, keine Sorge ... hat Gott Ihnen zumindest das verraten? Oder wo sie wohnt?»

«Nein.»

«Bei allem Respekt, Pastor ...»

«Prophet!» bellte Abednego.

«Meinetwegen!» bellte Sylv zurück. «Also gut, Prophet. Verstehen Sie mich nicht falsch. Sie müssen begreifen, dass ich gewisse Vorbehalte habe. Ich bin nur ein Sterblicher, und außerdem wartet im Studio eine Menge Arbeit auf mich.»

Abednego nickte einfühlsam.

«Gut», fuhr Sylv fort. «Also: Wir wissen über die gesuchte Person lediglich, dass sie männlich ist. Sie wissen weder ihren Namen, ihren Wohnort noch ihren Beruf. Und jetzt soll ich Ihnen helfen, den Typen zu finden?»

«Ja.»

«Und warum?»

«Weil Gott gesagt hat, Sie finden ihn.»

«Einfach so?» Sylv schnippste zur Verdeutlichung mit den Fingern, worauf Abednego nur mit den Schultern zuckte.

«Aber Gott muss doch einen versteckten Hinweis für uns haben», drängte Sylv. «Er heißt doch nicht umsonst ‹der barmherzige Gott›. Und da er uns erschaffen hat, ist ihm auch unsere geistige Beschränktheit bewußt.»

«Prophet, mal eine Frage von Mensch zu Mensch. Seien Sie mal ganz offen, haben Sie vielleicht ein Problem mit dieser Person? Noch eine kleine Rechnung offen? Haben Sie vor, mich als Instrument Ihrer Rache zu mißbrauchen? Während ich mir einbilde, Gottes Willen auszuführen?»

Zur allgemeinen Überraschung brach Abednego in schallendes Gelächter aus.

Das ist es, dachte Sylv. Jetzt wird er nervös. «Diese Person hat Sie übers Ohr gehauen, nicht wahr? Hat er versprochen, Ihnen eine Wohnung zu besorgen, und ist dann mit Ihrem Geld abgehauen? Oder ging es um ein Visum?»

Abednego lächelte nur bescheiden – und wiederholte: «Es ist, wie ich bereits gesagt habe. Gott hat mir die Botschaft zukommen lassen, meine Suche in diesem Radiosender zu beginnen. Er hat zu mir gesprochen, denn ich habe Ohren, ihn zu hören. Ich habe seine Botschaft klar und deutlich vernommen.»

«Aha. Und in welcher Sprache hat Gott zu Ihnen gesprochen? Würde mich mal interessieren. Fanti? Ga? Ewe? Swahili?» Sylv wußte, daß er seinem Gegenüber damit die perfekte Vorlage bot, ihm an die Kehle zu springen, aber er konnte sich einfach nicht beherrschen. Und wie vorauszusehen war, verdüsterte sich das Gesicht des Propheten.

«Sie können es einfach nicht lassen, Gott zu verhöhnen!»

Nun reichte es Sylv. «Wenn Sie nicht langsam mal eine andere Platte auflegen wollen, dann verschwinden Sie jetzt.» Ehe der Prophet zu einer Antwort ansetzen konnte, war Sylv schon aufgestanden. «Und zwar sofort.»

Sofort näherten sich die Sicherheitsmänner. Nervös bekreuzigte sich der Prophet, der von der unvorhergesehenen Entwicklung der Ereignisse sichtlich überrumpelt war: «Ich will Ihre Fragen beantworten. Da es Sie so interessiert: Gott steht über allen Sprachen. Ganz einfach. Und nun zur Botschaft. Gott sagte mir, ich solle seinen Sohn suchen, der Gottes helfende Hand verweigert und den der Teufel am Bein verwundet hat. Und Er sagte mir auch, wie ich diese Person finden kann. Er offenbarte mir, es sei der Vater einer jungen Frau. Diese Frau arbeitet mit vier anderen Frauen in einer Organisation, die in direkter Verbindung mit Ihnen und diesem Radiosender steht.»

Sylvs Gedanken rasten. «Der Mann lebt mit seinen zwei Frauen in einem kleinen Ort», sagte der Prophet noch, aber das nahm Sylv kaum wahr. Es gab einige Organisationen, auf die die Beschreibung des Propheten zutraf, aber nur MUTE bestand aus vier Frauen. Abednego hatte gut recherchiert.

Sylv und Muff entschuldigten sich und ließen den Propheten in der Lobby zurück, um Dina anzurufen. Sylv faßte das Gespräch mit Abednego kurz zusammen, wohlwissend, daß die ganze Geschichte mehr als seltsam klang, und fragte schließlich: «Ihr vier, seid ihr gerade alle im Büro?»

«Nein, Kabria ist nicht da», antwortete Dina.

«Also gut. Leben alle eure Väter noch?»

«Meiner ist tot, Sylv.» Dina gab die Frage an die anderen weiter.

«Mein Vater ist auch tot», sagte Destine.

Aggie und Vickie rückten eng an Dina heran, um das Gespräch mithören zu können. «Mein Vater lebt noch», krächzte Vickie, und auch Aggie nickte.

«Was ist mit Kabrias Vater?» fragte Dina.

Keine wußte es. Langsam wurde Dina neugierig. «Sylv, was soll diese Fragerei eigentlich?»

«Kann ich dir nicht erklären, ich verstehe es selbst nicht so genau. Frag Vickie und Aggie bitte mal, wer von ihnen polygam lebt.»

Diese Steilvorlage konnte Dina nicht ungenutzt lassen. «Sylv wüßte gern, wer von euch beiden polygam lebt», flötete sie. Unter allgemeinem Gekicher schnappte sich Vickie den Hörer: «Kann ja noch kommen, Sylv. Wenn der Richtige aufkreuzt ...»

«Bitte. Ich meine es ernst», seufzte Sylv. «Wessen Vater hat zwei Frauen?»

Urplötzlich verschwand das Lächeln aus Aggies Gesicht. «Meiner», sagte sie leise.

Sylv beendete das Gespräch rasch und lief dann mit Muff zurück zum Empfang. Was immer Abednego auch wollte, die Sache schien mehr zu sein als eine belanglose Spinnerei. Doch als sie atemlos in der Eingangshalle ankamen, war der Prophet verschwunden.

«Was denkst du?» Sylv sah Muff ratlos an.

«Ich denke, daß Pesewas Familie etwas damit zu tun hat.»

«Aber weshalb sollten sie? Klar, sie sind sicher nicht begeistert darüber, daß ganz Accra nun vom HIV-Tod Pesewas weiß. Aber warum sollten sie uns deshalb einen Propheten vorbeischicken? Um uns zu verunsichern?»

«Wenn es nur darum ginge, wo kommt dann Aggies Vater ins Spiel?»

Sylv versuchte verzweifelt, irgendeine Verbindung zu erkennen. Schließlich sagte er: «Immerhin haben Aggies Vater und Pesewa eines gemeinsam, oder?»

«Ich wüßte nicht was.»

«Sie sind oder waren polygam. Jemand spielt hier ein Spiel mit uns, und wir verstehen die Regeln nicht. Irgendetwas ist uns entgangen, Muff. Das spüre ich in den Knochen. Aber was?» Sylv biß sich nachdenklich auf die Unterlippe. «Ich rufe mal die Schwester der fünften Frau an. Schaden kann es ja nicht.»

Die Schwester der fünften Frau schlug gleich ein Treffen vor. Es hatte bereits ein paar Gespräche mit Pesewas Familie gegeben, aber in ein paar Tagen, wenn alle Pesewa-Kinder aus dem Ausland gekommen waren, sollte das erste Gespräch im größeren Kreis stattfinden. Natürlich würde die fünfte Frau nicht anwesend sein, sondern sich durch ihre Schwester vertreten lassen. Die allerdings fürchtete sich vor Übergriffen und bat Sylv um Unterstützung. Vielleicht würde ein Mitglied von MUTE sie begleiten können? Sylv versprach, ihre Bitte auf jeden Fall weiterzuleiten.

Kapitel 10

Mena Kakraba warf zwei rote Samenkörner in die flache Steinschale. Mit einem glatten, ovalen Stein zerstampfte sie diese voller Inbrunst, fast, als wolle sie einen uralten Feind zerschmettern. Dann mischte sie das Pulver in die Paste aus getrockneten Wurzeln, die sie bereits vorbereitet hatte. Einen Moment lang bildeten die Samen im Braun der Paste eine leuchtend rote Spur, wie Blut, das aus einer Wunde sickert. Dann vermischten sich die Zutaten zu einem siennaroten Brei.

Mena Penyin rührte den Fischeintopf über dem Feuer und beobachtete ihre Rivalin aus den Augenwinkeln.

Plötzlich hielt Kakraba abrupt inne, als ob eine innere Stimme es ihr befohlen hätte. Sie starrte in die Kräuterpaste, deren magische Kräfte sie zu hypnotisieren schienen. Penyins Blicke bemerkte sie nicht. Dann griff sie mit einer mechanischen Bewegung nach dem Mörser und versenkte die andere Hand in dem Beutel, der die roten Samen enthielt. Es war, als folge sie Anweisungen, die nur sie hören konnte. Penyin beobachtete sie mit offenem Mund und vergaß sogar, den Eintopf umzurühren. Die roten Samen ... sie waren rot wie Blut und scharf wie Pfeffer. Penyin glaubte zu spüren, was Kakraba dachte, und diese Gedanken jagten ihr Schauer den Rücken hinunter. Kakraba öffnete die rechte Hand. Auf ihrer Handfläche lagen vier rote Samen. Es schien Penyin, als würden ihre Augen Funken sprühen. Kakrabas Lippen verzogen sich zu einem unheilvollen Lächeln. Ein undefinierbarer, scharfer Geruch hing plötzlich im Raum. Nur eine winzige Drehung des Handgelenks, und ...

«Kakraba, tu es nicht!» rief Penyin.

Ihr Ton war so schneidend, daß er Kakraba augenblicklich aus ihrer Trance riß. Verwirrt starrte sie auf ihre Hand. Dann begriff sie, was sie fast getan hätte. Langsam wandte sie sich Penyin zu. Die Samenkörner, die sie immer noch in der Hand hielt, schienen sich in ihre Haut zu brennen. Tränen schossen ihr in die Augen. Hätte sie die vier Samenkörner in die Paste gestreut und die dann auf dem Geschwür ihres Mannes verteilt, wäre Agya Nfitor über den Schmerz verrückt geworden.

«Warum?» fragte Penyin leise.

Kakraba versuchte zu antworten, aber ihre Stimme versagte. Dann übermannten sie ihre Gefühle, und lange Minuten ließ sie ihren Tränen freien Lauf. Penyin wartete geduldig, bis sich ihre Rivalin wieder beruhigt hatte. Als Kakrabas Schluchzer leiser wurden, wiederholte sie ihre Frage: «Warum?»

Kakraba wischte sich mit einem Ärmel die Tränen ab und putzte sich mit dem anderen kräftig die Nase. Dann flüsterte sie: «Diese Frau ist schuld. Sie war schon wieder hier, als du auf dem Markt warst. Ich war gerade dabei, den Brotteig zu kneten, und habe getan, als sei ich völlig vertieft in die Arbeit. Aber ich habe die Ohren aufgesperrt und sie beobachtet. Und was ich sehen mußte, hat mir gar nicht gefallen. Es war schon ihr dritter Besuch, und es ist offensichtlich, daß unser Mann ihr verfallen ist. Was will sie von ihm wissen, und was erzählt sie ihm von sich? Heute haben sie sehr viel gelacht. Sehr viel, Penyin. Und sie ist lang geblieben. Worüber haben sie so lange geredet und gelacht?»

Zu Kakrabas großer Verblüffung brach Penyin in Gelächter aus. «Daher weht der Wind?» murmelte Penyin sanft. «Du bist eifersüchtig?»

«Ich bin mißtrauisch, Penyin», sagte Kakraba steif. «Unser Mann vertraut dieser Frau zu sehr. Und er erzählt uns nie, worüber sie reden. Nur ein paar Andeutungen, hier und da, das ist alles. Merkst du nicht, daß sie ihn beeinflußt?»

«Kakraba, weißt du vielleicht mehr als ich? Hat Ntifor angedeutet, daß er sie zu seiner dritten Frau machen möchte?»

Kakraba verneinte mit einer wegwerfenden Handbewegung. «Du weißt genau, daß Ntifor so etwas zunächst mit dir, der ersten Frau, besprechen würde. Nein. Es geht um etwas anderes. Dieses Mal hat sie etwas mitgebracht.»

«Das erste Mal kam sie auch nicht mit leeren Händen.» Penyin grinste. «Oder hast du den weißen Umschlag schon vergessen, den sie unserem Mann gegeben hat?»

«Diesmal ist sie aber mit einer Bibel gekommen.»

«Na und?» fragte Penyin erstaunt. «Das ist doch nichts Schlimmes, oder?»

«Die Bibel nicht. Aber ich habe mitbekommen, was sie unserem Mann einreden will. Sie haben heute darüber gesprochen, was die Bibel für richtig und was sie für falsch erklärt.»

«Na und? Vielleicht ist sie ja eine Art Missionarin. Ich glaube, du machst dir einfach Sorgen, dass diese kleine Lehrerin unserem Mann gefallen könnte.»

Wußte Kakraba mehr, als sie erzählte? Hatte sie Gründe, etwas vor Penyin zu verbergen? Obwohl die beiden harmonisch unter einem Dach lebten, hatten sie doch nie vergessen, daß sie Rivalinnen waren ... Auch Kakrabas Gedanken rasten. Sie wollte sich Penyin ja anvertrauen, aber sie hatte Angst vor ihrer Reaktion. Schließlich hätte ihr Mann zuerst mit ihr, Penyin, der ersten Frau, sprechen müssen. Sie wußte nicht, wie Penyin mit diesem Mangel an Respekt umgehen würde.

«Du weißt etwas», sagte Penyin schließlich, nachdem sie Kakraba eine Weile beobachtet hatte.

«Hat Ntifor etwas mit dir besprochen, das er nicht zuvor mit mir besprochen hat?»

«Er konnte nicht anders», brach es aus Kakraba heraus.

«Er konnte nicht anders?» japste Penyin.

Kakraba schluckte hart. «Eines Tages hat Ntifor mir etwas erzählt. Er hat es mehr so dahingesagt, mit einem Lächeln, als ob er sich darüber amüsierte. Es ging um etwas, das die Lehrerin mit ihm besprochen hatte. Und Ntifor hat sich ihre Meinung genau gemerkt, ganz gleich, ob er darüber gelacht hat. Er hat es alles hier gespeichert», Kakraba tippte sich gegen die Stirn. «Und mehr als das, er hat auch darüber nachgedacht.»

«Über was? Was hat die Lehrerin ihm gesagt?»

«Sie sagte, daß er mit zwei Frauen in Sünde lebt.»

«Was? Wie kommt diese Frau dazu?» Während Penyin sich die Haare raufte, fühlte sich Kakraba irgendwie erleichtert. «Siehst du? Nun beginnst du auch nachzudenken. Dir Sorgen zu machen. Sie hat ihm einen Gedanken eingepflanzt, und es ist gut möglich, daß dieser Gedanke auszutreiben beginnt. Noch ist es nur ein Samenkorn. Aber was wird daraus?»

Penyin seufzte nur.

«Er hat uns nie mit ihr bekannt gemacht, oder? Immer hat er uns nur erzählt, wie geehrt wir uns fühlen sollen und wie gebildet sie ist. Als ob unsere Kinder keine Bildung hätten. Pah!»

«Könnte diese ganze Untersuchung nur vorgetäuscht sein?» überlegte Penyin sorgenvoll. «Was ist, wenn es ihr um etwas ganz anderes geht?»

«Ich glaube, Ntifor will sie als Drittfrau», sagte Kakraba entschieden.

«Meinst du, sie werden noch Kinder bekommen?» überlegte Penyin nach einer kurzen Pause. «Ist sie nicht schon zu alt dafür?»

«Er ist zwar schon über siebzig, aber sie ist vielleicht halb so alt», meinte Kakraba. «Klar wird sie Kinder mit ihm wollen.»

Penyin nickte zwar, aber die Sache kam ihr trotzdem merkwürdig vor. Warum sollte eine gebildete Frau einen alten, weit weniger gebildeten Mann wie Ntifor heiraten, der sich über einen Umschlag mit ein paar Scheinen freute wie ein kleines Kind? Doch von weiteren Überlegungen hielt Kakrabas Blick sie ab. Penyin kannte diesen Blick sehr gut – das Thema «Kinder» hatte bei Kakraba kaum verheilte Wunden aufgerissen.

«Du denkst an unsere Tochter, nicht wahr?» fragte Penyin sanft.

Kakraba nickte. «Ich verstehe einfach nicht, warum die Götter ihr kein Kind geschenkt haben ... Weißt du eigentlich, daß zwei Frauen aus der Nachbarschaft ihre Töchter nicht studieren lassen? Weil sie glauben, die vielen Bücher hätten Aggies Fruchtbarkeit geschadet? Ich muß immer daran denken, daß unsere Tochter vielleicht bald von ihrem Mann verlassen wird, wenn sie kein Kind bekommt. Das würde ihr das Herz brechen.»

«Idan würde sie deshalb nie verlassen! Sie sind doch eine ganz andere Generation. Die Zeiten haben sich geändert, Penyin, sie sind beide gebildet, und vergiß nicht, sie haben in einer christlichen Kirche geheiratet. Für sie gelten andere Regeln.» Penyin berührte ihre jüngere Rivalin tröstend an der Schulter. «Außerdem sollten wir dankbar für das sein, was wir haben. Denk an unsere Söhne, die uns so viele Enkel beschert haben ... Und jetzt weine bloß nicht wegen dieser Lehrerin», wechselte sie schnell das Thema, als sie sah, wie sich Kakrabas Augen mit Tränen füllten. «Das ist sie nicht wert. Du warst die Tränen wert, die ich für dich vergossen habe, als ich erfuhr, daß ich Ntifor nicht mehr für mich allein haben würde. Schließlich hast du Ntifor Nachkommen geschenkt, du hast dazu beigetragen, die Familie zu stärken. Aber welchen Nutzen hätte die Lehrerin für die Familie? Sie ist ein Eindringling, und Eindringlinge haben keine Tränen verdient. Also wisch dir schnell das Gesicht ab.»

Doch Kakraba sah sie nur verstört an. «Du hast geweint, als ich kam? Das hast du mir nie erzählt.»

«Natürlich habe ich geweint», sagte Penyin sanft. Es gab so viel, was sie die ganzen Jahre nicht hatte aussprechen können, aber nun, wo sie und Kakraba in der Ungewißheit vereint waren, strömten die Worte einfach so aus ihr heraus. «Weißt du, wie oft Ntifor mich in Nächten, in denen eigentlich ich mit ihm das Bett teilen sollte, mit Geschenken und leeren Worten abgespeist hat? Für ihn drehte sich früher alles darum, Kinder zu zeugen, und jede Nacht mit mir war eine Verschwendung seines kostbaren Samens. Selbst als du ihm seinen ersten Sohn geboren hattest und noch gestillt hast, fand er Vorwände, nicht mit mir zu schlafen. Die Vorstellung, dass er bei mir nur seinen Samen verschwendet, war ihm in Fleisch und Blut übergangen. Seine Begierde war für immer erloschen. Verstehst du jetzt, warum ich geweint habe?»

«Haßt du mich?» fragte Kakraba leise.

«Bei den Göttern, Kakraba, nein», versicherte Penyin. «Natürlich war ich eifersüchtig ... und manchmal bin ich es auch heute noch. Schließlich bist du die Mutter seiner Kinder ...»

«Unserer Kinder, Penyin. Es sind auch deine.»

Penyin lächelte wehmütig. «Aber die Schwangerschaften haben auf deinem Körper ihre Male hinterlassen, nicht auf meinem. Und diese Male sind die Wirklichkeit, sonst nichts.» Abrupt wandte sie sich ab, lief zu dem Kessel mit dem Fischeintopf und rührte ihn kräftig um.

Auch Penyin kehrte schließlich zu ihrer Kräuterpaste zurück. Nachdem der Brei die richtige Konsistenz erreicht hatte, formte Penyin einen Teil davon zu einer Kugel und rollte diese in ein Blatt ein. «Hast du die Beule an Ntifors Bein eigentlich gesehen?» fragte sie Kakraba, ohne von ihrer Arbeit aufzuschauen.

«Ja. Warum?»

«Glaubst du, es ist ein Geschwür?»

«Was sonst?» meinte Penyin. «Was denkst du denn, was es ist?»

Kakraba zögerte. «Wenn es ein Geschwür ist, dann ein bösartiges. Ntifor sagt, daß es angefangen hat, als er von der Inspektion der Kakaofarmen zurückkam.»

«Meinst du, jemand hat es ihm angehext? Hat es einen Streit gegeben?»

«Ich glaube nicht. Aber ein normales Geschwür ist es auch nicht.»

«Wie kommst du darauf? Hat er es dich berühren lassen?»

Die Eifersucht in Penyins Stimme war kaum zu überhören. Kakraba hätte gern alles abgestritten, aber sie wußte, daß sie Penyin diesmal nicht schonen konnte. «Als ich es anfassen wollte, hat er sich furchtbar aufgeführt. Er meinte sogar, ich würde mich wie eine Hexe benehmen. Also habe ich mich auch furchtbar aufgeführt, bis er irgendwann nachgegeben hat. Du siehst, Penyin, wenn du neugierig bist ... mußt du in Kauf nehmen, dich als Hexe beschimpfen zu lassen.»

Penyin lachte. «Und du bist sicher, daß es sich nicht wie ein normales Geschwür angefühlt hat?»

«Auf keinen Fall. Es war eher wie ein Knoten unter der Haut. Ich habe sogar draufgedrückt.»

«Was?» japste Penyin. «Jetzt kann ich sein Gezeter schon besser verstehen. Hat er vor Schmerzen geschrien?»

«Kein bißchen. Das war ja das Komische. Und ich glaube nicht, daß er die Zähne zusammengebissen hat. Von einem schmerzlosen Geschwür habe ich noch nie gehört ... Aber der Heiler wird es schon herausfinden», meinte Kakraba. «Ach ja, ist dein Eintopf nicht langsam fertig?»

«Jetzt, wo du es sagst ...»

«Huhu, jemand zu Hause?» hörten sie eine Stimme rufen.

Kakraba stand auf, um nach dem Besucher zu sehen. Es war Papa Driver, der in seinem Mercedes-Bus zwischen dem Ort und Accra pendelte und dabei Briefe und Pakete mitnahm.

«Komm doch rein», sagte Kakraba freundlich. «Setz dich.»

Sofort kam auch Penyin aus der Kochecke. «Schön, dich zu sehen, Papa Driver. Was ist los in der Stadt? Wie geht es unseren Kindern? Wir haben gerade von unserer Tochter gesprochen.»

«Sie ist hübsch wie immer, und gut geht es ihr», versicherte Papa Driver.

Kakraba brachte ihm ein Trinkgefäß mit Wasser. «Kommt direkt aus dem Tonkrug.» Zufrieden beobachtete sie, wie Papa Driver das Wasser mit Genuß austrank und seinen besonderen Geschmack offensichtlich zu schätzen wußte.

«Wenn unser Sohn aus der Stadt kommt und meine Frau ihm Wasser aus dem Tonkrug serviert, wißt ihr, was er dann sagt?» Er kicherte und verzog sein Gesicht zu einer feierlichen Miene: «Mutter, ich persönlich schmecke nichts Besonderes heraus. Für uns Stadtmenschen ist Wasser einfach Wasser, ob es aus dem Tonkrug, aus dem Kühlschrank oder aus dem Hahn kommt.»

Die beiden Frauen schütteten sich vor Lachen aus. Sie kannten Papa Drivers Sohn, und Papa Driver hatte ihn wirklich meisterlich imitiert.

«Sollen wir Ntifor holen?» fragte Penyin schließlich.

Papa Driver schwieg einen Moment. Dann sagte er: «Ich würde euch raten, erst einmal die Botschaft anzuhören, die ich von eurer Tochter habe. Es ist eine sehr merkwürdige Botschaft.»

Penyin und Kakraba wechselten einen nervösen Blick.

«Ach ja, hier habe ich noch etwas für euch. Auch von eurer Tochter.» Er gab beiden Frauen einen Geldschein, den sie, während sie sich noch bedankten, sofort in ihren Gewändern verschwinden ließen.

«Um genau zu sein, wollte eure Tochter etwas wissen.» Die beiden Frauen starrten ihn gebannt an. «Sie hat mir nicht genau erklärt, worum es geht. Ich glaube auch, sie weiß es selbst nicht so genau. Jedenfalls geht es um eine Person, einen Propheten oder Pastor ... bei diesen neuen Kirchen verliert man irgendwie den Überblick. Jedenfalls, so eine Person ist wohl in einem Radiosender in Accra aufgetaucht. Er behauptete, Gott hätte ihn mit einer Botschaft für euren Mann gesandt ...»

«Für Ntifor?» erwiderten beide Frauen wie aus einem Mund. «Ein Prophet in Accra weiß von Ntifor?»

«Er sagt, Gott hätte eine Botschaft für euren Mann», wiederholte Papa Driver unbeirrt. «Zum Beweis dafür, daß er nicht lügt, hat der Prophet ein Erkennungszeichen genannt. Der Mann, an den die Botschaft gerichtet ist, soll ein Geschwür am Bein haben. Eure Tochter wollte sich nur versichern, daß ihr Vater gesund ist. Das ist er doch, oder?»

Wenig später stieg Papa Driver ziemlich verstört in seinen Bus. Die beiden Frauen hatten nicht auf seine Frage geantwortet, ihn nur verwirrt und ängstlich angestarrt. Als Kakraba den Mund geöffnet hatte, um zu reden, hatte ein Blick von Penyin sie zum Schweigen gebracht. Penyin war es auch, die beschloß, daß Ntifor nicht herbeigerufen werden sollte. Und sie bat Papa Driver ihrer Tochter in nächster Zeit aus dem Weg zu gehen.

«Sie würde sich große Sorgen machen, wenn du ihr keine Antwort auf ihre Frage geben kannst», meinte Penyin.

«Und wie lange soll ich ihr aus dem Weg gehen?»

Die beiden Frauen berieten sich kurz. Dann sagte Penyin: «Wir nehmen Kontakt mit unserem Sohn in Takoradi auf. Er soll so rasch wie möglich mit seiner Schwester sprechen.»

Kapitel 11

Etwa zwanzig Jahre früher hatte eine alte Frau, deren Sohn kurz vor seiner Hochzeit stand, plötzlich böse Vorahnungen. Die Gabe, zukünftige Ereignisse vorauszuahnen, hatte sie von ihrer Mutter geerbt, die diese Gabe hochschätzte und zu nutzen versuchte, wo sie nur konnte. Bis zu ihrem Tod und darüber hinaus wurde sie als große Seherin gerühmt.

Ihre Tochter erwies sich jedoch als weniger talentiert. Und die Zeiten hatten sich geändert. Mit ihren vagen Vorahnungen, die sie nie begründen konnte, ging sie ihren Mitmenschen gehörig auf die Nerven. Eines Tages beschloß einer ihrer Großneffen, der sich zum Oberhaupt einer obskuren Kirche aufgeschwungen hatte, sie zur Hexe zu erklären.

Er behauptete, ihm sei offenbart worden, daß das Blut ihrer zahlreichen Opfer in ihrem Kopf brodelte und sie zu immer neuen Taten anstachelte. Dieser Logik konnten einerseits nicht viele Menschen folgen, aber andererseits sah sich auch niemand genötigt, der alten Frau beizustehen. Diese wurde immer stiller und behielt ihre Vorahnungen irgendwann einfach für sich. Doch Idan war ihr liebster Enkelsohn, und diesmal konnte sie einfach nicht schweigen. Über dieser Hochzeit hing, so die Alte, eine dunkle Wolke, die nur durch eine Zeremonie vertrieben werden konnte. Sie beharrte darauf, daß die Ahnen ihr von Seelen berichtet hätten, die zornig über die Hochzeit waren – alle bis auf eine, so die alte Frau, weilten noch unter den Lebenden. Und die rastlose Seele, die weder im Totenreich angekommen war noch das Reich der Lebenden komplett verlassen hatte, hinderte die anderen daran, Frieden zu finden. Die alte Frau bat um die Erlaubnis, die nötigen Zeremonien durchzuführen.

Stattdessen beschloß die Familie, ihr bis auf weiteres jeden Kontakt mit Idan und seiner zukünftigen Frau zu verbieten. Man war sich einig, daß ihre Anwesenheit bei der Hochzeit ein schlechtes Omen sein würde. Warum konnte sie ihr Altweibergeschwätz nicht einfach für sich behalten?

Ungefähr um diese Zeit begann eine Frau mittleren Alters, die von ihren Kindern Ma genannt wurde, ebenfalls Stimmen zu hören. Doch es waren nicht die Stimmen der liebevollen, hilfsbereiten Ahnen, die zu ihr sprachen.

Cora bemerkte Mas geistigen Verfall zuerst. Randa war noch zu jung dafür und Kweku schon längst aus dem Haus. Alle führten Mas Schweigen und ihre Antriebslosigkeit auf ihre Trauer zurück und sagten, nur die Zeit könne den Schmerz heilen. Irgendwann fing Ma an, selbst daran zu glauben. Aber dann geschah etwas, worüber Ma mit niemandem sprach. Sie ahnte, daß man sie als Verrückte abstempeln würde. Als zum ersten Mal eine Stimme zu ihr sprach, klang sie fast unverständlich, wie die eines Kindes, das gerade erst reden lernt. Aber je öfter sie die Stimme hörte, desto klarer und lauter wurde sie. Und hatte sie anfangs noch ruhig und neutral geklungen, wurde sie nun ungeduldiger und quengelnder, als brauche sie dringend Unterstützung und verzweifele an der Tatenlosigkeit der Person, mit der sie sprach. Nachdem sie eine Zeitlang gequengelt hatte, verschwand die Stimme dann aus ihrem Kopf, oder vielleicht verstummte sie auch nur. Ma konnte genau spüren, wann sie zu ihr sprechen würde. Und die Vorahnung reichte aus, um sie in den Zustand tiefster Depression zu versetzen.

Sie lag im Schlafzimmer, im gleichen Bett, das sie einst mit Pa und der kleinen Randa geteilt hatte. Die Stimme in ihrem Kopf war diesmal nicht wütend. Sie war verbittert. Und die Kraft, die in dieser Verbitterung lag, riß Ma aus dem Bett hoch. Es war, als spräche ein General zu ihr, der absoluten Gehorsam einforderte. So laut und eindringlich war die Stimme nie zuvor gewesen. Sie befahl ihr, das Haus zu verlassen und zum Blumenbeet zu gehen. Wie ein Zombie wankte Ma in den Garten und betrachtete die prächtigen, bunten Blumen, die in voller Blüte standen. Dann lief sie zurück ins Haus und griff ein Fleischermesser aus dem Messerblock. Es war gefährlich scharf und glänzte wie ein Samuraischwert. Gut, sagte die Stimme. Und führte sie zurück zu den Blumen. Im ersten Blumentopf, den Ma sah, wuchsen lila Tulpen, Pas Lieblingsblumen. Beide hatten sie Blumen geliebt. Pa meinte, Blumen seien der größte Beweis für Gottes Schöpferkraft. «Alles Schöne sollte den Beinamen ‹Blume› tragen», hatte er oft gesagt.

Ma betrachtete die Tulpen mit starrem Blick. Dann streckte sie wie ferngesteuert die Hand aus und griff nach einer Blüte. Eine violette Schönheit, königlich, elegant, weiblich.

Blut!

Ma blinzelte. Was war das?

Blut!

Das Messer in Mas Hand und die Stimme in ihrem Kopf schrien nach Blut. Sie hielt die Blume, und die Stimme ...

Blut!

Mas Hand schloß sich um die Blüte wie um den Kopf eines Huhns, das kurz davor stand, den Göttern geopfert zu werden.

«Zack!» machte die Stimme. «Zack, zack, zack!»

Mas Augen glänzten feucht. In ihrem Kopf begann ein Krieg zu toben.

«Zack!»

Die glänzend scharfe Klinge setzte genau dort an, wo der Stiel in die Blüte überging. Und dann – zack! – war der Stiel durchtrennt. Ma starrte die Blüte in ihrer Hand an. Wo war das Blut? Es musste doch irgendwo sein. In Panik wühlte sie in der Blumenerde. Aber da war nichts. Nicht einmal der Geruch von Blut hing in der

Luft. Sie zitterte. Die Stimme hatte Blut gewollt, und sie hatte versagt. Wo war das Blut?

Zack! Zack! Such es! Blut! Such es! Riech es! Blut! Blut!

Nach und nach fielen die Blüten von den Stengeln. Tulpen, Rosen, Hibiskus, keine Blume blieb verschont. Doch Ma fand immer noch kein Blut.

Sie hatte versagt! Sie war zu langsam gewesen. Es war weg. Aber wohin?

Vor Mas Füßen lag ein regenbogenfarbener Teppich aus Blütenblättern. Sie hatte versagt.

Die Stimme wurde wütend. «Quetsch es heraus, das Blut! Los, quetsch es heraus!»

Mit ihrem Schuh zermalmte Ma eine Rose, dann noch eine. Dann eine Tulpe und eine Hibiskusblüte. Doch sie fand immer noch kein Blut.

«Versagerin!» rief die Stimme. «Versagerin! Versagerin!»

Ma warf das Fleischermesser weit von sich und brach auf den traurigen Resten der Blumen zusammen, ohne den Schmerz zu fühlen, den die Dornen der Rosen verursachten. So sollten Cora und Randa ihre Mutter finden.

Blume.

Pa hatte Ma nie «Blume» genannt.

Ein paar Meilen entfernt zuckte die alte Frau, die von der Hochzeitszeremonie ihres Enkels verbannt worden war, plötzlich zusammen. Etwas hatte sie berührt, etwas Unsichtbares. Sie wußte nicht was es war, aber es hatte große Macht.

Und es sagte ihr, dass die dunklen Wolken, die über der Hochzeit ihres Enkels hingen, sich nicht verzogen hatten. Lautlos begann die Frau um ihren Idan zu weinen, der nicht auf sie hören wollte und die bitteren Konsequenzen tragen würde.

Laut der Landeschronik erreichte Diogo de Azambuja als Anführer eines Expeditionstrupps am 19. Januar 1482 Elmina, heute in Zentralghana gelegen. Kaum waren die fünfhundert Soldaten und hundert Handwerker angekommen, hißten sie die portugiesische Flagge und feierten eine Messe auf einem kleinen Hügel. Es sollte die erste Messe sein, die je in Ghana abgehalten wurde.

Danach traf Azambuja den Häuptling von Elmina, um ihn um die Erlaubnis zu bitten, ein Fort und eine Kirche zu errichten. Der Häuptling zauderte zunächst, gab Azambuja dann jedoch nach. Um das Fort zu errichten, mußten Azambujas Männer Felsgestein abschlagen, das die Küste säumte. Die Menschen von Elmina waren entsetzt. An der Küste hielten sie ihre traditionellen Zeremonien ab; das Blut von geopferten Hühnern und Gänsen war über die Felsbrocken geflossen, die Azambujas Männer herausschlugen. Azambuja kümmerte sich wenig um die Empfindungen der Ureinwohner.

Bald stand eine Kapelle, und vier Priester nahmen ihre Arbeit auf. Der Kreuzzug konnte beginnen. Ganz oben auf der Liste derer, die konvertiert werden mußten, stand der Häuptling. Den Portugiesen war klar, daß sich die Leute an ihm orientierten und niemand freiwillig konvertieren würde, solange er es nicht getan hatte. Die Versuche, den Häuptling vom Christentum zu überzeugen, schlugen jedoch fehl. Er betrachtete die fremde Religion mißtrauisch, war sie für ihn eine Macht, die seine eigene Herrschaft bedrohte. Doch dann passierte etwas Unerwartetes: Der Häuptling von Efutu und sechs der Ältesten konvertierten zum Christentum. Natürlich hatte diese Entscheidung wenig mit tief empfundenem christlichen Glauben, jedoch einiges mit Politik zu tun. Der Häuptling von Efutu hoffte darauf, die Portugiesen auf seine Seite zu ziehen und sich so von den rivalisierenden Häuptlingen abzusetzen. Bald wurden die Rituale des Christentums Teil seines Alltagslebens, sein Plan ging auf, und die Anführer von Komenda und Abura folgten ihm schließlich. Den Portugiesen war es gelungen, uralte Traditionen aufzusprengen. Viele Menschen aus Efutu und Komenda wollten diese Entwicklung nicht hinnehmen. Sie attackierten und töteten Missionare, zerstörten Kirchen, entweihten Priestergewänder und Heiligenbilder. Der Widerstand war so heftig, daß die Missionare ihre Arbeit fünf Jahrzehnte lang einstellen mußten.

Idans Großmutter – die vermeintliche Hexe – erzählte ihren Enkeln gern von dieser Zeit, wobei sie genüßlich Tabak kaute. Kautabak war ihr Laster. Wenn jemand an Geschichten aus grauer Vorzeit interessiert war, mußte er nur mit ein wenig aromatisiertem Tabak vorbeikommen und der alten Frau ein, zwei Stichworte geben. Sofort sprudelten sie dann aus ihr heraus, die Geschichten von Efutu, von Komenda und von Azambuja, und manchmal (wenn die Alte gut gelaunt war) erzählte sie auch von den Anfängen des modernen Christentums in Ghana: von den Bemühungen der Missionare in Osu, das nahe dem dänischen Hafen Christiansburg lag, von ihrem Exodus im Jahre 1832 nach Awapim, wo das Wetter erträglicher war. Auch über die Ankunft der Baseler Missionare an der Goldküste, die Schulen einrichten und mit den Afrikanern in brüderlicher Gemeinschaft leben wollten, wußte sie viel.

Als Hexe verschrien und von ihrem Enkel gemieden, war die alte Frau für andere jedoch eine lebende Bibliothek. Wie so viele andere Männer und Frauen ihrer Generation nahm sie ihre Geschichten mit ins Grab, ohne daß ihr unschätzbares historisches Wissen dokumentiert oder in irgendeiner Form festgehalten wurde ...

Aggie hatte den Eindruck, als könne sie den Geist von Idans Großmutter im ganzen Haus spüren. Es war, als seien die Wände durchdrungen von ihr. Mit aller Macht versuchte sie, sich von dieser Vorstellung zu lösen, während sie lustlos in ihrem Abendessen stocherte. In letzter Zeit hatte sie oft allein essen müssen. Idan kam fast immer so spät nach Hause, daß sie schon längst im Bett lag und schlief. Und wenn sie sich doch noch sahen, fand Idan immer einen Vorwand, um nicht mit ihr zu essen. Es war nicht das erste Mal, daß Aggie vermutete, Idan könne ihr untreu sein. Aber selbst wenn er Affären gehabt hatte, war er immer zum Abendessen bei ihr gewesen und hatte gegessen, was sie ihm gekocht hatte. Deshalb hatte sie Idans Liebschaften nicht so ernst genommen. Und tatsächlich waren sie nie von Dauer gewesen.

Am Anfang hatten die Frauen immer die Hoffnung, Aggie verdrängen zu können. Sie wußten, daß es Aggie und Idan nicht gelang, Kinder zu bekommen, und schlossen daraus, daß der Fehler nur bei Aggie lag. Es erschien den Geliebten ganz logisch, daß Idan seine Frau früher oder später verlassen würde, wenn sie ihre Karten nur geschickt ausspielten.

Sobald der erste Hormonrausch vorbei war und Idan die Taktik seiner Geliebten durchschaute, verschwand er entweder auf Nimmerwiedersehen oder ging zu Plan B über. Was bedeutete, daß er der Geliebten zu verstehen gab, er könne Aggie aufgrund gewisser Umstände – so gern er es auch wolle – niemals verlassen. Die Geliebte, die alle ihre Felle davonschwimmen sah, legte auf die Fortsetzung der Affäre dann keinen gesteigerten Wert mehr. Schließlich war Idan wohlhabend, aber für eine Dauergeliebte reichte es dann doch nicht. Und weder Ehering noch regelmäßige finanzielle Zuwendung? Adeus!

Aggie hatte dieses Muster intuitiv durchschaut und die verschiedenen Phasen der Affären fast amüsiert beobachtet. Doch diese Affäre war anders. Randa war anders. Sie schien nicht zu drängen, und Idan schien ihrer nicht überdrüssig zu werden. Doch was Aggie wirklich ängstigte, war das Gefühl, vom Geist der toten Großmutter verfolgt zu werden. Es war, als wolle sie ihr verzweifelt etwas mitteilen ...

Aggie beendete ihr einsames Mahl, brachte den Tisch in Ordnung und stieg unter die Dusche. Danach ging sie ins Bett, doch sie hatte noch keine Lust, zu schlafen. Stattdessen faltete sie einen Zeitungsausriß auseinander, der auf ihrem Nachttisch lag. In der Samstagszeitung war sie auf eine Kurzgeschichte gestoßen, die sie augenblicklich fasziniert hatte. Vom Autor hatte sie noch nie etwas gehört, und eigentlich überflog sie die Samstagszeitung meistens nur. Aber irgend etwas hatte sie magisch zu dieser Geschichte hingezogen. Als sie die Einleitung las, die der Redakteur dem Text vorangestellt hatte, spürte sie die Präsenz der toten Großmutter stärker denn je.

« ... wenn die Pfade des christlichen Glaubens und der traditionellen Religion sich kreuzen. Lesen Sie selbst.»

Dann begann die Geschichte: Akatasia war die schöne Tochter eines reichen ghanaischen Unternehmers. Als sie im heiratsfähigen Alter war, verließ sie England, wo ihre Familie wohnte, um nach Ghana zurückzukehren. Von Akatasia hieß es, dass sie bei ihrer Ankunft in England geglaubt hatte, das ganze Volk sei in Trauer. War ein Mitglied der Königsfamilie gestorben? Wohin sie auch sah, überall schwarze Hosen, schwarze Mäntel, schwarze Jacken ... Als Akatasia schließlich nach Ghana zurückkehrte, hatte sie die englische Vorstellung von Eleganz längst verinnerlicht. So trug sie am Tag ihrer traditionellen Hochzeitszeremonie einen teures, modisches Kleid ganz in Schwarz. Ihre Großmutter Aberewa stieß einen Schrei aus, als sie Akatasia so sah. Mußte ihre Enkelin am Tag der Tage so großzügig sein, dass sie allen Männern den Anblick ihrer Kurven und ihrer nackten Haut gönnte? Und der spärliche Stoff, der ihre Blöße bedeckte, mußte der auch noch schwarz sein?

Akatasia lachte nur, als sie ihre Großmutter so jammern hörte. Schließlich war sie eine moderne Frau, eine Londonerin. Und überhaupt, die eigentliche, die kirchliche Hochzeit fand doch erst in zwei Wochen statt. Diese war doch eher eine Verlobung. Aberewa wollte ihren Ohren kaum trauen. Die traditionelle Hochzeit nicht mehr als eine Verlobung? Was sollte das bedeuten? Aberewa hatte davon gehört, daß Verlobungen in Europa oft etwas waren, das Mann und Frau zwischen Tür und Angel beschlossen. Manchmal sogar beim Nachtisch im Restaurant. Der Mann holte dann einen Ring aus seiner Jackentasche, worauf die Frau spitze Schreie der Überraschung ausstieß, und stellte die entscheidende Frage: «Willst du mich heiraten?» Sofern sie ja sagte, steckte er ihr den Finger an den Ring, und sie teilten allen Freunden und Verwandten mit, daß sie nun verlobt waren. Ende.

Wie konnte man so etwas auch nur im entferntesten mit der traditionellen Hochzeitszeremonie vergleichen?

Die Zeremonie begann um elf und endete abends um sechs Uhr. Unzählige Freunde, Verwandte und Schaulustige hatten sich im Haus von Akatasias Eltern versammelt. Akatasias Aussteuer – ein großer Koffer, Kleidung, Schals, Schmuck, feine Schnäpse und Geld – wurde stolz präsentiert. Die Eltern bekamen vom Bräutigam Abrante die «Entschädigung» für den «Verlust» ihrer Tochter, und auch Akatasias Bruder erhielt etwas für den «Verlust» seiner Schwester. In der Woche vor der Hochzeit waren drei Mitglieder von Abrantes Familie gekommen, um die Klopfzeremonie durchzuführen. Es ging darum, symbolisch an die Tür von Akatasias Eltern zu klopfen und sie um die Erlaubnis zu bitten, nächste Woche zur Hochzeit wiederkommen zu dürfen. Dabei waren auch einige Flaschen Schnaps und ein paar Scheine involviert.

Wie konnte man all das mit einem Ring vergleichen, der mal eben am Eßtisch aus einer Jacke gekramt wurde? Gut möglich, dass Akatasia sich nichts bei ihrem Frevel gedacht hatte, doch den Göttern blieb er nicht verborgen. Aberewa hatte genau das befürchtet, behielt ihre Ängste aber für sich. Es würde ihr ja doch niemand zuhören, oder noch schlimmer, man würde sie für eine Hexe halten.

Dann griffen die Götter ein. Die Hochzeit in Weiß, die zwei Wochen später geplant war, sollte nie stattfinden. Drei Tage nach der traditionellen Hochzeit, die für Akatasia nicht mehr als eine Verlobung gewesen war, wurde Abrante von einem mit Holzkohle beladenen Truck angefahren und war sofort tot. «Ein tragischer Unfall!» jammerten die einen. «Schicksal!» meinten die anderen. Aber Aberewa wußte, daß Akatasia die Götter herausgefordert hatte. Und die Götter hatten ihr nun einen Anlaß gegeben, Schwarz zu tragen.

Aggie las die Geschichte wieder und wieder, während sie darauf wartete, dass ihr die Augen zufielen. Aber sie konnte einfach nicht einschlafen. Entnervt löschte sie das Licht, rollte sich ein paar Mal im Bett herum und starrte ins Dunkel. Sie konnte die Anwesenheit der alten Frau deutlicher als je zuvor spüren; es war, als ob sie nur wenige Meter von ihr entfernt stünde und wartete. Mehr als das – je länger Aggie im Dunkeln lag und auf ihren Atem lauschte, desto stärker wurde das Gefühl, dass sie von der Alten geradezu aufgesogen wurde. Wo blieb Idan nur? Vielleicht war er gerade in diesem Moment dabei, sich von Randa zu trennen? Randa, dieses Phantom, das nur einen Namen und kein Gesicht hatte ... Vielleicht würde Idan heute zur Vernunft kommen. Vielleicht würde Randa, das Phantom, heute begreifen, dass Idan seine Frau nicht verlassen konnte. Vielleicht würde die alte Frau heute ... vielleicht würde Randa, die alte Frau ... vielleicht ...

Der Schlaf übermannte sie endlich. Aggies Muskeln entspannten sich, und ihre Atemzüge wurden tiefer und regelmäßiger. In der Anderen Welt, hinter Aggies geschlossenen Augenlidern, öffnete sich eine violette Blüte. Die Blütenblätter bewegten sich zu einem ruhigen, langsamen Takt, sie schienen geradezu zu tanzen, bevor sich die Blüte wieder schloß. Die violetten Blütenblätter verschränkten sich ineinander, als gelte es ein Geheimnis zu wahren ... Plötzlich kam die Sonne heraus. Ein gleißender Sonnenstrahl traf die Blüte, die sich wie in Agonie zusammenzog und dann doch dem Druck nachgab. Als sich die Blüte erneut öffnete, drangen Figuren aus Rauch heraus, eine nach der anderen, und jeder dieser Geister verkörperte eine Episode aus Aggies Leben. Aggie sah längst vergessene Wünsche vor sich, verdrängte Leidenschaften, uralte Ängste. Und obwohl sie diese Geister völlig gefangennahmen, stellte ein Teil von ihr fest, daß Idan immer noch nicht nach Hause gekommen war. Selbst hier, in der Anderen Welt, schmerzte diese Erkenntnis wie hundert Nadelstiche ...

Die Geister glitten an Aggie, der körperlosen Zuschauerin, vorbei. Plötzlich löste sich eine schemenhafte Figur aus dem Kreis der anderen und näherte sich Aggie. Es war eine alte Frau – ihre Vorfahrin. «Wir haben unsere Seelen an dem Tag verkauft, an dem wir unseren Göttern den Rücken zugekehrt und ihren Göttern aus Habgier die Treue geschworen haben!» rief sie. «Jetzt sind wir halbherzige Anhänger unserer und halbherzige Anhänger ihrer Religion und hoffen, daß niemand den Schwindel bemerkt. Verstehst du?» Ihr schrilles Lachen gellte in Aggies Ohren.

Ihr Körper im Bett verkrampfte sich schmerzhaft. Mit dem linken Arm tastete sie blind zur Seite, wo Idan liegen sollte.

«Bis daß der Tod euch scheidet?» höhnte die Vorfahrin.

Aggies Muskeln verkrampften sich noch heftiger. Sie versuchte mit aller Kraft, die Andere Welt zu verlassen. Das ist nicht real, sagte eine Stimme in ihrem Kopf. Ich kann jederzeit aufwachen. Entschlossen wandte sie den Blick von der alten Frau ab. Blaue und rote Blitze tanzten vor ihren Augen, und sie hörte die Alte wie wild applaudieren. Dann griff eine eiskalte Hand nach Aggie, und plötzlich war sie keine Zuschauerin mehr. Sie stand inmitten der Geister, die sich um sie geschart hatten und sie beobachteten wie eine Schauspielerin, die zum ersten Monolog anhebt.

Aggies Körper im Bett verkrümmte sich. Ein paar Moskitos, die sich auf ihr niedergelassen hatten, hatten von ihrem Opfer keine Gegenwehr zu erwarten. Sie versenkten ihre Stachel ungestört ins Fleisch und saugten Blut heraus, bis sie gesättigt waren. Dann flogen sie schwer und träge davon, während ihre Nachfolger Aggie schon umschwirrten.

Aggie, die von der Zuschauerin zur Hauptdarstellerin geworden war, liebkoste mit der rechten Hand die kühle, glatte Seide. Dann berührte sie ihre Tiara. Saß sie auch richtig? Als der Pastor sie anlächelte, als alle lächelnden Gesichter ihnen zugewandt waren, begann das Unwetter.

«Willst du diese ...», rezitierte der Pastor. «Zu deiner rechtmäßigen ...» Ein tiefes Grollen war zu hören, dann ein Krachen, das Aggie durch Mark und Bein ging. Durch die Scheiben konnte sie den Blitz sehen, der die grauen Wolken gespenstisch zu teilen schien. Da! Auf einmal meinte sie das Gesicht der Alten zu sehen, die sie von der Hochzeit ausgeschlossen hatten. Sie schien Anweisungen zu murmeln ... und sie lächelte.

Wenig später verließen Braut und Bräutigam die Kirche strahlend vor Glück und eilten auf ihre Hochzeitslimousine zu, die mit violetten Bändern dekoriert war. Draußen war ein Wirbelsturm ausgebrochen, der an den Kleidern der Gäste riß und kunstvolle Hochsteckfrisuren zerstörte. Lachend winkte Idan Freunden und Verwandten zu und bemerkte nicht, daß Aggie plötzlich zu schwitzen begann. Der Wagen fuhr los. Irgend etwas stimmt nicht, dachte Aggie. Wir müssen anhalten. «Wir müssen anhalten, Idan», schrie sie, doch ihr Mann schien sie nicht zu hören. Das Schicksal des kleinen Jungen war bereits besiegelt. Er war gerade sechs Jahre alt, barfuß, und hatte nicht mehr als ausgeblichene graue Shorts an. Er stand wenige Meter von ihnen entfernt. Aggie konnte die Zwille erkennen, die er in der Hand hielt und mit der er wohl Eidechsen gejagt hatte. Aufgeregt hüpfte er auf der Stelle, um einen Blick auf das Brautpaar zu erhaschen.

Aggies Körper im Bett schwitzte aus allen Poren.

Plötzlich teilte erneut ein greller Blitz den Himmel. Die Geister waren zornig, und sie ließen keine Gnade walten. Seine Muskeln verkrampften sich, als ein gewaltiger Stromschlag seinen Körper durchzuckte und ihn wie eine Marionette in die Luft riß. Als die Schwerkraft schließlich dafür sorgte, daß sein kleiner Körper auf dem aufgeweichten Boden aufprallte, war seine Seele schon längst aus seiner sterblichen Hülle gewichen. Der Stromschlag hatte kaum äußerliche Spuren hinterlassen; ein wenig Blut rann aus den halbgeöffneten Lippen des Jungen, und nur noch das Weiße seiner Augen war sichtbar. Seine Mama knetete gerade Teig in der Gemeinschaftsküche und summte ein Lied von einem Jungen, der durch sein Lachen immer die Traurigkeit seiner Ma vertrieb. Sie ahnte nichts vom Schicksalsspruch der Götter.

Die Braut im Wagen hatte alles beobachtet. Sie konnte nicht begreifen, daß ihr Mann immer noch lachte und in die Menge winkte – ein kleiner Junge war tot, und ihr Mann lachte und winkte? Außer sich vor Zorn schlug sie auf Idan ein.

«Was soll das, verflucht noch mal?» drang Idans wütende Stimme zu ihr vor.

Aggie fuhr im Bett hoch und war augenblicklich hellwach. Idan hielt ihre Fäuste fest, die ihn kurz zuvor noch traktiert hatten, und betrachtete seine Frau nicht gerade freundlich. Ein Schluchzen stieg ihr in der Kehle hoch.

«Es war wieder dieser Traum, Idan. Der von diesem Jungen.»

Idan konnte seine Wut kaum zurückhalten. «Müssen wir das wirklich immer wieder durchkauen? Das ist doch schon Jahre her. Sind wir verantwortlich für das, was passiert ist? Hätten wir die Regenwolken vertreiben können?»

«Aber das ist nicht alles, Idan», wimmerte Aggie. «Ich habe wieder das Gesicht deiner Großmutter gesehen. Du weißt doch, wie überzeugt sie war, daß eine Wolke über uns hing.»

«Über dir, meine Liebe», korrigierte Idan sie zynisch. «Sie sagte, die Wolke hinge über dir. Und wir waren uns doch einig, wir und die ganze Familie, dass eine kirchliche Zeremonie alles ins Lot bringen würde.» Als er Aggies tränenüberströmtes Gesicht betrachtete, konnte er sich nicht mehr halten. «Aggie, bitte, du brauchst Hilfe. Ein Psychiater, ein Geisterheiler, ein ... was weiß ich, ein Exorzist. Meinetwegen der Papst! Nur, Aggie, wenn du mich noch einmal so schlägst ...»

Aggie vergrub ihr Gesicht in den Händen und weinte wie ein Kind.

Ohne ein Wort des Trostes drehte Idan ihr den Rücken zu. Sie hätte ihm so gern alles erzählt, auch von diesem anonymen Brief, in dem nur NEMESIS stand. Und von dem Parfum, dessen Duft sie fast zusammenbrechen ließ. Wann war Idan nach Hause gekommen? Sie starrte seinen Rücken an, der sich ruhig hob und senkte.

Aggie lag die ganze Nacht wach. Keine Müdigkeit konnte so stark sein wie die Angst vor dem, was sie in ihren Träumen erwarten würde.

KAPITEL 12

Dina schwang das Springseil über ihren Kopf ... hopp ... und dann unter den Füßen her ... hopp ... vorwärts ... hopp ... und rückwärts ... hopp ...

Jeder, der Dina gut kannte, wußte von ihrer Springseilmanie. Und man bewunderte die eiserne Disziplin, mit der sie bei Regen und Sonnenschein ihr Programm absolvierte; nur eine alte Tante konnte Dinas festem, straffem Körper nichts abgewinnen. Im Gegenteil, sie fand, daß Dina ein bißchen mehr Fett auf den Rippen gut gestanden hätte. Eine Frau ohne Busen und ohne Hintern? Wah!

Dina mußte immer lächeln, wenn sie an die vorwurfsvolle Miene ihrer alten Tante dachte. Sie meinte es gut, das wußte sie.

Vorwärts ... hopp ... rückwärts ... hopp

Mary hat ein kleines Lamm ... hopp ...

Die Wolle weiß wie Schnee ... hopp ...

Und überall, wo Mary geht ... hopp ...

Das Lämmchen ... stopp! Sie war draußen.

Schwitzend und keuchend legte sie das Seil beiseite und stützte sie sich auf ihre Knie. Dieses kleine, eingängige Lied lauerte immer in ihrem Unbewußten, ein Überbleibsel aus Zeiten der Kolonialherrschaft. Da summte sie ein Lied vom «kleinen Lämmchen weiß wie Schnee» und hatte selbst nie Schnee gesehen. Höchste Zeit, in ihrem Repertoire nach etwas weniger Absurdem zu suchen. Entschlossen griff sie wieder nach dem Springseil.

Yoo ko mli nshi kelewele ye Afrika ... hopp ...

Mli nya bi Mami kaple ke yahe eko ... hopp

Be ni mi she dze me le ake eta ... hopp ...

Eta ... hop ... kelewele eta ... Stopp!

Das Seil, das eben noch einen schönen Bogen beschrieben hatte, plumpste sofort auf die Erde, als Dina in ihrer Bewegung innehielt. Das Telefon hatte geklingelt. Wer immer der Anrufer war, er schien Dina nicht besonders gut zu kennen. Und wenn doch, dann wünschte ihm Dina, daß sein Anliegen es auch wert war, sie beim Morgensport gestört zu haben.

«Afi!» rief sie.

«Ich bin im Bad, Madam», hörte sie Afis Stimme.

Das Telefon klingelte weiter. Dina ließ das Seil fallen und sprintete ins Wohnzimmer. Ein Blick auf die Standuhr verriet ihr, daß es genau 5.42 Uhr war.

Genervt griff sie nach dem Hörer. «Ja?»

«Ich bin´s, Dina.» Sylv! Dinas Ärger war schon fast verflogen. Gespielt kratzbürstig entgegnete sie: «Du hast hoffentlich einen guten Grund für deinen Anruf!»

«In der Tat», beteuerte Sylv. «Pesewas Kinder sind jetzt vollzählig. Heute gibt es ein großes Familientreffen. Die fünfte Frau wird durch ihre Schwester vertreten, aber sie braucht Unterstützung. Könntest du vielleicht mit Vickie ...»

«Habe ich dir erzählt, daß Destine glaubt, jemand verfolgt sie seit der Show?»

Sylv setzte auf Schweigen, um Dina weichzukochen. Und wie erwartet ging die Taktik auf.

«Also gut. Sag ihr, wir treffen uns bei Harvest FM. Das ist am sichersten.»

«Sehe ich auch so. Ach ja, Dina, da ist noch was. Die Familie der fünften Frau schickt eine Delegation von zwei Ältesten mit einer Botschaft zu Pesewas Familie. Darüber berichte ich in der Show – und zwar exlusiv.»

«Ist ja großartig», sagte Dina mit einem Hauch von Ironie.

«Ich sehe schon, ich hätte dich nicht beim Frühsport stören dürfen. Aber noch mal zum Familientreffen. Du und Vickie würdet als Verwandte der fünften Frau eingeschleust werden. Die anderen vier Frauen werden vermutlich nicht aufkreuzen. Ach ja, vielleicht solltest du diesmal ein bißchen schneller Seilchenspringen, um elf geht es schon los ...»

Dina grunzte. «Dann ruf ich Vickie gleich an.»

«Besten Dank», flötete Sylv. «Und jetzt darfst du schön weiterspringen.»

«Zu spät. Ich bin nicht mehr in Stimmung.»

«Kann ich das irgendwie wieder gutmachen?»

«Doch, wo du so fragst, ja.»

«Dein Wunsch ist mir Befehl. Ich bin ganz Ohr, Dina.»

«Dein Bauch.»

«Wie?»

«Tu was für deinen Bauch. Das Bier beginnt langsam anzusetzen.»

Lachend hängte sie auf, ohne Sylvs Antwort abzuwarten.

Manche Dinge bleiben einfach rätselhaft – zum Beispiel, wie die Menge, die vor Pesewas Haus ausharrte, von dem Familientreffen Wind bekommen hatte. Einige der Männer und Frauen waren vor allem gekommen, um über die neuesten Entwicklungen auf dem laufenden zu bleiben, andere wollten einfach nur die reichen Leute bewundern, wie sie in ihren teuren Wagen vorfuhren und elegante Roben zur Schau trugen. Für noch andere ging es schlicht und ergreifend ums Geschäft. Zum Beispiel für den Kokosnußverkäufer mit dem Nobelhandy und seinen Kumpanen, der diesmal offenbar kein Zuckerrohr aufgetrieben hatte und stattdessen als Schuhputzer verkleidet war. Beide spekulierten darauf, daß die fünfte Frau vielleicht doch auftauchte und der Plan, ihr bis zu ihrem Versteck zu folgen, diesmal aufging. Das Fiasko am Tag der Show hatte ihren Auftraggeber sehr wütend gemacht. Und sie hatten Zeit und Geld verloren. Das durfte nicht noch einmal passieren.

«Angeblich sind seine Kinder jetzt alle drin», berichtete ein Mann in einem braunen Batikshirt aufgeregt.

«Erzähl doch mal was Neues», höhnte ein junger Mann, der an ein rostiges Fahrrad gelehnt stand. «Seine Kinder! Ich verrate dir mal was. Ob du es glaubst oder nicht, Pesewas Sarg ist extra im Ausland angefertigt worden. So einen hat man in Ghana noch nie gesehen.»

«Und woher weißt du das?» fragte jemand. «Warst du am Flughafen, als der Sarg angekommen ist?»

«Mein Bruder arbeitet da», gab der Mann mit dem rostigen Fahrrad zurück.

«Echt?» feixte sein Nachbar. «Als Sargbeauftragter? »

Ein Mann in hellblauen T-Shirt, dessen Brille ihm das Aussehen eines traurigen Philosophen verlieh, seufzte: «Ach Ghana! Seht uns doch an. All die Leute hier ... vergeudete Zeit, verschwendetes Arbeitspotential. Alles wegen eines toten Mannes. Und anstatt Entwicklung und Fortschritt zu diskutieren, ereifern wir uns über den Sarg eines toten Mannes.»

Niemand antwortete ihm. Nur zwei Mädchen, von denen die eine Donuts und die andere Bananen und geröstete Nüsse verkaufte, steckten kichernd die Köpfe zusammen, bevor sie sich wieder auf Verkaufstour machten.

Inzwischen hatte sich die Pesewa-Familie im luxuriösen Wohnzimmer des Anwesens zusammengefunden. Der Schiedsmann, den die Familie ernannt hatte, erteilte zunächst den Frauen das Wort. Die Schwester der fünften Frau stieß Dina mit dem Ellenbogen an.

Nun stand eine Frau auf und stellte sich als Sprecherin vor. Die meisten Anwesenden kannten sie als Verwandte der ersten Frau.

«Maame, seien Sie etwas genauer», mahnte der Schiedsmann. «Welche der fünf Frauen vertreten Sie hier?»

«Alle fünf, my lord», antwortete sie.

Ein Raunen ging durch den Raum. Der Familienvorstand flüsterte dem Schiedsmann schnell etwas ins Ohr, worauf der Sprecher nachhakte: «Maame, wenn Sie sagen, Sie seien in Kontakt mit allen fünf Frauen, dann sind Sie auch in Kontakt mit der fünften Frau, die sich zur Zeit versteckt?»

Diese Frage kam nicht überraschend für die Sprecherin. «Wie viele von euch wissen werden», begann sie, «bin ich eine Verwandte der ersten Frau. Sie hat mich gebeten, alle Frauen hier zu vertreten. Was ich hier sagen werde, ist also das, was sie mir aufgetragen hat. Wie ihr alle seht, ist keine der Frauen heute anwesend. Denn sie alle stehen hinter dem, was ich stellvertretend vorbringen werde.»

Unter den Zuhörern brach Gemurmel aus, das der Familienvorstand jedoch rasch zum Schweigen brachte.

«Die vier jüngeren Frauen haben sich darüber hinaus auch durch Verwandte vertreten lassen», erklärte die Frau. «Sollte ich etwas Unpassendes sagen, bitte ich die Verwandten, es mir sofort mitzuteilen.»

Sie fuhr fort: «Meine Verwandte sagt, daß ihr oberstes Anliegen das Seelenheil ihres verstorbenen Mannes sei. Sie ist überzeugt, daß ihr Mann es ihr nie verzeihen würde, wenn sie es zuließe, daß die fünf Frauen sich überwerfen. Deshalb hat sie auch die fünfte Frau einbezogen. Ihr Mann hat sie, die jüngste, auf eine ganz besondere Art geliebt. Dabei war die fünfte Frau nie egoistisch und überheblich, sondern hat sich immer dafür eingesetzt, daß Pesewa seinen Frauen in gerechter Weise beiwohnte ...»

Wutentbrannt sprang eine von Pesewas Schwestern auf. «My lord, diese Frau verdient es nicht, daß man sie als Witwe meines Bruders bezeichnet. Sie hat die Tradition verletzt, indem sie sich dem Witwenschaftsritual entzogen hat. Und ohne Witwenschaftsritual ist sie keine Witwe!»

Die Sprecherin bat höflich darum, ihr antworten zu dürfen, was der Schiedsmann mit einem Nicken gestattete. «Die fünfte Frau ist überzeugt, daß ihre Schwägerinnen das Ritual nur als Vorwand benutzen, um sie zu mißhandeln. Sie weiß, daß die Schwägerinnen sie zum Sex mit dem Bruder ihres verstorbenen Mannes zwingen wollen.»

«Das ist eine Lüge!» kreischte Pesewas Schwester. «Harvest FM hat der fünften Frau Geld gezahlt, um diese Lügen zu verbreiten.»

«Bist du sicher?» wandte sich der Schiedsmann an sie. «Ich kann dich nur bitten, vorsichtig mit solchen Anschuldigungen umzugehen. Wenn sie aus der Luft gegriffen sind, kannst du die ganze Familie in Verruf bringen. Ich schlage vor, du setzt dich wieder und gestattest uns, weiterzureden.»

Grummelnd nahm die Schwester wieder ihren Platz ein.

«Wir sind hier aufgrund eines traurigen Anlasses versammelt», fuhr der Schiedsmann fort. «Unser lieber Pesewa hat, wie ihr wißt, eines Morgens nicht mehr die Augen geöffnet. Bevor wir zum eigentlichen Grund dieses Treffens kommen, wüßte ich gern, was es von seiner letzten Bleibe zu berichten gibt.»

Der älteste Sohn stand auf. «Ich habe einen Sarg aus England mitgebracht.»

Anerkennendes Murmeln folgte auf seine Worte.

«Und die Grabstätte?»

«Sie ist noch nicht ganz fertig.»

Als der Sohn den zornigen Blick des Familienvorstandes auffing, fügte er rasch hinzu: «Wir sparen keinen Cedi, kein Pfund, keinen Euro, alles soll vom Besten sein. Den Grabstein haben wir in Spanien gekauft, er ist cremefarben mit goldenen Beschlägen.»

Der sichtbar besänftigte Familienvorstand gab dem Schiedsmann ein Zeichen, weiterzureden.

«Ich möchte nun einer Delegation der fünften Frau das Wort erteilen», sagte dieser und wies auf zwei Männer, denen sich sogleich alle Köpfe zuwandten.

Der ältere der Männer sprach direkt zum Familienvorstand. «Ich stehe hier stellvertretend für den ganzen Clan, dem die fünfte

Frau deines ehrwürdigen verstorbenen Sohnes angehört.» Alle hingen an seinen Lippen, man hätte eine Stecknadel fallen hören können. «Unser Clan ist überzeugt, daß der physische Tod einer Person nur der erste Tod ist – die Trennung von Körper und Seele. Erst danach kommt der zweite Tod – die Trennung von Seele und Geist.»

«Was soll das Gerede?» flüsterte Pesewas älteste Schwester ihrer Nachbarin zu.

«Wir glauben», fuhr der Mann fort, «daß die Trennung von Seele und Geist erst bei der Beerdigung stattfindet. Deshalb haben wir eine Bitte an euch. Unsere Ahnen haben uns wissen lassen, daß der ehrwürdige Verstorbene von dem Gedanken, unsere Tochter habe ihn mit Aids angesteckt, furchtbar gequält wird.

Aber ihr habt wohl schon gehört, daß der Test unserer Tochter negativ war. Deshalb bitten wir euch: Sagt ihm die Wahrheit, wenn ihr seinen Körper in seine letzte Bleibe bettet. Bitte!»

Der Schiedsmann räusperte sich. «Jeder Clan hat seinen eigenen Riten und seinen eigenen Glauben», entgegnete er schließlich. «Wünscht ihr, daß wir unserem Sohn etwas ganz Spezielles übermitteln?»

«Das wünschen wir», sagte er Mann und fügte nach einer kurzen Pause hinzu: «Es gibt gute und böse, rachsüchtige Seelen. Glaubt auch ihr daran?»

Als der Schiedsmann nickte, fuhr er fort: «Der Geist eures verstorbenen Sohnes ist immer noch von seiner Seele umgeben. Und sein Geist wird eure Nachricht empfangen und an die Seele weiterleiten. Deshalb ist es so wichtig, daß ihr ihm die Nachricht übermittelt, bevor sein zweiter Tod eintritt. Danach ist die Möglichkeit, zu seiner Seele zu sprechen, für immer verloren. Wir wissen zwar, daß euer Sohn unsere Tochter aufrichtig liebte, aber unserem Glauben nach verändert ein unnatürlicher Tod den Charakter der Seele. Deshalb fürchten wir, die Rache eures Sohnes könnte uns treffen, wenn ihr ihm nicht die Nachricht übermittelt.»

Erschöpft hielt der Mann inne.

«Eure Angst ist aufrichtig», sagte der Schiedsmann sanft. «Dann soll euer Wunsch auch respektiert werden. Geh und sag deiner Familie, daß der Geist unseres Sohnes die Wahrheit erfahren wird.»

Nach diesen Worten schlüpfte ein junger Bediensteter unauffällig aus dem Zimmer und gesellte sich draußen zu seinem Freund, dem traurigen Philosophen im blauen T-Shirt. Die Umstehenden gaben jeden Gesprächsfetzen, den sie mitbekamen, natürlich sofort weiter, und nach ein paar Minuten herrschten tumultartige Zustände auf dem Platz.

«Ein goldener Grabstein? Ein atmungsaktiver Sarg? Ist das Ghana? Das Land, das jedes Jahr mit Steuern aus Europa unterstützt wird?» ereiferte sich ein Mann im Batikshirt.

«Warum nicht?» meinte sein Nachbar lakonisch. «Ist doch ihm überlassen, wofür er sein Geld ausgibt.»

«Yeah, Mann!» pflichtete ihm ein junger Mann mit Rastazöpfen bei. «Auch keine größere Verschwendung als ein Mercedes, der nur auf staubigen Straßen fahren kann.»

Der traurige Philosoph ignorierte ihn. «Raubt den Korrupten die Macht, und die Hälfte unserer Probleme ist gelöst. Mit der einen Hand betteln wir um Schuldenerlässe und Kredite für das Land, um das Geld dann mit der anderen Hand auf Schweizer Konten einzuzahlen.»

«Gut», sagte der Lakonische. «Aber Pesewa hat gearbeitet für sein Geld, also lassen wir ihn in Ruhe. Laßt uns gehen, kümmern wir uns wieder um unsere eigenen Leben ...»

«Yeah, Mann!» sagte der Rastabezopfte beeindruckt.

KAPITEL 13

Zur selben Zeit, als Sylvs Anruf Dina beim Frühsport erreichte, setzte sich Idan in sein Auto und fuhr zu seiner Mutter.

Er hatte Aggie nur knapp darüber informiert, daß er Sisi besuchen würde, sich über die Gründe aber ausgeschwiegen. Aggie hatte gespürt, daß er nicht darüber reden wollte, und beschlossen, ihn nicht weiter zu bedrängen.

Für Sisi kam der Besuch völlig unerwartet. Ansonsten kündigte sich Idan immer an, und wenn er dann vorfuhr, hatte Sisi längst alles vorbereitet und erwartete ihn schon am Eingang. Als sie nun ihre neunjährige buckelige Enkelin aufgeregt «Onkel Idan ist gekommen! Onkel Idan ist gekommen!» rufen hörte, fiel sie aus allen Wolken. Mehr besorgt als erfreut trat sie auf die Veranda, gerade in dem Moment, als Idan das Haus erreichte. Das gezwungene Lächeln, mit dem sie ihn begrüßte, konnte über ihre Unruhe nicht hinwegtäuschen.

«Wir haben dich erst nächsten Samstag erwartet, Sohn», sagte sie. «Oder habe ich etwas durcheinandergebracht? Solltest du heute nicht im Büro sein?»

«Doch», Idan nickte verlegen. «Aber ich konnte nicht bis Samstag warten. Ich muß dir etwas sagen, Sisi.»

Ihr Herz setzte einen Schlag aus. «Bist du krank? Oder bist du in irgend etwas reingeraten?»

«Ich bin nicht krank. Aber in etwas reingeraten bin ich schon. Wir müssen dringend reden, Sisi. Ist Efe da?»

Efe war Idans älteste Schwester. Sie war nach der Geburt ihres vierten Kindes – dem Mädchen mit dem Buckel – wieder zurück in ihr Elternhaus gezogen. Schon Efes erstes Kind, ebenfalls eine

Tochter, war mit einer Behinderung geboren worden. Die nächsten beiden Kinder, ihre Söhne, waren hingegen vollkommen gesund. Für die Familie von Efes Mann lag die Sache auf der Hand: Es konnte kein Zufall sein, daß mit beiden Töchtern etwas nicht stimmte. Es mußte an Sisi liegen. Immerhin hieß es doch, daß Sisis Großmutter eine Geisterseherin gewesen war. Irgend etwas mußte sie in den Augen ihrer Zeitgenossen zur Hexe gemacht haben. Und Sisis Mutter war bekanntlich von Idans Hochzeit ausgeschlossen worden, weil sie als böses Omen galt. Es lag also in der Familie. Sisi war eine Hexe, die ihre böse Macht auf die zwei Enkelinnen übertragen wollte – und weil die Enkelinnen sich geweigert hatten, so schloß die Familie von Efes Mann, hatte Sisi sie mit Deformationen gestraft.

Bei Efes Mann stieß die Familie mit ihren Forderungen zunächst auf taube Ohren. Doch dann beschloß eine Tante, zu härteren Bandagen zu greifen: Sie «beichtete», sie selbst sei eine Hexe und habe mitgehört, wie die Königin der Unterwelt Sisi befahl, ihre Kräfte an Efe weiterzugeben, um die Familie ihres Mannes zu zerstören. Efes Mann liebte seine Frau sehr und sah als einzige Möglichkeit, Efe den Umgang mit Sisi zu verbieten.

Efe war außer sich vor Wut und Trauer, doch ihr Mann wich keinen Deut von seiner Entscheidung ab. Als ihr Mann am nächsten Tag zur Arbeit ging, packte Efe ihre Sachen und kehrte mit ihren drei jüngsten Kindern (die älteste, die sowohl geistig als auch körperlich behindert war, lebte in einem Heim) zu ihrer Mutter zurück. Als Efes Mann begriff, was geschehen war, drohte er, den Kontakt mit Efe und den Kindern für immer abzubrechen. Efe dachte über die Konsequenzen nach und entschloß sich schweren Herzens, die beiden Jungen, die ihrem Vater sehr nahestanden, gehen zu lassen. Sie selbst blieb mit ihrer Tochter bei Sisi.

«Efe macht sich gerade für die Arbeit fertig», sagte Sisi auf Idans Frage. «Ich werde sie fragen, ob sie noch einen Moment bleibt.»

«Das wäre gut», sagte Idan.

Etwas später saßen die drei auf der Veranda. Efes Tochter ging Idan ein Glas Wasser holen.

«Wie läuft es für sie in der Schule?» fragte Idan.

«Oh, dieses Mädchen ist ehrgeizig und störrisch wie ein Esel», lächelte Sisi. «Sie will unbedingt Rechtsanwältin werden.»

«Und mit neun Jahren kennt sie schon die merkwürdigsten Paragraphen», ergänzte Efe. «Ihr größter Traum ist es, eine eigene Kanzlei zu haben ...»

«Wow!» Idan war beeindruckt.

«... und zwar eine Kanzlei, in der nur Körperbehinderte arbeiten.»

«Umgekehrte Diskriminierung?» Idan hob eine Braue.

«Kannst du es ihr verübeln? In der Schule wird sie ständig aufgezogen», meinte Efe. «Sie geben ihr die gemeinsten Spitznamen.»

Sisi zuckte mit den Schultern. «Aber weißt du, wie sie sich rächt? Sie schaut sich die Kinder, die sie ärgern, ganz genau an, sucht nach einem noch so winzigen Detail, das nicht ganz der Norm entspricht ... und erfindet einen Spitznamen, der den Kindern die Tränen in die Augen treibt.»

«Und wenn sie mal wirklich nichts findet, denkt sie sich etwas aus», fügte Efe lachend hinzu. «Da gab es mal ein Mädchen, das besonders gemein zu ihr war. Sie hat darauf bestanden, daß dieses Mädchen zwei verschieden große Nasenlöcher habe. Dabei hatte sie absolut gewöhnliche. Aber deine Nichte hat ihre Geschichte mit einer derartigen Überzeugungskraft verkauft, daß jedes Kind an der Schule sich vor dem Mädchen auf die Knie warf, um ihre unterschiedlichen Nasenlöcher anzusehen.»

Die drei brachen in Gelächter aus.

«Das ist meine Nichte!» sagte Idan stolz, als Efes Tochter ihm das Wasser brachte.

Nachdem die Kleine wieder im Haus verschwunden war, hing eine ungemütliche Stille über der Veranda.

Sisi räusperte sich. «Also, Sohn. Wenn du nun reden möchtest, deine Schwester und ich hören dir zu.»

Idan seufzte unterdrückt, stammelte dann ein paar zusammenhanglose Sätze. Die beiden Frauen hatten schon fast die Hoffnung aufgegeben, da brach es aus ihm heraus: «Sisi, ich habe eine Frau geschwängert. Und diese Frau ist nicht meine Frau.»

Wäre eine Bombe neben der Veranda explodiert, hätten Sisi und Efe wohl nicht schockierter geschaut.

Sisi fing sich als erste. «Weiß Aggie davon?»

Idan schüttelte den Kopf.

«Wirst du es ihr sagen?»

Er nickte.

«Und wann?»

«Wahrscheinlich ist Idan hier, um gerade darüber mit uns zu sprechen», kam ihm Efe zur Hilfe.

Sisi seufzte. «Wer ist sie?»

«Sie ist eine sehr junge Frau», murmelte Idan. «Sehr, sehr jung.»

«Oh Gott, Idan!» rief Sisi. «Bist du deshalb hier? Wollen ihre Eltern dich verklagen? Idan! Es gibt so viele schöne Frauen, und du suchst dir ausgerechnet eine Minderjährige?»

«So jung ist sie auch wieder nicht. Immerhin studiert sie schon.»

«Das hättest du mal früher sagen können. Ich hätte fast einen Herzanfall bekommen. Das heißt also, sie ist volljährig?»

«Alles andere wäre mehr als erstaunlich.» Nun mußte Idan doch grinsen.

«Idan», sagte Efe. «Aus meiner Sicht geht es um viel mehr als nur darum, wann und wie du es deiner Frau erzählst. Das größere Problem dürfte sein, wie du die Frau dazu bringen kannst, das Kind zu behalten.»

Idan starrte sie fassungslos an. Der Gedanke, daß Randa abtreiben könnte, war ihm nie gekommen.

«Am Anfang wird Aggie verletzt und wütend sein», fuhr Efe fort. «Aber sie wird es irgendwann verstehen und wahrscheinlich auch akzeptieren. Schließlich ist es deine einzige Chance, Vater zu werden. Sieh dich doch an, du bist nicht mehr der Jüngste, und mit jedem grauen Haar auf deinem Kopf vermindert sich die Wahrscheinlichkeit, daß ihr ein Kind bekommt. Es sei denn, ihr seid die Reinkarnation von Abraham und Sarah.»

Während Efe sprach, wechselte Idans Gesichtsausdruck unmerklich von Angst und Schuldgefühl zu einer gebremsten Euphorie. Es war ein kluger Schachzug seiner Schwester gewesen, auf seine kommenden Vaterfreuden zu sprechen zu kommen – Aggies Schmerz verblaßte dagegen unweigerlich. Auch Sisi begann die Situation mit ganz anderen Augen zu sehen.

«Als Studentin kommt ihr eine Schwangerschaft sicher nicht gelegen», meinte sie besorgt. «Wann macht sie denn ihren Abschluß?»

«Erst in zwei Jahren, Sisi.»

Sisi vergrub den Kopf in den Händen. «Das ist ja schrecklich. Wir müssen unbedingt dafür sorgen, daß sie das Kind behält. Weiß sie, daß du verheiratet bist?»

«Ja. Das habe ich ihr von Anfang an gesagt», erklärte Idan und fügte nach einer kurzen Pause hinzu: «Mache ich immer so.»

«Sehr gut», meinte Sisi beifällig. «Weiß sie auch, daß deine Frau keine Kinder bekommen kann?»

«Darüber haben wir nie gesprochen.»

Efe lachte und warf ihrer Mutter einen vielsagenden Blick zu. «Die Welt ist klein, Idan. Wahrscheinlich weiß sie mehr über deine Frau und dich, als du dir träumen läßt.»

Idan starrte die beiden Frauen an. «Wollt ihr etwa andeuten, daß ... daß sie es absichtlich ...? Niemals! Das kann ich mir wirklich nicht vorstellen.» Trotzdem kehrten seine Gedanken zu ihrer ersten Begegnung zurück. Es war der pure Zufall gewesen, daß sie sich kennengelernt hatten. Er hatte sie angefahren – na ja, fast angefahren. Und dann war ausgerechnet diese Verrückte mit dem blonden Afro der Grund gewesen, daß sie sich wiedergesehen hatten. Hätte die Frau Randa nicht im Wohnheim bedroht, wäre es wohl nie zu einem Wiedersehen gekommen. Und ohne Wiedersehen kein Hotelzimmer, ohne Hotelzimmer keine Affäre ...

Idan kam ins Grübeln. Was, wenn die Afroperückenfrau nie im Wohnheim aufgekreuzt war? Was, wenn sich Randa das nur ausgedacht hatte, um seinen Beschützerinstinkt, der ihr gegenüber sowieso schon ausgeprägt war, noch mehr herauszufordern?

«Idan!» Efes Stimme riß ihn aus seinen Gedanken. «Woran hast du bloß gedacht? Du warst ja richtig weggetreten!»

«Ich habe an unsere erste Begegnung gedacht», antwortete er wahrheitsgemäß. «Es war alles so schicksalhaft.» Oder so gut geplant, fügte er in Gedanken hinzu.

Auch Sisi schwelgte in Phantasien, die sich allerdings eher um ihr Enkelkind drehten. «Habe ich dir jemals erzählt, daß ich ununterbrochen für Aggie gebetet habe, damit sie dir endlich ein Kind schenkt?»

Irgend etwas in Idans Brust zog sich zusammen. War ihre Kinderlosigkeit wirklich allein Aggies Fehler?

«Gott muß meine Gebete erhört haben», schloß Sisi salbungsvoll.

Idan nickte schwach. Insgeheim fand er die Antwort Gottes auf Sisis Gebete etwas merkwürdig. Sollten Aggies Schmerz und seine Untreue tatsächlich das passende Mittel zum Zweck gewesen sein? Die hastigen Treffen in schmuddeligen Hotelzimmern waren der Beweis Seiner Gnade?

«Weißt du, wie wichtig es für eine Mutter ist, daß ihr Sohn sich als echter Mann erweist?» Sisis Strahlen begann an Idans Nerven zu zerren.

«Ich bitte dich, Sisi. Man kann auch ohne Kinder ein echter Mann sein.»

«Ist ja auch egal», Sisi ließ sich nicht irritieren. «Hauptsache, du hast jetzt eine Frau geschwängert.»

Eine Frau geschwängert ... Diese Worte aus dem Mund seiner Mutter brachten eine Saite in Idan zum Klingen. Vielleicht hatten sie ja recht. Nicht nur vielleicht, bestimmt sogar. Aggie würde es akzeptieren müssen, schließlich lag der Fehler ja bei ihr. Sie würde sein Baby akzeptieren müssen. Sein Baby!

«Wenn sie bloß nicht an Abtreibung denkt», stieß Idan hevor. «Sie muß es behalten, Sisi. Es bringt mich um, wenn sie es nicht behält. Es ist mein Kind, Sisi, mein Kind!»

«Sisi!» rief Efe, die den veränderten Gesichtsausdruck ihres Bruders genau registriert hatte. «Ich finde, Idan sollte dieses Mädchen zu uns nach Hause bringen. Wir müssen sie unbedingt treffen. Sie muß verstehen, wie viel uns dieses Baby bedeutet. Wie heißt sie eigentlich? Du hast uns noch gar nicht ihren Namen verraten.»

«Randa», antwortete Idan voller Zärtlichkeit.

Die beiden Frauen lächelten sich zu. «Ich mag sie jetzt schon», sagte Efe. «So ein schöner Name, elegant und etwas ausgefallen. Bring sie zu uns nach Hause, Idan.»

«Ja.» Sisi griff nach der Hand ihres Sohns. «Bring sie heim.»

Aggie war diesem Tag allein mit Destine im Büro, da ihre Kolleginnen Dina und Vickie beim Familientreffen der Pesewas weilten. Das machte das Rumoren in ihrem Kopf noch schlimmer. Dabei hatte Destine aufgehört, das Parfum zu benutzen, und eigentlich sollte nun alles in Ordnung sein.

Das Rätsel um den mysteriösen Brief war immer noch nicht gelöst. Allerdings waren auch keine weiteren Nachrichten für sie gekommen. Auch der immer wiederkehrende Alptraum von ihrem Hochzeitstag hatte sie in letzter Zeit nicht mehr gequält. Dafür war ein merkwürdiger Prophet bei Harvest FM aufgetaucht und hatte

Sylv etwas von einem Geschwür erzählt, das ihr Vater angeblich am Bein hatte. Und ihr Bruder hatte sie aus Takoradi angerufen, um ihr mitzuteilen, daß es dieses Geschwür tatsächlich gab. Wie hing das alles bloß zusammen?

«Auntie Aggie?» sagte Destine in ihre Gedanken hinein. «Ich habe gerade in dieser Akte gelesen ...»

«In welcher?» fragte Aggie zerstreut.

«Esi Attah ...»

«Ach so, den Fall meinst du. Ich weiß schon.»

«Hat MUTE damit abgeschlossen?»

«Nein, wir haben ihn nur aufgeschoben. Wir wußten immer, daß wir für unsere Nachforschungen schnell verklagt werden konnten. Aber jetzt, wo wir Budu und Stiles auf unserer Seite haben, werden wir die Sache wieder angehen.»

«Wie geratet ihr eigentlich an Fälle wie diese?» fragte Destine. «Oder genauer, wie seid ihr an diesen geraten?»

«Durch mich», erwiderte Aggie. «Das war, als ich meine Eltern besucht habe ...» Sie seufzte. «Ich müßte mal wieder hin. Mein Vater ist krank, er hat eine Art Geschwür am Bein.»

Destine sah sie ausdruckslos an.

«Na ja. MUTE läßt mir so wenig Zeit, und außerdem ist ein Besuch bei meinen Eltern immer sehr nervenaufreibend. Ständig kommen Verwandte unter dem Vorwand, dich nur willkommen heißen zu wollen, und im selben Atemzug fragen sie dich, ob du ihrem Sohn nicht einen Job vermitteln kannst. Ihrem Sohn ohne Schulabschluß, versteht sich. Und ein Bürojob sollte es schon sein, am besten in der Verwaltung. Sie nennen das «einen Regierungsjob». Sie können sich überhaupt nicht vorstellen, daß selbst Uniabsolventen arbeitslos auf der Straße stehen.»

«Und Esi Attah ist auch eine von diesen Verwandten?» fragte Destine.

«Nicht ganz. Eigentlich ist eine ihrer Schwestern zu mir gekommen. Zuerst dachte ich, es ginge um Geld, weil sie nicht so recht mit der Sprache rausrücken wollte. Wenn es nicht um Jobs geht, geht es um Geld – sie denken, du kommst aus der Stadt, dann hast du die Lizenz zu Gelddrucken. Aber Esi Attahs Schwester hat mir versichert, es ginge um etwas anderes. Sie hatte gehört, daß ich für eine Organisation arbeite, die Frauen in Not helfen kann. Und dann hat sie mir gesagt, wo ich Esi Attah finden kann. Sie erzählte mir, daß Esi Attah acht Geburten hinter sich hatte ...»

«In der Akte steht, daß sie neun Kinder hat.»

«Sie hat einmal Zwillinge geboren. Du hast die Akte ja sehr gründlich gelesen», bemerkte Aggie.

«Ja. Ich denke, ich könnte den Fall in meine Doktorarbeit einbauen.»

«Dann weißt du auch, daß Esi Attah mit einem weiteren Kind schwanger war. Und ihre Schwester fürchtete, eine Frau mit einem weißen Auto könne es ihr abkaufen. Sie hat mir erzählt, daß Esi Attah und ihr Mann zu einer Sekte gehören und dort schlechten Einflüssen ausgesetzt sind. Es war alles sehr vage, aber ich habe Esi Attah trotzdem besucht.»

«Und wie war dein Eindruck?» fragte Destine gespannt.

«Esi Attah war ihrem Mann blind ergeben. Ich glaube, sie hatte große Angst. Vor allem, weil ihr Mann über meinen Besuch nicht gerade begeistert war. So richtig ungemütlich wurde es dann, als ich ihnen erzählte habe, ein anoymer Anrufer habe sie in Zusammenhang mit der Besitzerin eines weißen Autos erwähnt.»

«Was ist passiert?»

«Der Mann hat Esi Attah befohlen, sofort ins Haus zu gehen. Esi Attah hat einen Moment gezögert, und da fing ihr Mann an zu brüllen wie ein Verrückter. Es war schrecklich. Und kaum war Esi Attah verschwunden, schrie er mich an: ‹Jetzt hauen Sie schon ab›. Ich bin gerannt wie vom Teufel gejagt.» Die Erinnerung brachte Aggie zum Schmunzeln.

«Und warum hattet ihr Angst vor einer Klage?»

«Na ja. Sylv hat den Vorfall in seiner GMG-Show geschildert. Wir hatten gehofft, von Zuhörern mehr Informationen über die Sekte zu erhalten, die Frau mit dem weißen Auto ... Jedenfalls hat uns jemand, der sich als Sprecher der Sekte ausgab, mit einer Klage gedroht.»

«Könnte das dahinterstecken?» fragte Destine unvermittelt. «Hinter der Nachricht, die du bekommen hast? Dieser Nemesis-Nachricht?»

Aggie sah sie schweigend an.

«Ich habe ein bißchen nachgeforscht. Die Sekte ist doch eine religiöse Sekte, oder nicht?»

«Worauf willst du hinaus?» fragte Aggie.

Destine legte mit ruhigen Bewegungen den Stift aus der Hand und schloß den Aktenordner, den sie vor sich liegen hatte. «Nemesis war eine Göttin in der griechischen Mythologie, die den Rachegeist verkörperte. Sie hat dafür gesorgt, daß kein Verbrecher und kein Übeltäter seiner Strafe entkam», erklärte sie und studierte Aggies Gesicht eingehend.

Vor Aggies Augen drehte sich alles. Ein Rachegeist? «Es gibt da einen Traum, der immer wiederkommt», brach es aus ihr heraus. «Er hat mit meinem Hochzeitstag zu tun. Damals hat es sehr stark geregnet, obwohl eigentlich ein sonniger Tag vorausgesagt war. Das hat mich sehr unglücklich gemacht. In meinem Traum kommt auch immer eine schwarze Katze vor. Und Blut.»

Destine lächelte angespannt und wandte den Blick ab.

«Was ist los, Destine?»

«Ich muß nur gerade an meine Schwester denken. Du bist unglücklich, weil deine Hochzeit verregnet war, und ihre hat nicht einmal stattgefunden.»

«Oh nein!» rief Aggie voller Mitleid. «Wie ist das passiert?»

«Ihr Freund gehörte zur Königsfamilie seines Stammes. Und seine Familie hat meine Schwester als ... nicht passend empfunden.»

«Weil deine Schwester nicht zum gleichen Stamm gehörte?»

«Nein, weil ... es tut mir leid. Ich will nicht darüber reden. Bitte verzeih mir.» Obwohl sie den Blick gesenkt hielt, bemerkte Aggie, daß ihr Tränen in die Augen stiegen.

«Schon gut, Destine», sagte sie sanft. «Das muß sehr schlimm für dich sein.»

Als Destine den Blick wieder hob, hatte sich ihr Gesichtsausdruck verändert. «Ich bin ja so egoistisch. Wir wollten doch über die Nemesis-Nachricht sprechen, oder?»

«Wie, sagtest du noch mal, möchtest du MUTE für deine Doktorarbeit nutzen?» fragte Aggie unvermittelt.

Wie auf Knopfdruck antwortete Destine: «Ich konstatiere einen graduellen und nachhaltigen Verlust unseres Persönlichkeitskerns durch die konstante Verminderung von Möglichkeiten, uns unserer eigenen Geschichte bewußt zu werden. Die Wahrheit über uns selbst bleibt uns insofern verwehrt, als wir gezwungen werden, die Versionen anderer als solche zu assimilieren. Das ist der Ansatzpunkt, auf den ich in meiner Arbeit eingehen möchte.»

Aggie spendete beeindruckt Applaus. «Jetzt verstehe ich, warum Dina so fasziniert von dir ist.» Dennoch, ein Stachel blieb, auch nach Destines eloquenter Rechtfertigung ... Warum nur?

«Du wolltest mir gerade erzählen, wer an deinem Hochzeitstag gestorben ist», riß Destine sie aus ihren Gedanken.

Aggie stutzte nur den Bruchteil einer Sekunde. «Das stimmt. Wir haben ein paar Tage nach der Hochzeit davon erfahren. Es war ein Junge, der für seine Neugierde sterben mußte. Er hatte bei dem Regen am Straßenrand gestanden, um einen Blick auf die Hochzeitslimousine zu erhaschen. Der Sturm hatte einen Strommast umgekippt, ohne daß es jemand bemerkt hatte, und ein Kabel lag in einer Pfütze ... Der Junge ist draufgetreten.»

«Wie furchtbar!» sagte Destine.

Aggie lachte bitter. «Die Großmutter meines Mannes war eine seltsame Frau. Viele hielten sie für eine Hexe, und wir haben sie sogar von unserer Hochzeit ausgeschlossen, weil sie uns als schlechtes Omen erschien. Sie hatte öfters Vorahnungen. Und sie beharrte darauf, daß eine dunkle Wolke über unserer Ehe hing, die sie nur mit Hilfe der guten Ahnen vertreiben konnte.»

«Wie sollte das gehen?»

«Vielleicht so, wie es auch im wirklichen Leben läuft», erwiderte Aggie. «A kränkt B. A bittet C und D, die aufrichtige Menschen sind und von B respektiert werden, sich bei B in seinem Namen zu entschuldigen. B vergibt A, und fertig. Nur eben auf spiritueller Ebene.»

Destine lachte. «Sprich, mit Opfern, Blut und ein paar Flaschen Schnaps.»

«Und das alles im Rahmen einer christlichen Hochzeitszeremonie. Kannst du verstehen, daß wir das nicht wollten?»

«Vielleicht hättet ihr sie trotzdem nicht wegschicken sollen. Hast du deinen Traum schon einmal auslegen lassen, Auntie Aggie?»

Aggie machte eine abwehrende Geste. «Erstens kriege ich den Traum nie ganz zusammen, wenn ich wach bin ... und zweitens ist die Großmutter längst tot ...»

«Aber es ist schon komisch, oder? Der unerwartete Regen?»

«Ich hatte immer den Eindruck, daß höhere Mächte am Werk waren», sagte Aggie. «Mächte, die auf der Lauer lagen und darauf warteten, daß es Zeit war zuzuschlagen. Und die Zeit war an unserem Hochzeitstag gekommen. Es war einfach Schicksal.»

«Da schließt sich der Kreis», sagte Destine. «Wie Nemesis gehört auch das Schicksal zur griechischen Mythologie. Eigentlich müßte man von ‹den Schicksalen› sprechen. Es waren drei Göttinnen, die Geburt und Tod bestimmten, das Leben lenkten, den seidenen Faden des Lebens sponnen oder zerschnitten. Clotho war es, die den Faden sponn, Lachesis bestimmte die Länge, und Atropos schnitt ihn durch. – Auntie Aggie, ist alles in Ordnung?»

Aggie lachte nervös.

«Ich habe mich früher sehr für Buddhismus interessiert. Und ich glaube ans Karma», sagte Destine. «Ich glaube, daß wir früher oder später alle für unsere Schuld bezahlen müssen.»

«Wirklich?»

«Ja. Aber in einem Punkt bin ich anderer Überzeugung als die Lehre: Es heißt dort, daß du in deinem jetzigen Leben für die Sünden eines vorigen Lebens büßt. Ich sehe das etwas allgemeiner. Ich glaube, das, was dir in deinem Leben zustößt, ist ein Resultat deiner Vergangenheit. Und mit Vergangenheit meine ich nicht unbedingt dein voriges Leben.»

Aggie fühlte sich, als würden sich unsichtbare Hände um ihren Nacken legen. Ihr Blick wanderte zu Destine, und sofort bohrten sich Destines Augen in ihre. Tote Augen, ohne einen Funken Leben, eiskalte, tote Augen.

«Ich muß los», sagte Destine plötzlich. «Ein Familientreffen. Hätte ich fast vergessen.» Hastig packte sie ihre Sachen zusammen, während Aggie sie voller Entsetzen beobachtete. Auch als Destine schon längst durch die Tür war, stand Aggie noch wie angewurzelt da. Sie zitterte. Im Büro war es still wie auf einem Friedhof. Mit schlafwandlerischen Bewegungen setzte Aggie sich auf ihren Bürostuhl, stützte die Ellenbogen auf den Schreibtisch und begann zu weinen.

Fast zwei Stunden später trafen Dina und Vickie ein.

«Was ist passiert?» rief Dina, als sie Aggie zusammengekauert und tränenüberströmt sah. «Wo ist Destine?»

«Weg», murmelte Aggie kaum hörbar. «Sie mußte zu einem Familientreffen. Sie hatte es auf einmal ganz eilig.»

«Aber warum weinst du, Aggie?»

Ein dünnes Lächeln umspielte ihre Mundwinkel. «Wir haben über diese Nemesis-Nachricht geredet. Destine hat noch ein wenig nachgeforscht.»

Vickie erstarrte. «Destine? Aggie, du hast ihr doch nicht von der Nachricht erzählt, oder? Sie kann doch eigentlich nichts gewußt haben. Als wir in Dinas Büro davon gesprochen haben, war sie nicht dabei ...»

Aggie und Dina waren sprachlos. Vickie hatte recht ... Was konnte das bedeuten? Vickie lief zu Kabrias Schreibtisch, den Destine benutzt hatte, und zog die Schubladen heraus. Sie waren alle leer. In einer Schublade hatte Destine Make-Up und einen Taschenspiegel aufbewahrt, aber nun waren die Sachen verschwunden, ebenso wie Stifte und Unterlagen.

«Meint ihr, sie hat die Nachricht geschrieben?» wollte Dina wissen.

«Ganz sicher», sagte Vickie.

Aggie erwiderte mit tränenerstickter Stimme: «Ich hätte es gleich wissen müssen.»

«Was meinst du?» Dina konnte die Tränen nun nicht mehr zurückhalten.

Wortlos reichte Vickie den beiden ein Taschentuch, und Aggie putzte sich ausgiebig die Nase, bevor sie sagte: «Ihr Parfüm. Es war das gleiche Parfüm, das in Idans Sachen hing, wenn er von seiner Geliebten kam. Von Randa.»

Kapitel 14

«Huhu!» hörte Sylv eine Stimme rufen. «Siiv, bist du da drin? Ich bin es mal wieder, deine liebe Tante! Mach sofort auf, Siiv!» Dem letzten Satz verlieh Sylvs Tante mit ein paar Faustschlägen gegen die Tür Nachdruck. Sylv seufzte. Die jüngste Schwester seines Vaters – berühmt-berüchtigt nicht nur für ihre unorthodoxe Art, seinen Namen auszusprechen – war ihm so willkommen wie eine Magen-Darm-Grippe.

Let-them-say, der die Begeisterung seines Herrchens spürte, antwortete mit einem dumpfen Grummeln. Und tatsächlich ließ die Tante von der Tür ab. «Siiv, bitte, leine diese Bestie an, bevor du mir öffnest. Dieser Hund haßt mich. Mein Gott, ich habe niemals einen Hund erlebt, der einen Menschen so sehr haßt! Nun leine ihn schon an, Siiv, und mach schnell. Es ist wichtig.»

Ohne übertriebene Eile kam Sylv ihren Aufforderungen nach. Er hielt es nicht für nötig zu erklären, daß er in diesem Punkt voll hinter seinem Hund stand: Schießlich war es nicht Let-them-say gewesen, der den Fehdehandschuh geworfen hatte.

Alles hatte begonnen, als Sylvs Tante eines Tages unerwartet und uneingeladen vor seiner Tür stand. Zufällig war es Let-them-says Geburtstag, und er beging seinen Festtag mit einer Schüssel voller feinstem Corned Beef aus Argentinien. Der Begriff «Geburtstag» war etwas irreführend, denn eigentlich feierten sie den Tag, an dem Sylv den Hund vor zwei Jahren verlassen und halbtot am Straßenrand gefunden hatte. Als Sylv ihn zum Tierarzt brachte, wurde festgestellt, daß Let-them-say von einer schlecht verheilten Wunde ein steifes Bein zurückbehalten würde. Diese Behinderung verlieh dem Hund einen äußerst kuriosen Gang, einen richtiggehenden Catwalk-Gang, dachte Sylv manchmal. Aber er trug sein räudiges Fell mit Würde, und dafür liebte ihn Sylv vom ersten Moment an. Als es darum ging, dem Hund einen Namen zu geben, zögerte Sylv keine Sekunde: Nichts lag näher als Let-them-say – «laß sie doch reden».

Let-them-say feierte also gerade seinen zweiten Geburtstag, als Sylvs Tante hereinplatzte. Mit einem Blick hatte sie die Situation erfaßt und kreischte, daß Herr und Hund die Ohren klingelten: «Siiv!!! Corned beef? Corned beef für einen Hund?»

Sylv stotterte etwas von einem Geburtstagsessen und einer Ausnahmesituation, aber er stieß erwartungsgemäß auf taube Ohren.

«Siiv! Das kommt davon, wenn man so selten zu Hause vorbeischaut. Das Hirn beginnt sich aufzulösen, gerade bei Männern. Ich muß dir die Tage mal einen Kräuterwickel machen.»

Starr vor Entsetzen mußte Sylv mit ansehen, wie seine Tante den Müll durchwühlte und schließlich mit einer Mischung aus Triumph und Grauen die leere Corned-beef-Dose in die Höhe hielt. «Exeter? Exeter Corned beef für einen krüppeligen Hund? Schon eine billige Marke wäre Verschwendung gewesen, aber Exeter? Frag mich mal, wie oft im Jahr ich Corned beef esse. Oder frag die Kinder im Dorf, ob sie überhaupt wissen, was das ist. Und du fütterst einen krüppeligen Hund damit?»

Let-them-say spürte sehr wohl, daß der ganze Aufruhr etwas mit ihm zu tun hatte, und sah sich zu einer Reaktion gezwungen. Sein Nackenhaar sträubte sich, als er böse die Zähne fletschte und ein lautes Grummeln hören ließ.

«Laß es gut sein, Tante», warnte Sylv. «Er wird dich noch beißen.»

Das war nicht gerade weit hergeholt, und so beschloß Sylvs Tante, daß die Klügere wohl nachgeben mußte. Aber obwohl Let-them-say sich auf ein Zeichen seines Herrchens sofort beruhigte und dreibeinig von dannen humpelte – die Feindschaft zwischen Tante und Hund war besiegelt.

Nur aus Liebe zu Sylv ließ der Hund sich widerstandslos anleinen, sobald Sylvs Tante sich ankündigte. «Geht ganz schnell vorbei», flüsterte Sylv, als er ihm das Halsband anlegte. Let-them-say musterte ihn aus ergebenen Augen und wedelte als Zeichen des Einverständnisses kurz mit dem Schwanz. Dann mußte Sylv wohl oder übel die Tür öffnen.

Seine Tante rauschte buchstäblich ins Zimmer und setzte sich, noch bevor sie dazu aufgefordert wurde. Als Sylv ihr ein Glas Wasser brachte, verzog sie angewidert das Gesicht. «Ein Bier wäre mir lieber.»

Sie wußte sehr wohl, daß ihr Neffe immer Bier im Haus hatte, und so holte Sylv ihr eine eisgekühlte Flasche Star beer aus dem Kühlschrank. Sie öffnete die Flasche, goß sich ein, trank mit einem Schluck das halbe Glas aus und schenkte Sylv dann ein strahlendes Lächeln. «Deshalb komme ich so gern zu dir, Sylv. Wie sollte ich im Dorf an eine gute Flasche Star beer kommen? Ach! Reiche Leute haben einfach ein feines Leben!» Beschwingt setzte sie das Glas erneut an die Lippen.

Sylv bemühte sich nicht, seine Verstimmung zu verbergen. «Tante, du hast etwas von einer wichtigen Mission erzählt. Vielleicht sollten wir jetzt darüber reden?» Und in Gedanken fügte er hinzu: Und vielleicht solltest du danach dann verschwinden?

Die Tante räusperte sich. «Ach ja. Natürlich. Also, es ist so. Eine Frau ist ins Dorf gekommen. Sie hat den ganzen Weg von hier ins Dorf gemacht, um die ‹queen mother› zu treffen. Wegen Dir.»

«Wegen mir?» fragte Sylv erstaunt.

«Ja. Es hat irgendwas mit deiner Arbeit zu tun. Scheinbar handelt es sich um eine sehr bedeutende Person – ich selbst habe sie leider nicht getroffen. Jedenfalls hat sie ein Auto gefahren, das ... Na ja. Ich schweife ab. Die ‹queen mother› hat ihr sofort eine

Audienz gewährt, was ja allein schon ihre Wichtigkeit beweist. Direkt nach dieser Audienz hat die ‹queen mother› den Rat der Frauen einberufen und über das Anliegen der Besucherin gesprochen. Der Rat der Frauen hat dann beschlossen, ein Familienmitglied, dessen Autorität du respektierst, zu dir zu schicken.»

«Ist ja verrückt. Warum sollte jemand so einen Aufwand treiben?»

«Siiv, es geht um einen reichen Mann, der kürzlich gestorben ist. Die Besucherin sagt, du hast seiner Familie viele Unannehmlichkeiten bereitet. Scheinbar haben du und die fünfte Frau des verstorbenen Mannes dessen natürlichen Tod abgestritten und wilde Gerüchte verbreitet. Außerdem sollst du der fünften Frau geholfen haben, sich vor der Familie zu verstecken und sich so ihren Pflichten zu entziehen.»

«Ihren Pflichten?» Sylv wollte seinen Ohren kaum trauen.

«Ja. Du hast die Familie daran gehindert, die fünfte Witwe einer Reinigung zu unterziehen. Und als ob das immer noch nicht genug wäre, hast du ...»

«Das ist ja unfaßbar!» unterbrach Sylv wütend. Seine Tante musterte ihn kühl.

«Laß mich ausreden. Die Besucherin, eine Schwester des Verstorbenen, hat sich bei der ‹queen mother› beklagt, daß du das Ansehen ihres Bruders beschmutzt hast. Du hast in der Öffentlichkeitbekannt gegeben, daß er Aids hatte.»

«Er trug den HIV-Virus in sich», korrigierte Sylv trotzig. «Ich habe nie gesagt, daß er Aids hatte.»

«Wie dem auch sei.» Seine Tante wischte den Einwand mit einer ärgerlichen Handbewegung weg. «Ob Aids oder Aids-Virus oder HIV, so oder so bedeutet es Schande für die Familie. Deshalb hatte es ein Familiengeheimnis bleiben sollen.»

«Jetzt möchte ich dir mal was sagen. Leute wie diese Besucherin haben Pesewa erst dazu gebracht, seinem Leben ein Ende zu setzen, anstatt mit dem Virus weiterzuleben. Was meint sie überhaupt damit, Pesewas Andenken sei beschmutzt worden?»

Fassungslos starrte die Tante ihn an. Wie konnte ihr Neffe so beschränkt sein? «Siiv, du und die fünfte Frau, ihr habt die ganze Familie in den Dreck gezogen. Ihr habt einen ehrenwerten Mann in Verbindung mit Aids gebracht!»

Sylv seufzte nur. Seine Wut war verraucht, sie lief ja sowieso ins Leere. «Haben sie dich geschickt, damit du auskundschaftest, ob ich die fünfte Frau hier verstecke?»

«So ein Blödsinn. Natürlich nicht. Es geht um etwas ganz anderes. Die Familie ist nicht gerade angetan von dem, was du erzählst.» Sie sah ihren Neffen eindringlich an. «Um genau zu sein, sie sind sehr verärgert. Und wer reiche, mächtige Familien herausfordert, muß sich über die Konsequenzen im klaren sein. Der Besuch in unserem Dorf war ein erster Schritt. Was wird der zweite sein? Und der dritte? Verstehst du mich, Junge?»

Natürlich verstand Sylv. «Hat die Besucherin mir gedroht? Sollte sie das getan haben, werde ich jedes ihrer Worte in meiner GMG-Show wiederholen. Also sag mir, hat sie mir gedroht?»

«Siiv! Warum tust du das? Die Familie trauert. Warum machst du es ihnen noch schwerer?» Brüsk wandte sie sich von ihm ab. «Und eins will ich dir noch sagen. Du bist hier ein wichtiger Mann geworden, sitzt in deinem schicken Haus und fütterst deinen Hund mit Corned beef. Aber deine Verwandten im Dorf, die sich nicht mal eine Dose Corned beef im Jahr leisten können, die vergißt du.»

Obwohl die Worte seiner Tante wehtaten, machte diese subtile Form der Erpressung Sylv rasend. Natürlich wollte Sylv auf keinen Fall, daß das Dorf von dieser Corned-beef-Sache erfuhr; sein Ansehen wäre für immer ruiniert gewesen. Seine Tante wußte ganz genau, daß sie ein äußerst effektives Druckmittel besaß.

«Wir wollen keinen Ärger im Dorf, Siiv. Du hast in deinem Programm erzählt, daß Pesewa sich umgebracht hat. Du hast der fünften Frau geholfen, sich zu verstecken. Du hast die heilige Tradition der Witwenreinigung beschmutzt. Und das ist dir scheinbar immer noch nicht genug!»

Aha, dachte Sylv. Jetzt wurde es interessant. «Bitte hilf mir auf die Sprünge. Was habe ich noch mal angestellt?»

Die Augen seiner Tante verengten sich. «Mach dich nicht über mich lustig, Siiv. Und stell dir mal vor, wie man dich im Dorf empfangen würde, wenn du meinen Rat ignorierst und den Wunsch der ‹queen mother› mißachtest. Und wenn dann auch noch die Sache mit dem Corned beef rauskäme ...»

«Du drohst mir, Tante», stellte Sylv fest.

Sie lächelte. «Nein. Ich weise dich nur auf die Konsequenzen deines Tuns hin. Also rede schon mit deinen Bossen. Das Geld kam doch nicht von dir.»

«Welches Geld?» fragte Sylv ratlos.

«Na, das für die Bestechung. Im Krankenhaus.»

Sylv hatte zwar keine Ahnung, wovon sie sprach, beschloß aber, das Spiel eine Weile mitzuspielen. «Ach so! Das geht ganz aufs Konto meiner Bosse, damit habe ich nichts zu tun.»

«Aber du willst in deinem Programm darüber berichten, oder?»

«Hm ... ja, wohl schon.»

Die Tante senkte ihr Stimme und rückte verschwörerisch an Sylv heran. «Hör zu. Die Familie möchte einfach nur, daß nicht darüber berichtet wird. Zumindest nicht in nächster Zeit. Sie wollen ein wenig Ruhe bis zur Beerdigung. Die Testergebnisse kamen völlig überraschend für sie, das mußt du doch verstehen. Es ist doch klar, daß ihr Verdacht zuerst auf die fünfte Frau fallen mußte. Stimmt es, daß sie drei Tests gemacht hat?»

«Ja, natürlich», nickte Sylv hastig. Seine Neugierde wuchs. Worum ging es seiner Tante bloß? Wenn sie von überraschenden Testergebnissen sprach, ließ das eigentlich nur einen Schluß zu ...

Aber solange seine Tante ihn mit Blicken durchbohrte, konnte er diesen Gedanken unmöglich zu Ende spinnen.

«Und diese Tests waren alle negativ?» vergewisserte sie sich.

«Ja.»

«Aber das ergibt doch keinen Sinn», murmelte sie. « Na ja. Du versprichst, daß du nichts davon in deiner Show erwähnst?»

Sylv legte die rechte Hand auf seine Brust. «Das verspreche ich», sagte er.

Seine Tante lächelte. «Gut. Das wird die Familie gern hören. Und die ‹queen mother› auch. – Sagtest du nicht, du hättest noch ein Bier im Kühlschrank?»

Als sich die Tante nach dem zweiten Bier auf dem Sofa ausstreckte und selig einschlummerte, griff Sylv nach dem Telefon und rief Muff an.

«Muff, meine Tante ... die mit dem kleinen L-Problem, du weißt schon ... sie ist hier.»

«Wie! Bei dir?»

«Genau. Liegt auf meinem Sofa und schnarcht wie eine Bärenhorde, nachdem sie über meinen Biervorrat hergefallen ist. Und vorher hat sie mir die seltsamsten Geschichten über Pesewas Familie und HIV-Tests erzählt. Gibt es da irgend etwas, was ich nicht mitbekommen habe?»

«Ich weiß nicht mehr als du», antwortete Muff. «Nämlich daß Pesewas Familie versprochen hat, Pesewas Geist die Wahrheit mitzuteilen, und daß die vier Frauen dann auf Beschluß des Familienrates HIV-Tests gemacht haben.

«Aber wie sind die Tests ausgefallen? Meine Tante hat ganz merkwürdiges Zeug erzählt. Scheinbar glaubt Pesewas Familie, Harvest FM und ich hätten jemanden im Krankenhaus bestochen, um an die Resultate zu kommen.»

«So ein Schwachsinn!» schnaubte Muff.

«Erzähl das mal meiner Tante und der ‹queen mother› meines Dorfes.»

«Machst du Witze?»

«Klinge ich so? Meine Tante ist gekommen, um mich zu warnen ... Alle befürchten, ich könnte eine Riesenbombe platzen lassen. Komm besser mal rüber, Muff.»

«Ach ja, ich könnte mir nichts Schöneres vorstellen, als mit deiner Tante jetzt ein Bier zu trinken. Komm du lieber hierher.»

«Ich glaube, Let-them-say würde die Lage gnadenlos ausnutzen und meiner Tante seine wahren Gefühle offenbaren. Das wäre sicher kein schöner Anblick, wenn ich zurückkäme.»

«Verstehe», meinte Muff. «Dann forsche ich mal ein bißchen nach und melde mich wieder.»

Maa Cherie hing hochkonzentriert am Telefon und hatte gerade einen angemessenen Preis für einen Karton Lockenwickler ausgehandelt, als Fingers in den Raum stürmte. In den Händen hielt sie eine Ausgabe der Klatschzeitung T&T, was für «Talk & let Talk» steht.

«Maa Cherie», rief sie, «hier ist deine Zeitung. Diese T&T-Leute sind echte Genies! Wie kommen die bloß an ihre Infos? Lies dir mal den Artikel durch.»

Maa Cherie grinste. «Fingers, irgend etwas läuft hier schief. Ich zahle die Zeitung, und du liest sie immer als erste. Jetzt sag schon, was ist das für ein Artikel?»

«Hier. Es geht um den reichen Mann, der sich umgebracht hat.»

«Pesewa?»

«Genau. Hier steht, daß nur seine fünfte Frau negativ ist. Alle anderen Frauen sind mit dem Aids-Virus infiziert.»

Maa Cherie riß Fingers die Seite aus der Hand und vergaß von einem Moment auf den anderen ihren Gesprächspartner. «Zeig mal her. Alle vier!»

«Sag ich doch. Wie kommen die bloß an ihre Infos?»

«Na wie wohl», murmelte Maa Cherie, die sich schon in die Lektüre vertieft hatte. «Ist doch immer das gleiche. Ein paar Scheine, und die Enthüllungen sprudeln nur so. Bring den Salon nicht in Unordnung, ich bin gleich wieder da.»

Während ihre Chefin eilig aus der Tür huschte, schüttelte Fingers immer noch den Kopf. «Nicht zu fassen! Alle vier!»

KAPITEL 15

«Toooor!» schrie der kleine Junge.

«Das war Abseits», bremste ihn der etwas ältere Spielkamerad.

«DochTor!»

«Kein Tor!»

Kofi Poku alias Raja Hey alias Lucys Mörder alias Verzeihmir alias Forever Young alias Prophet Abednego unterdrückte einen Fluch. Er brauchte dringend Schlaf. Seit Sonnenaufgang war er auf den Beinen gewesen und hatte das Wort Gottes gepredigt, und jetzt, wo er sich hinlegen wollte, mußten diese Gören unbedingt vor seinem Fenster spielen. An Wochenenden und Ferientagen hatte er kaum eine ruhige Minute. Einmal hatte er ihnen den Ball weggenommen, um sie am Spiel zu hindern, aber die Rechnung ohne die Mutter der Kinder gemacht. «Du Idiot!» keifte sie, augenscheinlich nur wenig eingeschüchtert von seinem Prophetenstatus. «Wenn du ein Mann bist, gibst du den Kindern ihren Ball wieder. Bist du blind? Das ist ein öffentlicher Park. Wo sollen sie denn sonst spielen? Und außerdem sind die Kinder ja nicht schuld daran, daß du nachts nicht schläfst, sondern anderen mit deinen lauten Predigten die Nachtruhe raubst.»

Fortan ließ Prophet Abednego die Kinder in Frieden. Wenn sie in der Schule waren, genoß er seinen Schlaf aus tiefster Seele, und an allen anderen Tagen fluchte er leise vor sich hin und feilte an seinem Plan. Denn einen Plan hatte er, und was für einen.

Nach seinem Besuch bei Sylv vor einigen Wochen hatte er gehofft, daß Sylv über ihn in seiner Show berichten würde. Das wäre seine Chance gewesen, endlich willige Schafe um sich zu scharen. Ihr Versammlungsort hätte überall sein können, unter einem Baum, in einem Schulgebäude, das sonntags unbenutzt war, in einer Ruine. Er hatte sogar schon einen Namen für seine Kirche:

«Die Kirche vom Blut der Hoffnung, der Wunder und Reichtümer». Wenn Sylv ihn bloß in seiner Show erwähnt hätte ... Das war Plan A gewesen.

Ein Vermittler hatte ihm den Auftritt bei Harvest FM verschafft. Bevor er den Auftrag ausführte, hatte er noch die Auftraggeber getroffen: ein Geschwisterpaar, das sich versichern wollte, daß er auch der richtige Mann für den Job war. Sie hatten sich große Mühe gemacht, um nicht erkannt oder später identifiziert werden zu können. Er trug einen riesigen schwarzen Cowboyhut und eine dunkle Sonnenbrille, sie hatte eine ziemlich lächerliche blonde Afroperücke aufgesetzt. Und dann trichterten sie ihm seine Prophezeiung ein. Es ging um eine Frau, die bei einer Organisation arbeitete und deren Vater ein Geschwür am Bein hatte.

Abednego ging die Sache mit größtem Eifer an. Ghanaer lieben Wunder, und er ging fest davon aus, daß er als mächtiger Mann Gottes anerkannt würde. Vor seinem inneren Auge sah er schon die riesige Schafherde, die ihm blind folgen würde. Nun hatte sich der Plan nicht ganz so erfüllt, wie Abednego es gehofft hatte, aber noch war es nicht zu spät.

Sechs Jahre war er nun schon in Accra, seit er sein Dorf zusammen mit seinem engsten Freund, Agyei Poku alias Cityman, verlassen hatte. Es war Cityman gewesen, der ihn davon überzeugt hatte, daß in der Stadt saftigere Weiden auf sie warteten. Wußte Raja Hey, daß junge Kerle wie sie eine Menge Geld in Accra machten, indem sie auf der Straße Hundeleinen verkauften? Wußte Raja Hey, daß viele dabei so reich wurden, daß sie nach Europa gehen konnten?

Cityman redete so beschwörend auf Raja Hey ein, daß der am Ende glaubte, in Accra würde man nur noch auf sie warten: «Willkommen in Accra. Bitte nehmt eure Tasche mit den Hundeleinen in Empfang. Das Revier, das euch zugeteilt wurde ist der Abschnitt vom Militärkrankenhaus bis zur Ampel. Dann viel Spaß!»

So ungefähr hatte sich Raja Hey ihre Ankunft vorgestellt, doch die Realität sah etwas anders aus. Tatsächlich hingen sie am Bahnhof von Accra ab und warteten wochenlang darauf, daß endlich etwas passierte. Und eines Tages passierte tatsächlich etwas. Ein Mann, der aus dem Nichts aufgetaucht zu sein schien, stand plötzlich vor ihnen und fragte: «Neu in Accra?»

Die beiden nickten.

«Ihr sucht Arbeit?»

«Und wie!» winselten Raja Hey und Cityman.

«Gut. Ich helfe euch. Jungen Leuten von meinem Volk helfe ich immer gern. Könnt ihr Fufu stampfen?»

«Häh?»

«Na, Fufu stampfen.»

«Ja, schon ...» Die beiden warfen sich einen enttäuschten Blick zu.

«Dann mir nach. Ihr habt einen Job.»

Letztendlich stellte sich das Fufustampfen für eine «chop bar» als angenehmer Job heraus. Der Lohn war zwar zu vernachlässigen, aber immerhin gab es jeden Tag genug zu essen.

An einem Ostermontag trafen sich die beiden mit ein paar Freunden am Strand. Ein Typ, der geradezu obszön enge Schwimmhosen und zwei Goldkettchen zur Schau trug, kam auf sie zu, verwickelte sie in eine Konversation und erfuhr von ihrem Job. Dann erklärte er ihnen, er hätte einen Job für sie, der weitaus ertragreicher und darüber hinaus weniger anstrengend war. Die beiden hörten ihm gespannt zu.

«Ihr müßt nur ein bißchen über euren Schatten springen. Ihr habt doch bestimmt schon mal gehört, daß manche der Ausländer, die unser Land besuchen, nicht auf Frauen stehen.»

Davon hatten sie in der Tat gehört, aber ihnen fiel ihm Traum nicht ein, was das mit ihnen zu tun haben konnte.

«Ich stelle hier am Strand den Kontakt her», sagte der Schwimmhosen-Typ. «Es geht ganz fix, und ihr verdient massig Kohle.»

Raja Hey wollte gerade empört aufbrausen, als Citymans unergründliche Miene ihn davon abhielt.

«Manche zahlen in Dollar oder Euro», erklärte der Schwimmhosen-Typ weiter. «Drei von den Männern, die für mich gearbeitet haben, sind jetzt in Europa, zwei in Amerika. Die weißen Männer haben ihnen die Tickets und alles besorgt. Also, was denkt ihr?»

Sie schwiegen.

Der Schwimmhosen-Typ grinste in sich hinein. Junge Männer, die am Anfang empört reagierten, wurden oft ganz zahm, sobald er die Dollar-und-Euro-Karte ausgespielt hatte. Er gab Raja Hey und Cityman jeweils einen Zettel mit seiner Nummer und ging.

Keiner von beiden kam noch einmal auf den Schwimmhosen-Typ zu sprechen, und am nächsten Tag begaben sie sich beide in ihre «chop bar». Aber als Raja Hey am nächsten Morgen aufwachte, war der Platz neben ihm leer. Zwei Tage später kam Cityman zwar zurück, wollte aber nicht darüber reden, wo er gewesen war, und als Raja Hey nachbohrte, bekam er einen Tobsuchtsanfall. Als sie abends ins Bett gingen, herrschte Kalter Krieg zwischen ihnen. Im Morgengrauen verschwand Cityman wieder.

Einige Wochen später kam ein merkwürdig aussehender Mann mit einem langen Bart zu Raja Hey. Er sagte, er wolle etwas kaufen, von dem er wisse, daß Raja Hey es besitze. Raja Hey antwortete perplex, er habe keine Ahnung, wovon der Mann redete, lächelte dieser nur und erwiderte, er werde sich wieder melden. So plötzlich er erschienen war, so plötzlich verschwand er auch wieder. Zwei Tage später wurde Citymans Leiche an den Strand gespült. Citymans letzte Bleibe sollte ein Wawa-Sarg in einem Massengrab sein, das er mit sieben anderen unidentifizierten Toten teilte.

Raja Hey hatte immer vermutet, daß zwischen dem seltsamen Besuch und Citymans Tod ein Zusammenhang bestand, aber wie genau der aussehen sollte, wußte er auch nicht.

Nach seiner Geburt hatte man ihm den Namen Kofi Poku gegeben. Nun nannte er sich Prophet Abednego. Dazwischen war er Raja Hey gewesen, «Lucys Mörder» nach einem Film, den er sich zehnmal angesehen hatte; Verzeihmir hatte man ihn genannt, weil er lange Zeit einer kleinen Yamsverkäuferin hinterhergelaufen war, die ihn immer abblitzen ließ und auch noch wild beschimpfte – worauf er stets mit einem hastig gemurmelten «Verzeihmir» antwortete. Wie er zu dem Spitznamen Forever Young kam, wußte er selbst nicht.

Als Raja Hey vom Tod seines Freundes erfuhr, fühlte er sich unendlich allein. Und er hatte Angst. Sobald er glaubte, jemand sehe ihn länger als gewöhnlich an, begann er zu zittern und zu schwitzen. Schließlich dachte er darüber nach, ob er nicht wieder ins Dorf zurückkehren sollte, nur für eine Weile. Um ein wenig zur Ruhe zukommen, sich vom Streß der Großstadt zu erholen. Aber es würden tausend Fragen nach Cityman auf ihn einprasseln. Er war mit Cityman weggegangen, er kam ohne ihn zurück. Wo war Cityman geblieben?

So wurde Raja Hey zu einem Mann, der sich vor seinem eigenen Schatten fürchtete. Er kündigte seinen «chop bar»-Job und suchte sich einen neuen Schlafplatz an der Busstation beim Kwarne Nkrumah Circle. An dubiose Jobvermittler geriet er nun öfter, aber deren Angebote waren weniger abschreckend. Unbekannte Sekten suchten immer wieder Leute, die sich blind, taub oder blöd stellten, um spektakulär geheilt zu werden. Eines Tages wurde Raja für einen ganz besonderen Job angeworben. Es sei eine schwierige Aufgabe, warnte ihn der Vermittler, aber er hatte Raja Hey bereits eine Weile beobachtet und war sich sicher, daß er sie erfüllen konnte. Raja Hey mußte eine Rolle zu spielen, und er spielte sie atemberaubend gut. Er sollte bei einem Ehepaar auftauchen und sich als entfernter Verwandter der Frau ausgeben, den ihre Familie aus dem Dorf geschickt hatte. Ihr und ihrem Mann verkündete

Raja die Nachricht, daß die Frau sofort ins Dorf kommen mußte. Raja hatte sich vorher ein paar Informationen über die Familie besorgt, um Fragen des Mannes einigermaßen beantworten zu können. Und tatsächlich lief alles reibungslos: Die Frau, Rajas Auftraggeberin, hatte mit dem Segen ihres Ehemannes ein ganzes Wochenende zur freien Verfügung. Raja hatte keine Ahnung, warum diese Lüge der Frau so viel Geld wert war, und es interessierte ihn auch gar nicht. Viel mehr beschäftigte ihn die Frage, ob der Frau nicht auch daran gelegen sein mußte, daß er ihr kleines Geheimnis nicht ausplauderte – und wieviel ihr das wohl wert war. Schließlich hatte sie ja nur gezahlt, damit er seine Rolle spielte, und nicht dafür, daß er hinterher auch dichthielt.

Das einzige Problem waren die Vermittler. Und die Vermittler wußten, daß solche Gedankenspiele ziemlich verlockend waren. Rajas Vermittler hatte ihm einen kleinen Vorschuß gegeben und versprochen, den Rest auszuzahlen, sobald er das Geld von der Frau bekommen hatte. Dabei verschwieg er wohlweislich, daß er das Geld bereits in der Tasche trug.

Am Tag X händigte der Vermittler Raja wie versprochen den Rest aus, sah im direkt in die Augen und sagte: «Denk nicht einmal daran. Und wage es nicht, zweimal die gleiche Geldquelle anzuzapfen!»

Der Blick des Mannes brannte sich auf Rajas Netzhaut ein. Es dauerte lange, bis er ihn vergessen konnte. Die Erpressungsphantasien hatten sich fortan erledigt.

Aber schon tauchte eine neue Möglichkeit auf, und zwar in der Person von Preacherman alias Wahala, einem Straßenprediger. Er stellte Raja als seinen Assistenten an, wobei dieser hauptsächlich zu überwachen hatte, daß sich die Leute nicht aus der Kollekte bedienten. Preacherman predigte im Rawlings Park, wo die Ladenbesitzer und Marktfrauen ein dankbares Publikum waren. Preacherman war ein Meister der elektrisierenden Gebete. Er konnte den

Heiligen Geist ebenso schnell anknipsen, wie er ihn dann auch wieder ausschalten konnte. Besonders spendabel waren die Marktfrauen, wenn Preacherman mit bebender Stimme die vielen bösen Geister vertrieb, die ihren Verkaufserfolg verhinderten. Wobei Preacherman besonderen Wert auf die Tatsache legte, daß Gottes Großzügigkeit in proportionalem Verhältnis zur Großzügigkeit der Spende stand.

Raja studierte jede Geste von Preacherman und begann, sich seine Techniken zu eigen zu machen: die abrupten Wechsel der Tonlage, die Bewegungen seiner Hände, seine fast tänzelnden Schritte. Jede freie Minute verbrachte Raja am Strand und erprobte sich selbst als Prediger, bis er eines Tages nach einem besonders gelungenen Auftriff zu dem Schluß kam, daß er sich nicht weiter verbessern konnte. Er hatte es geschafft. Laut singend kehrte er in die Stadt zurück:

Who said Accra no sweet?
Accra sweet!
Accra sweet paaaaaaa!!!

Für Preacherman arbeitete er fortan nicht mehr. Stattdessen suchte er sich ein eigenes Revier und predigte auf Märkten in den Außenbezirken von Accra. Was die Einnahmen anging, war Raja im Vergleich zu Preacherman ein Waisenknabe. Das lag nicht an mangelndem Können, vielmehr fehlte den Marktfrauen in seinem Revier einfach das entsprechende Einkommen. Aber Raja Hey wartete geduldig darauf, daß seine Zeit anbrach. Er wußte, daß er eines Tages einen Kreis Getreuer um sich scharen und an einem festen Ort predigen würde. Um seinem Ziel näherzukommen, lief er sogar nachts predigend durch die Straßen, einfach nur, um die Aufmerksamkeit der Leute auf sich zu ziehen und sie an seine Stimme zu gewöhnen.

Was Raja nicht ahnte: Jeder seiner Schritte wurde genau überwacht. Vermittler ließen ihre ehemaligen Arbeitskräfte nie ganz aus den Augen, und die Verwandlung von Raja Hey zu Prophet Abednego war doch ein besonders interessanter Fall. Eines Tages, das wußen die Vermittler, würde ihnen der neue Raja Hey von großem Nutzen sein. Und der Tag war gekommen, als ein Mann mit Cowboyhut und eine Frau mit blonder Afroperücke einen Mann Gottes zu suchten, der Sylv Po eine Nachricht überbringen sollte ...

Plan A war gescheitert, rekapitulierte Abednego in seinem Bett. Sylv Po hatte nicht über ihn berichtet. Aber es gab da noch Plan B. Und der sah folgendermaßen aus: Abednego hatte dem Konkurrenz-Radiosender von Harvest FM, Bright FM, eine kurze Nachricht zukommen lassen. «Ich bin der Prophet Abednego. Ich habe eine Prophezeiung über eine junge Frau gemacht, die hier in Accra mit drei anderen Frauen für eine Organisation arbeitet. Die Prophezeiung hat sich bewahrheitet. Fragen Sie Sylv Po von Harvest FM danach. Übermorgen melde ich mich telefonisch um acht Uhr.»

Der Morgenshow-Produzent von Bright FM wußte sofort, daß es sich bei der Organisation um MUTE handeln mußte. Vier Frauen, eine Verbindung zu Harvest FM – das konnte nur MUTE sein.

An MUTE schieden sich buchstäblich die Geister: Die einen liebten die Organisation, die anderen haßten sie. Letztere hielten ihr Konzept der Alternativen Bücherei für undurchsichtig und ihre Angewohnheit, im Privatleben fremder Leute herumzuschnüffeln, für mehr als fragwürdig. Wenn es nun eine Prophezeiung über eine der Frauen von MUTE gab, warum hatte Sylv Po dann nichts davon in seiner Show erwähnt? Hieß das nicht, daß es sich nur um eine unangenehme oder peinliche Prophezeiung handeln konnte? Aber war es gerecht, ausgerechnet Frauen zu schonen, die im Leben anderer herumstöberten und dabei viel Demütigendes ans Licht brachten?

Ein Moderator von Bright FM rief also bei Sylv an und bat um Bestätigung, daß es tatsächlich eine Prophezeiung gegeben hatte. Sylv sah keine Veranlassung, das abzustreiten.

«Warum hast du nichts davon in deiner Sendung erzählt?» fragte der Moderator.

Sylv erklärte, daß er der Meinung sei, ein Geschwür am Bein eines alten Mannes sei nicht von öffentlichem Interesse. Außerdem, ergänzte Sylv, sei seine Zeit mit der Pesewa-Geschichte mehr als ausgefüllt.

«Wir finden, du verhältst dich inkonsequent, Sylv. Wie kannst du die Angelegenheit einer Familie ans Licht zerren und die einer anderen Familie unter den Teppich kehren mit dem Argument, sie sei nicht von öffentlichem Interesse?»

Das erwischte Sylv auf dem falschen Fuß. «Ich habe die Sache einfach nicht weiter verfolgt», stotterte er. «Wenn es sein muß, forsche ich nach, ob an der Prophezeiung überhaupt etwas dran war. Ich melde mich dann noch mal.»

Fünfzehn Minuten später rief Sylv bei Bright FM an, um einzugestehen, daß sich die Prophezeiung tatsächlich bewahrheitet hatte.

Was für eine Geschichte! Der Moderator von Bright FM rieb sich die Hände und bereitete seine Hörer am nächsten Tag schon mal auf ganz heiße Neuigkeiten vor.

Randa war zu Hause und half ihrer Mutter gerade, ihre Tabletten zu schlucken, als Cora anrief. «Schalt sofort Bright FM ein. Aber laß Ma nicht mithören.»

An dem Morgen, an dem Prophet Abednego seinen Anruf angekündigt hatte, dröhnte Bright FM auf jedem Markt, in jedem Salon, in jedem Büro und an jeder Busstation aus den Lautsprechern. Ghanaer lieben alles, was mit Wundern zu tun hat, so sehr wie ihr

Fufu, Kenkey und Akpene. Nun wartete man voller Anspannung darauf, was Ghanas neuer Starprophet zu sagen hatte.

«Wie können wir wissen, daß wir tatsächlich mit Prophet Abednego sprechen?» fragte der Moderator seinen Gesprächspartner am anderen Ende der Leitung.

Für Raja Hey war dies ein Anlaß, noch einmal sein ganzes Abenteuer bei Harvest FM nachzuerzählen. Was er in einer derart epischen Breite tat, daß die Zuhörer am Ende selbst über die Lippenstiftfarbe der Rezeptionistin informiert waren.

«Wo sind Sie jetzt? Was tun Sie?» fragte der Moderator.

Raja Hey entgegnete, er sei bisher ein freier Prediger gewesen. Nun aber, da Gott ihm ein Zeichen gegeben habe, fühle er sich bemüßigt, Seinen Ruhm in größerem Rahmen zu verbreiten.

«Haben Sie eine Kirche gegründet?»

«Ja.»

«Ist es eine registrierte Kirche?»

«Ich brauche keine Registrierung, um im Namen Gottes zu handeln!» Ein Hauch von Verärgerung schwang in der Stimme des Propheten mit.

Der Bright-FM-Moderator wußte, daß er auf keinen Fall den Zorn des Mannes auf sich ziehen durfte. Schließlich hatte der Prophet schon Sylv Po im Regen stehenlassen. «Viele Menschen hören Ihnen in diesem Moment zu, Prophet Abednego. Vielleicht möchten manche Ihrer Kirche beitreten oder einen Rat erbitten. Wo können sie Sie finden?»

Das Gespräch verlief anders, als Raja es sich erhofft hatte. Er beschloß, sich auf sicheres Terrain zu begeben. «Gott hat durch mich ein Wunder vollbracht. Und ich bin sicher, daß noch viele Wunder folgen werden!» Er ließ seine Stimme eindrucksvoll beben. «Ich weiß, daß viele der Zuhörer im Herzen schon meine Anhänger sind. Doch zur Zeit bin ich noch auf der Suche nach einem Ort, an dem ich meine Anhänger um mich scharen kann. Unter den Zuhörern ist eine Person, die mir dabei helfen kann. Die Person kennt den Ort, den ich suche. Und ich beschwöre diese Person: Rufe an! Ich spüre deinen Geist! Rufe an! Jetzt!»

Der Moderator registrierte mit einer gewissen Faszination, wie elegant der Prophet sein Anliegen eingeflochten hatte. Noch hielt sich die geheimnisvolle Person, deren Geist er spürte, allerdings bedeckt ...

«Prophet Abednego», sagte er nach einer Kunstpause. «Viele Kirchen kommen und gehen. Was unterscheidet Ihre Kirche von denen, die es bereits gibt?»

Der Prophet schnaubte. «Muß ich diese Frage wirklich beantworten? Nennen Sie mir nur einen einzigen Propheten, der so berufen wurde wie ich. Dem aus heiterem Himmel eine Offenbarung über eine Frau zuteil wird, die er nie zuvor gesehen hat. Na? Wie jetzt?»

Schwer atmend legte der Prophet eine Hand vor die Muschel. Er mußte sich besser beherrschen. Die Aufregung ... Wenn er sich nicht am Riemen riß, verfiel er in den Slang der Zeit, als er noch der Fufustampfer Raja Hey gewesen war. «Na? Wie jetzt?» Sprach so ein Gesandter Gottes?

Randa verließ das Wohnzimmer, wo sie dem Propheten Abednego zugehört hatte, um nach ihrer Mutter im Schlafzimmer zu sehen. Ma döste vor sich hin. Ihre Antidepressiva machten sie immer schläfrig. Traurig betrachtete Randa die ausdruckslosen Züge ihrer Mutter. «Ma», seufzte sie fast unhörbar. «Müssen es denn ausgerechnet Blumen sein? Wir stehen mit dem Rücken zur Wand, Ma. Es muß uns gelingen, diesen Blick in ihre Augen zu bringen. Nur so können wir verhindern, deine Seele dadurch zu beleidigen, daß es keine Blumen auf deinem Begräbnis gibt. Du mußt gesund werden, Ma. Du mußt gesund werden, bevor du deinem Schöpfer gegenübertrittst. Und sie wird nur diesen Blick in den Augen haben, wenn sie durch die gleiche Hölle geht. Dieser Blick ist unsere einzige Hoffnung.»

Auch Kweku hatte in seinem Büro Bright FM gehört. Als er Cora anrief, war er so aufgeregt, daß seine Schwester ihn kaum verstehen konnte.

«Es steht in der Bibel, Cora», stammelte er.

«Wovon redest du?»

«Nur Gott selbst soll Rache üben. Nicht der Mensch. Ich bete zu Gott, daß wir kein Monster geschaffen haben.»

Cora lachte eine Spur zu schrill. «Keine Sorge, Kweku. Das haben wir nicht. Im Gegenteil. Dieser Witz von einem Propheten paßt genau in unseren Plan.»

Am nächsten Morgen sollten Sylvs Pos schlimmste Befürchtungen wahr werden. Eine Frau kam bei Bright FM vorbei, um dem Propheten Abednego das unbewohnte Haus ihres Bruders anzubieten, der nach Deutschland gegangen war. «Er kann es solange benutzen, wie er es nur will!»

«Wie selbstlos von Ihnen», sagte der Moderator beeindruckt.

Die Frau lächelte schüchtern. «Na ja. Wo Sie es schon ansprechen – ich hätte da noch eine bescheidene Bitte an den Propheten. Es geht um meinen Bruder, dem das Haus gehörte. Er wohnt jetzt in Hamburg, und er versucht schon seit Jahren, mich nachzuholen. Sie können sich nicht vorstellen, wieviel Geld er verschwendet hat! Ich war so oft auf der Botschaft, aber das Visum habe ich einfach nicht bekommen. Wir haben es über Vermittler versucht. Dreimal! Aber die haben uns nur das Geld aus der Tasche gezogen. Ei! Dann hat mir ein Pastor erklärt, warum ich nicht an mein Visum komme.»

«Ein Pastor?»

«Ja. Er hatte eine Erleuchtung. Es lag an einem unserer Familienmitglieder, einer bösen Frau. Leider konnte der Pastor während seiner Erleuchtung nicht ihr Gesicht sehen, nur ihre Füße, mit denen sie auf meinem Visum herumtrampelte ... Und wissen Sie, was das bedeutet.»

«Nein.»

«Wenn Sie dem Menschen gegenübertreten, der Ihnen das Visum ausstellt, sieht er Würmer und Kakerlaken in Ihrem Gesicht. Und wer gibt schon jemandem ein Visum, der voller Würmer und Kakerlaken ist?»

«Wie furchtbar! Konnte der Pastor etwas dagegen tun?»

Die Frau seufzte schwer. «Jetzt kommen wir der Sache näher. Er versuchte es mit Beten und Fasten und ließ mich mein Gesicht dreimal täglich mit Weihwasser waschen.»

«Aber es hat nicht geholfen.»

«Nein. Ich glaube heute, es lag am Pastor. Er war nicht stark genug. Viele Erleuchtungen, aber keine Wunder. Nicht ein einziges Wunder geht auf sein Konto. Aber ich spüre, daß der Prophet Abednego stark und mächtig ist. Ich bin sicher, er kann diese Hexe besiegen!»

KAPITEL 16

Die Schwellung war kein Geschwür, davon war sogar Ntifor überzeugt. Geschwüre begannen als rote Schwellungen, die schmerzten und aus denen Eiter quoll. Sie schwollen immer weiter, solange Gott es ihnen befahl, bis sie schließlich aufplatzten und ihren Inhalt aus toten weißen Blutkörperchen und Stoffetzen ergossen. Danach heilte die Wunde innerhalb kurzer Zeit.

Aber mit der Schwellung an Ntifors Bein verhielt es sich anders. Der Knoten, der sich unter der Haut bewegen ließ, brach eines Tages einfach durch die Haut. Fassungslos starrte der Kräuterheiler auf Ntifors Bein. «Was geht hier vor?» wandte er sich vorwurfsvoll an die Götter. «Ich muß es wohl mit anderen Kräutern versuchen.»

Sorgfältig reinigte er die Wunde und trug eine neue Kräuterpaste auf. Als Ntifor anschließend unter großen Mühen davonhumpelte, sah der Kräuterheiler ihm noch lange nach.

Zu Hause wartete die Lehrerin schon auf Ntifor. Er erklärte ihr, daß seine Beule geplatzt sei und er große Schmerzen habe. «Ich glaube, ich kann heute nicht reden.»

«Scheinbar hat ein Prophet in Accra eine Offenbarung gehabt, in der Ihre Schwellung am Bein vorkommt. Das kam im Radio.» Die Lehrerin warf einen interessierten Blick auf Ntifors Verband.

«Meine Frauen haben auch schon davon gehört. Sie haben es von einem Mann namens Papa Driver erfahren, der immer Neuigkeiten aus Accra bringt. Mir haben sie es erzählt, als mein Sohn aus Takoradi zu Besuch kam. Aber was sollen wir schon machen außer abzuwarten.» Er zuckte mit den Schultern.

«Wissen Sie, als ich von der Geschichte gehört habe, wurde ich irgendwie neugierig», sagte die Lehrerin. «Fragen Sie nicht warum, aber ich habe beschlossen, diesen Propheten zu suchen.»

«Und, haben Sie ihn gefunden?» fragte Ntifor nervös.

Die Lehrerin nickte.

«Hat er etwas gesagt? Ich verstehe das alles nicht. Wir haben doch so ein ruhiges Leben hier, und auf einmal das ...»

«Darf ich Ihnen noch etwas anbieten? Oder dir, Ntifor?» Ntifor hatte gar nicht gemerkt, daß Kakraba sich genähert hatte. Sie mißtraute der Lehrerin zutiefst und hatte die Taktik entwickelt, möglichst oft vorbeizukommen unter dem Vorwand, den beiden etwas zu essen oder zu trinken zu bringen.

«Kakraba», antwortete Ntifor. «Du bist immer so rührend besorgt um mich, wenn die Lehrerin da ist. Wenn das doch immer so wäre.» Er lachte.

Ohne mit der Wimper zu zucken, sagte Kakraba: «Ich komme dann später wieder.»

«Hast du etwas herausgefunden?» fragte Penyin, als Kakraba in die Küche kam.

«Nichts, Penyin, nichts. Aber er steht völlig unter ihrem Bann. Sie hat ihn verhext», jammerte ihre Rivalin.

Penyin lächelte. Sie wußte, daß ihr Mann die Lehrerin gern um sich hatte – welcher Mann sonnte sich nicht gern in der Aufmerksamkeit einer hübschen Frau, die gerade halb so alt war wie er selbst? «Kakraba, sie hat ihn nicht verhext.»

«Aber sie sind sich so nahe. Irgend etwas stimmt da nicht. Und denk nicht, daß ich nur eifersüchtig bin. Ich mache mir Sorgen. Ich frage mich, was sie wirklich von ihm will. Es kann nichts Gutes sein.»

Am nächsten Morgen rief Ntifor Kakraba zu sich. Penyin beobachtete sie aus der Ferne. Sie sah, wie Kakraba sich setzte und dem, was ihr Mann erzählte, aufmerksam lauschte. Plötzlich sprang

Karkraba wie von der Tarantel gestochen auf und preßte die Hand auf ihren Leib, als hätte sie furchbare Schmerzen. Dann zog sie sich mit hastigen Bewegungen aus, bis sie völlig nackt vor Ntifor stand. Ihr Mann wandte den Blick ab.

«Ntifor!» schrie Kakraba. «Wenn du ein Mann bist, dann sieh mich an!»

Sie sah voller Wut auf ihren Bauch herunter, der von Schwangerschaftsstreifen gezeichnet war und seine Straffheit mit den Jahren – und mit den Geburten – verloren hatte. Kakraba sah schlaffes, etwas runzeliges Fleisch, sie sah den Bauch einer Mutter. Und sie wollte, daß Ntifor ihn auch sah.

«Ich habe gesagt, sieh mich an!» Kakraba ließ den Tränen freien Lauf. Der Schmerz in der Bauchgegend nun war fast unerträglich, so unerträglich, daß sie wimmerte wie ein verletztes Tier. Nun hob Ntifor endlich den Blick. In ihren Augen glitzerte Zorn, als sie die Wülste ihres Bauches umfaßte, als wolle sie sie präsentieren.

«Hör auf, Kakraba, ich bitte dich!» murmelte Ntifor fast unhörbar.

Kakraba bemerkte, daß sie sich im Schmerz die Unterlippe aufgebissen hatte. Der Geschmack ihres Blutes hatte die Wirkung eines Aufputschmittels. Fast triumphierend spuckte sie blutigen Speichel aus und lachte Ntifor ins Gesicht.

«Ich soll aufhören? Ja? Dann sieh mich endlich richtig an. Hast du dir jeweils meinen narbigen, runzeligen Bauch angeschaut? Sieh dir die Schwangerschaftsstreifen an, Ntifor. Dieser Bauch hat dir Kinder geschenkt. Sieh ihn an und sag mir noch einmal, was du mir eben gesagt hast.»

Ntifor schwieg. Mit einer brüsken Bewegung griff Kakraba nach dem Stoffhaufen zu ihren Füßen und rannte davon. Es dauerte eine Weile, bis Penyin sie eingeholt hatte.

«Kakraba!» rief sie atemlos. «Was ist los? Wo kommt das ganze Blut her? Was ist passiert?»

«Unser Mann hat mir von etwas erzählt, das er Sakrament nennt», erwiderte Kakraba kalt. «Die Lehrerin hat ihm eine Nachricht des Propheten überbracht. Darin geht es um sein Geschwür.»

«Diese Lehrerin!»

«Ja. Sie sagt, die Beule sein ein Werk des Teufels, deshalb muß sich unser Mann sofort taufen lassen und die Heilige Kommunion empfangen.»

Penyin starrte sie verwundert an. «Und dann würde sein Bein heilen?» fragte sie schließlich. Kakraba nickte nur.

«Aber das wäre doch gut, oder?»

«Das Sakrament, das unser Mann empfangen soll, hat einen Preis.» Plötzlich war Kakrabas Wut verraucht, und nur eine unendliche Erschöpfung blieb zurück. Mit flacher Stimme erklärte sie: «Der Prophet ist bereit, unseren Mann in seine Kirche aufzunehmen. Aber dazu muß er frei von Sünde sein. Und der Prophet richtet aus, Ntifors größte Sünde sei seine Ehe.»

«Unsere Ehe?» Penyin war entsetzt. «Unsere Ehe, die seit mehr als vierzig Jahren besteht? Was ist das für ein Unsinn?»

Je mehr sich Penyin ereiferte, desto kühler wurde Kakraba. Die Erkenntnis, daß sie alles verloren hatte, war im Kopf, im Herzen und im Bauch angekommen. Es konnte nicht mehr schlimmer kommen. «Unsere polygame Ehe ist die Sünde, wegen der unser Mann sein Sakrament nicht erhalten kann. Aber ohne dieses Sakrament gibt es keine Heilung. Und deshalb muß unser Mann sich von seiner Sünde freimachen.»

«Was heißt das?»

«Unser Mann schickt mich zurück zur Familie meines Vaters. Nach vier Jahrzehnten Ehe werde ich aus dem Haus vertrieben wie ein lästiger Straßenköter.»

Penyin zitterte unkontrolliert. «Und das hat unser Mann dir ins Gesicht gesagt?»

Kakraba nickte. «Ich habe keine Wahl. Wenn ich mich weigere und das Bein unseres Mannes nicht heilt, würde es meine Schuld sein.»

«Ich spreche mit Ntifor. Und dann fahre ich nach Accra und suche die Lehrerin und diesen Propheten. Was denken die dabei, sich in unser Leben einzumischen? Ich hoffe, der Prophet hat ein paar gute Antworten parat ... Und wenn nicht, dann wird mir der Allmächtige selbst eine Audienz gestatten müssen. Immerhin ist es ein Notfall.»

Die Entschlossenheit ihrer Rivalin brachte Kakraba zum Lächeln. «Penyin?» sagte sie sanft.

«Versuch nicht, mich davon abzubringen!»

«Von deiner Audienz beim Allmächtigen? Nein, ernsthaft: Ich möchte, daß unsere Tochter herkommt. Laß uns mit allem, was wir unternehmen, bis dahin warten. Ich gehe gleich zu Papa Driver und gebe ihm eine Nachricht mit.»

«In Ordnung», sagte Penyin widerstrebend. «Ich kann mir vorstellen, daß die Lehrerin auch bald wieder hier auftaucht. Sie will sicher wissen, was nun aus dem Sakrament wird.»

Wortlos faßte Kakraba Penyin an der Hand, und während die beiden Frauen in die Küche gingen, hing jede noch ihren Gedanken nach.

KAPITEL 17

Die fünfte Frau lag im Bett. So hatte sie in letzter Zeit einen Großteil ihrer Tage verbracht: im Bett liegend und grübelnd. So vieles ging ihr durch den Kopf ... Nicht viele hatten verstehen können, warum sie Pesewa geheiratet hatte. Die meisten Leute glaubten, sie hätte es nur für das Geld getan, aber die Wahrheit kannte nur sie. Nur sie wußte, was ihr die Ehe mit Pesewa wirklich bedeutet hatte. Als Ehefrau blieb sie endlich verschont vor den Avancen der Männer, die immer auf der Suche nach einem Abenteuer waren, während ihre eigenen Frauen einsam zu Hause saßen. Die fünfte Frau hatte immer etwas Herablassendes in ihrem Blick bemerkt, als ob sie, eine alleinstehende Frau mittleren Alters, für so viel Aufmerksamkeit noch dankbar sein sollte.

Indem sie Pesewa geheiratet hatte, war auch der Druck, Kinder zu gebären, von ihr genommen. Pesewa hatte ja schon eine ganze Menge, und als sie ihn eines Tages fragte, ob er nicht enttäuscht über ihre Kinderlosigkeit sei, lachte er nur: «Im Gegenteil. Ich glaube, ich wäre eifersüchtig auf unser Kind, weil es mir etwas von deiner Aufmerksamkeit rauben würde.»

Diese Antwort machte sie glücklicher, als er sich vorstellen konnte. Mit achtzehn Jahren hatte sie sich Hals über Kopf in einen Gleichaltrigen verliebt und war gleich nach dem ersten Mal schwanger. Ihre Fassungslosigkeit kannte keine Grenzen: Sie hatten es doch nur ein einziges Mal getan! Niemand hatte ihr je erzählt, daß man auch von einem Mal schwanger werden konnte!

Im dritten Monat ahnte ihre Mutter, was mit ihr los war. Sie wußte, daß jetzt schnelles Handeln gefragt war; der Vater hätte sie mit bloßen Händen getötet, wenn er es herausgefunden hätte. Also schickte sie die Tochter zu einer Tante in eine andere Stadt, wo die Schwangerschaft abgebrochen wurde. Dabei verlor sie viel

Blut, und es kam zu Komplikationen. Erst Jahre später fand sie heraus, daß sie durch Ärztepfusch unfruchtbar geworden war. Im ersten Moment packte sie eine unbändige Wut, und sie glaubte, nur wieder zur Ruhe kommen zu können, wenn sie den Arzt verklagte. Doch dann wurde ihr langsam klar, was das für ihre Familie bedeutet hätte, für ihre Mutter, die sie zur Abtreibung ermuntert hatte, für ihren Vater, der nichts wußte. Ihre Eltern waren jetzt alt. Es hätte ihnen das Herz gebrochen. Und sie selbst, hatte sie diese Abtreibung nicht gewollt, um jeden Preis sogar?

Ihre Gedanken kehrten zurück zu Pesewa. Natürlich hatte sie den Komfort, den er ihr bieten konnte, sehr genossen. Aber dafür hatte sie, als eine Frau von mehreren, auch einen Preis gezahlt. Allein der Gedanke daran, welches Schicksal sie fast ereilt hätte, ließ sie schaudern. Die Kondome hatten ihr das Leben gerettet. Und nur als Pesewas Lieblingsfrau hatte sie es wagen können, ihren Willen durchzusetzen. War es nicht überflüssig und demütigend, in einer Ehe Kondome zu benutzen? Doch aus Liebe zu seiner Frau nahm Pesewa ihre Marotte hin, obwohl er beim ersten Mal ziemlich schockiert reagierte. Er empfand ihre Bitte als eine derartige Beleidigung, daß er sie drei Tage lang nicht mehr ansah. Doch dann kam er wieder zu ihr ins Bett und ließ sich wortlos das Kondom überstreifen. Nach diesem Sieg gab sich die fünfte Frau große Mühe, seine Toleranz nicht überzustrapazieren. So ersparte sie Pesewa die Peinlichkeit, sich selbst Kondome im Laden besorgen zu müssen, und für alle Fälle hielt sie Kondome für Frauen bereit – nur für den Fall, daß Pesewa schlechte Laune hatte und ihre Bitte ignorierte. Das kam bisweilen vor, und dann entschuldigte sich die fünfte Frau, um im Badezimmer schnell das Kondom einzusetzen. Als Pesewa irgendwann dahinter kam, murrte er zwar, doch seine Zuneigung war stärker als sein Stolz ...

Plötzlich erinnerte sie sich, wie sie sich vor der GMG-Show mit Muff in einem Hotelrestaurant in einem Außenbezirk von Accra getroffen hatte, einem idealen Ort für heimliche Treffen. Damals war sie als Mann verkleidet gekommen; als sie irgendwann auf die Toilette mußte, sah sie keine andere Möglichkeit, als sich draußen hinter den Büschen zu verstecken. An den Pissoirs der Herrentoilette hätte sie schließlich keine gute Figur abgegeben.

Als sie plötzlich Stimmen hörte, verkroch sie sich noch tiefer in die Büsche. Und dann sah sie etwas, das sie selbst fast nicht glauben konnte. Erst nachdem sie von den Testergebnissen ihrer Rivalinnen erfahren hatte, wurde ihr einiges klar ...

Wer hätte je gedacht, daß das Aids-Virus nicht einmal vor dem Anwesen der Pesewas haltmachen würde? Das Virus hatte doch sein Territorium: um den Nkrumah Circle, in den Baracken der Prostituierten, in den Ghettos, die wuchsen wie ein Geschwür. Aber in einem eleganten Anwesen in einer eleganten Gegend von Accra, wo Diplomaten und Bankdirektoren wohnten? Was hatte das Virus da zu suchen?

Die erste Frau strich sich prüfend über das stoppelige Haar, das langsam nachwuchs. Bis vor kurzem war ihr Kopf noch kahl gewesen, und die Köpfe der drei anderen Frau ebenso. Das Haar war der Schmuck einer Frau, ihre Krone – und die Trauer über den Verlust des Mannes gebot es, diesen Schmuck, den sie nur für ihn getragen hatte, abzunehmen. Für die vier Frauen war es eine Selbstverständlichkeit gewesen, daß regelmäßig ein Barbier kam, um ihnen die nachwachsenden Haare zu entfernen. Doch der eifrige, geschwätzige Mann blieb vom einen Tag auf den anderen weg. Das war, nachdem ihre Testresultate bekannt geworden waren. Überhaupt hatte sich die Zahl der Menschen, die sich zu den Frauen in das kleine Nebenhaus verirrten, drastisch reduziert. Die Bediensteten, die ihnen ihr Essen brachten, verschwanden schnell und sahen ihnen nicht ins Gesicht.

Ein selbsternannter Kräuterheiler hatte eines Tages an die Tür geklopft und behauptet, ein Heilmittel gegen Aids zu besitzen. Das einzige Problem war, daß man die Kräuter für dieses Mittel nur im Kongo fand. Aber er war gegen eine Aufwandsentschädigung gern bereit, dorthin zu reisen und die Zutaten zu besorgen. Scheinbar glaubte er tatsächlich, man werde ihm voller Dankbarkeit die Scheine in die Hand zählen.

Auch ein «witchdoctor», der auf Erfahrungen in Südafrika verwies, meldete sich bei der Familie. Seine Heilungsmethode war derart bizarr, daß es den Frauen fast die Sprache verschlug: Sie sollten sich nämlich von einem schwarzen Schwein begatten lassen. Er schlug einen gewagten, aber etwas undurchsichtigen Bogen zur Bibelpassage, in der Jesus die Dämonen aus einer Schweineherde vertreibt. Seiner Überzeugung nach lag es auf der Hand, daß der böse Geist des Aids-Virus von den Frauen auf das Schwein übergehen würde.

«Und dann?» fragte eine Frau ratlos.

«Wie, und dann?»

«Na, wenn das Virus im schwarzen Schwein steckt.»

«Ach so!» strahlte der «witchdoctor». «Also, ich persönlich würde das Schwein dann bei lebendigem Leibe rösten.»

Angewidert sahen die Familienmitglieder sich an. «Und dann?»

«Dann wird es den Göttern geopfert.»

«Hätten die nicht etwas Besseres verdient als ein HIV-infiziertes Schwein?»

Diese Fragerei wurde dem «witchdoctor» dann doch zu lästig. Er entschuldigte sich unter einem Vorwand und ward nicht mehr gesehen.

Während sich die Familie noch den Kopf darüber zerbrach, was eigentlich geschehen war und erst recht wie, rief das Familienoberhaupt Pesewas ältesten Sohn zu sich.

«Ich muß zu deinem aufgebahrten Vater. Wir brauchen ein Stück von seinem Fingernagel und ein Haarbüschel.»

Außerdem bat er den Sohn um ein Kleidungsstück, das Pesewa gern getragen hatte. Daraus schnitt er quadratisches Stück, in das er dann den Fingernagel und die Haare wickelte, und zurrte das Bündel mit etwas Bast fest. «Ursprünglich haben wir deine fünfte Frau verdächtigt, dich infiziert zu haben», erklärte das Familienoberhaupt dem kleinen Stoffbündel. «Aber jetzt sind wir ratlos. Deine vier ersten Frauen haben einen Test gemacht, und sie tragen das Virus in sich, deine fünfte Frau aber nicht. Das wollten wir deinem Geist gern mitteilen. Aber wir möchten dich auch um Hilfe dabei bitten, die Wahrheit herauszufinden.»

Um Mitternacht lief das Familienoberhaupt mit dem Stoffbündel in den Garten. Unter einem Avocadobaum, den Pesewa immer besonders gemocht hatte, grub er ein kleines Loch und versenkte das Bündel darin. Die nächsten drei Tage goß er das Bündel jeden Morgen mit einer ganzen Flasche Schnaps, wobei er sowohl Pesewas Geist als auch die guten Geister der Ahnen um ihre Unterstützung bat. Pesewa war polygam gewesen, aber nicht untreu. Die Ehe war ihm heilig, und selbst mit seinen späteren Frauen hatte er erst geschlafen, nachdem er sie geheiratet hatte. Wie war Pesewa also erkrankt?

Am vierten Tag, nachdem er das Stoffbündel vergraben hatte, schickte das Familienoberhaupt eine Nachricht an die Familie der fünften Frau.

«Erinnert ihr euch noch an das Versprechen, das ich euch gegeben habe? Dann hört, daß dieses Versprechen erfüllt wurde. – Die gleichen Lippen, die euch ein Versprechen gegeben haben, bringen jetzt eine Bitte vor. Eure Tochter hat sich versteckt, und wir müssen anerkennen, daß sie gute Gründe dafür hatte. Doch jetzt möchten wir euch demütig bitten, daß eure Tochter ihr Versteck verläßt. Ich gebe euch mein Wort, daß ihr kein Haar gekrümmt und keine Hand gegen sie erhoben wird. Diejenigen, die eine Bruderehe mit dem Bruder ihres verstorbenen Mannes gewünscht haben, sind von dieser Idee längst abgekommen. Die Leute bleiben sogar den Trauerfeiern fern. Das Andenken an unseren Sohn wird überschattet, und nur die Anwesenheit eurer Tochter kann ihm seine Ehre zurückgeben.»

KAPITEL 18

Als Pesewa seine erste Frau traf, verliebte er sich augenblicklich in sie. Sie, eine junge christliche Konvertitin, erwiderte seine Gefühle, und zusammen träumten sie von einer Zukunft, die von Kinderlachen, ewiger Liebe und Wohlstand bestimmt war.

Für andere Frauen war in dieser Zukunftsvision kein Platz.

Heute, in der drückenden Einsamkeit des Nebenhauses, suchte die erste Frau Trost und Kraft in der Bibel – vor allem Kraft hatte sie dringend nötig, um die dritte und vierte Frau zu trösten, die morgens tränenüberströmt aufwachten und abends weinend einschliefen.

Für die erste Frau war Selbstmord eine Sünde, ein Verbrechen gegen Gott, den Schöpfer, der für jedes seiner Wesen einen Plan hatte. Nur Gott allein durfte der irdischen Existenz ein Ende setzen. Folglich hatte ihr Mann eine schwere Sünde begangen, und sie mußte für seine Seele beten. Insgeheim sah sie sich als einzige legitime Frau Pesewas an. Die Kirche unterstützte sie in dieser Auffassung, schließlich hatte nur sie mit Pesewa monogam gelebt – eine Zeitlang zumindest. Die anderen waren Eindringlinge, wobei die zweite Frau die meiste Schuld traf. Durch sie war aus einer monogamen Ehe erst eine polygame geworden.

Die erste Frau starrte aus dem Fenster, hinüber zum Haupthaus, wo sie einst mit ihrem Mann gewohnt hatte. Jede ihrer Rivalinnen hatte ihre eigenen Räumlichkeiten, ein Wohnzimmer, ein Schlafzimmer, Bad und Küche. Ihr stand als erster Frau die Ehre zu, die Räume mit ihrem Mann zu teilen. Sie hatte seinen steinigen Aufstieg vom Farmer zum reichen Mann miterlebt. Und nun, durch eine grausame Wendung des Schicksals, blieb nichts mehr, was sie über ihre Rivalinnen erhobt. Und das war eine schmerzhafte Erkenntnis.

Die zweite Frau durchquerte das Wohnzimmer, um zum Bad zu gelangen, ohne ihre Rivalin eines Blickes zu würdigen. Irgend etwas stimmte nicht mit ihr, grübelte die erste Frau.

Pesewas zweite Frau war eine sehr enge Freundin seiner ersten gewesen. Als die erste Frau eines Tages die Ahnung überkam, daß ihr Mann eine andere traf, lief sie zu ihr und weinte sich bei ihr aus. Und ihre Freundin tröstete sie, wie nur beste Freundinnen trösten können. Dann kam tatsächlich der Tag, an dem Pesewa ihr verkündete, daß er sich eine zweite Frau nehmen werde. Die erste Frau glaubte, nie wieder glücklich sein zu können – aber nichts kam dem Schmerz gleich, als sie erkannte, daß ihre Rivalin jene Freundin war, die sie immer getröstet hatte. Der Glaube wurde ihr einziger Halt.

Pesewa hatte nie einen Hehl daraus gemacht, daß er ein gottesfürchtiger Mensch war, aber für das Christentum seiner Frau hatte er kein Verständnis. «Nach all dem, was die Weißen uns angetan haben, soll ich ernsthaft glauben, daß ein weißer Mann auch für mich gestorben ist?» Er lachte immer, wenn er das sagte, dabei war es ihm bitterernst.

«Ich habe meinen Mann geheiratet, weil ich ihn liebe.» Die erste Frau hatte sich wie so oft vor ihr Bett gekniet, um zu Gott zu beten, und diesmal sprudelten die Worte nur so aus ihr heraus. «Ich liebe ihn, und ich wünsche mir nichts mehr, als daß er mich auch liebt. Ich kann mir ein Leben ohne ihn nicht vorstellen. Jetzt muß ich den Gedanken ertragen, daß er eine andere Frau begehrt. Bitte, Gott, gib mir die Stärke, den Schmerz auszuhalten und dieser Frau, die einmal meine Freundin war und jetzt meine Rivalin ist, wieder eine Freundin zu sein.»

Die erste Frau lernte, mit dem Schmerz zu leben – zu überleben. Und sie lernte, daß es mit der Herrschaft der Lieblingsfrauen in polygamen Ehen wie mit Reisepässen war: Irgendwann liefen sie ab. Folgerichtig besuchte Pesewa eines Tages die zweite Frau, um ihr mitzuteilen, daß er ein weiteres Mal heiraten wollte.

«Wie kann ich dich entschädigen?» erkundigte er sich.

«Ich will einen Laden!» erklärte sie, ohne eine Sekunde zu zögern. «Einen großen Laden.»

Zielstrebig und ehrgeizig wie sie war, steckte die zweite Frau ihre ganze Energie in das Geschäft. Und der Laden lief so gut, daß ihr Ehemann und ihre Rivalinnen ihr mit der Zeit immer gleichgültiger wurden. Als die dritte Frau bitterlich darüber weinte, daß Pesewa erneut heiraten wollte, hatte sich ihre Vorgängerin im Geiste längst aus der Ehe gelöst. Wenn Pesewa sie zu sich ins Bett holte, gehorchte sie seinen Wünschen, ohne mehr als physisch anwesend zu sein.

Eines Tages bemerkte die zweite Frau einen Besucher in ihren Laden, der sich nicht sonderlich für ihre Auslagen zu interessieren schien. Irgend etwas an seiner Art verriet ihr, daß er nur in den Laden gekommen war, um ihre Aufmerksamkeit zu gewinnen. Und sie sollte recht haben. Am nächsten Tag kam er wieder und die darauffolgenden Tage auch.

Zuerst war sie über ihre Phantasien schockiert. Aber nach und nach gewöhnte sie sich fast an die Vorstellung, mit ihm zu schlafen. Sie war eine Händlerin, gewöhnt daran, daß man Qualität kaufen konnte und umgekehrt für gute Ware zahlen mußte. Warum nicht auch für guten Sex?

Als er wieder einmal durch den Laden schlenderte, steckte sie ihm ihre Handynummer zu. So begann ihre Affäre, die die zweite Frau mit unzähligen Scheinen anheizte.

Er hatte sich ihr als Geschäftsmann vorgestellt, aber es wurde schnell offensichtlich, in welchem Sektor er «geschäftlich» tätig war. Er hatte sich auf reiche, unbefriedigte Frauen mittleren Alters spezialisiert. Sein unverschämt gutes Aussehen – er war nicht einmal dreißig – erwies sich als enorm hilfreich. Den Job wollte er noch ein paar Jahre machen und dann in seriösere Gefilde wechseln.

Die Frauen zahlten gut, und er las ihnen, serviceorientiert wie er war, jeden Wunsch von den Augen ab. Alle Seiten waren zufrieden, Gefühle blieben außen vor. Das Geschäft hätte nicht besser laufen können.

Eines Tages beobachtete er, wie die Frau, die er liebte, aus dem Wagen eines älteren Mannes stieg. Und dieser ältere Mann war mit Sicherheit kein Verwandter. Fassungslos stellte er seine Freundin zur Rede.

«Wer war das?»

«Eine Familienangelegenheit», antwortete sie schnell.

«Aha. Könntest du mir das etwas genauer erklären?»

Sie sah ihm direkt in die Augen. «Es ist etwas kompliziert ...»

Später am Tag hatte er ein Treffen mit der Ladenbesitzerin, und zum ersten Mal brach er die eiserne Grundregel seines Jobs. Er zeigte Gefühle. Mehr als das, er klappte buchstäblich in ihren Armen zusammen.

Sie blieb ruhig und fragte ihn nach dem Grund seiner Verzweiflung. Er erzählte ihr ohne Umschweife die Wahrheit: daß er eine feste Freundin hatte, die Studentin war und die er dabei beobachtet hatte, wie sie aus dem Wagen ihres «sugar daddys» stieg.

Die Ladenbesitzerin lachte nur, was ihn nicht verwunderte. Er an ihrer Stelle hätte auch gelacht.

Pesewas Familie hatte die Ehefrauen mit der fadenscheinigen Begründung, daß dies Teil des Reinigungsrituals war, aus dem Haupthaus verbannt.

Für die zweite Frau war die Isolation ein herber Rückschlag, und das nicht nur, weil sie auf engstem Raum mit ihren Rivalinnen leben mußte. Nachdem die Nachricht von ihrer HIV-Infektion die

Runde gemacht hatte, war ihr Laden wie verwaist gewesen. Es war, als ob die Leute fürchteten, sogar ihre Waren könnten das Virus übertragen. Und manche der Mädchen, die bei ihr gearbeitet hatten, fanden einfach keine neue Anstellung.

Die zweite Frau grübelte. Die erste Frau hatte sie so argwöhnisch gemustert. Die anderen beiden waren zum Glück viel zu sehr damit beschäftigt, ihr Schicksal zu beweinen ... Konnte es wirklich sein, daß sie selbst das Virus eingeschleppt hatte? War sie die einzige der Frauen, die ihren Mann betrogen hatte? Verdammt, dachte sie, es kann genauso gut die erste Frau gewesen sein. Und wenn die noch so sehr auf gläubig machte. Andererseits waren da diese Fieberanfälle. Die Kopfschmerzen. Das hat jeder mal, sagte sie sich. Aber so stark? Und so häufig?, erwiderte eine leise Stimme in ihr.

Ihr Lover war so gutaussehend, so gesund. Wie konnte er das Virus in sich tragen? Hieß es nicht, daß HIV-Infizierte so stark abnahmen? Sie seufzte. Sie hätte so gern mit ihm geredet, aber das war nun unmöglich.

Selbst nach dem Tod ihres Mannes hatte sie ihn noch sehen können. Erst das große Familientreffen hatte das Ende ihrer Freiheit bedeutet. Der Stein, den die Familie der fünften Frau ins Rollen gebracht hatte, würde sie alle unter sich begraben.

Verdammte fünfte Frau. Verdammt. Verdammt!

Kapitel 19

Opanin, der Kräuterheiler, schickte alle hinaus, als er den Stoff von Ntifors Wunde entfernte. Bei heiklen Fällen hielt er es immer so. Und mehr als jemals zuvor erwies sich Opanins Vorsichtsmaßnahme als berechtigt. Denn was er unter dem Stoff sah, nahm ihm fast die Luft weg. Unzählige Geschwüre hatte er schon behandelt, unzählige Wunden geheilt, aber so etwas wie dieses Ding hatte er nie zuvor gesehen. Es hatte nichts Irdisches. Das, was Opanin dort sah, konnte nur Hexerei sein.

Um das Geschwür herum, das trotz der Kräuter noch gewachsen war, faulte das Fleisch. Ntifor stiegen beim Anblick seines Beines die Tränen in die Augen. «Meine Frauen hatten recht», flüsterte er. «Sie haben immer gesagt, es sei kein normales Geschwür.»

Der Kräuterheiler gab sich alle Mühe, einen ruhigen und zuversichtlichen Gesichtsausdruck zur Schau zu stellen. Dann machte er sich daran, die Schwellung des blutroten Geschwürs zu säubern.

«Opanin», rief Ntifor.

Der Kräuterheiler hielt inne und sah ihn an.

«Es heilt nicht, oder?»

Opanin wich seinem Blick aus und strich mit raschen Bewegungen etwas Kräuterpaste auf die Wunde. Dann sagte er langsam: «Etwas Böses ist hier am Werk, Ntifor. Aber vielleicht haben sie es auch auf mich abgesehen. Ich habe viele Konkurrenten – viele Neider. Vielleicht machen sie meine Kräuter wirkungslos.»

Ntifor schüttelte verbittert den Kopf. «Mach dir keine Gedanken. Es geht nicht um deine Kräuter, es geht um mich.»

«Woher weißt du das?»

«Ein Prophet aus Accra, der mich nie zuvor gesehen hat, wußte von meinem Geschwür. Gott hat ihm davon berichtet.»

Er erzählte Opanin alles, was er wußte, und der Kräuterheiler lauschte, ohne ein Wort zu sagen. Nachdem Ntifor geendet hatte, fragte er: «Kennt der Prophet auch die Ursache für dein Geschwür?»

«Er sagt, es liegt an meinen zwei Frauen. Oder besser gesagt, es liegt daran, daß ich mit ihnen in Sünde lebe. Und er ist nicht der einzige, der so denkt.»

Zu Ntifors Erstaunen brach Opanin in Gelächter aus. «Hat der Prophet auch eine Meinung zu Männern, die eine Frau, aber mehrere Geliebte haben? Und was ist mit mir und meinen sieben Frauen?»

«Sieben?» ächzte Ntifor. «Mein letzter Stand war, daß du fünf hast!»

Für einen Moment war die Aufregung um das Geschwür vergessen. Opanin grinste breit und erklärte: «Na ja, das war, bevor ich mich in Nummer sechs verliebt habe. Aber die hatte noch eine Zwillingsschwester, und entweder mußte ich beide nehmen oder keine.»

Ntifor kicherte nur solange, bis sein Geschwür sich wieder meldete. «Ich glaube eigentlich nicht, daß ich von Gott für meine polygame Ehe bestraft werde», sagte er schließlich. «Aber wenn der Prophet meint, daß eine Taufe mich von meinem Geschwür befreien könnte, ist es einen Versuch wert. Die Lehrerin glaubt auch daran. Nur, welche Kirche tauft mich, solange ich zwei Frauen habe?»

«Was ist das für eine Lehrerin, die du da erwähnt hast?» fragte Opanin zurück.

Und Ntifor erzählte die ganze Geschichte, vom ersten Besuch der Lehrerin bis zu Kakrabas Zusammenbruch.

Opanin ließ sich die Fakten durch den Kopf gehen, während er Stoffstücke für die Wunde zurechtschnitt. «Könnte es sein, daß die Lehrerin aus irgendeinem Grund Zwietracht säen will?» fragte er vorsichtig.

«Was? Die Lehrerin?» Ntifor war aufrichtig empört.

«Na ja. Irgend etwas ist da schon faul ... Allein schon, wie sie aus dem Nichts bei dir auftauchte. Und wie enthusiastisch sie diesen Propheten gesucht hat. Ist dir eigentlich aufgefallen, daß du nie direkt mit dem Propheten gesprochen hast, sondern daß alle Anweisungen bezüglich deiner Frauen von ihr kamen? Wenn ein Häuptling oder ein Familienoberhaupt eine wichtige Nachricht hat, läßt er sie nicht durch den Erstbesten übermitteln. Das muß doch erst recht für eine Nachricht gelten, die von Gott kommt. Botschaften können schnell falsch übermittelt werden. Deshalb werden die Boten der Häuptlinge ja auch so gut ausgebildet: Ein falsches Wort kann einen Krieg entzünden. Ntifor, wenn der Allmächtige tatsächlich eine Botschaft für dich hat, warum sollte er sie durch eine Lehrerin übermitteln?»

Ntifor starrte ihn sprachlos an.

«Ich habe eine Idee», meinte Opanin, während er die Wunde verband. «Laß dem Propheten ausrichten, daß ich, dein Kräuterheiler, ihn gern treffen würde, damit wir unsere Kräfte vereinen.»

Sein Patient schwieg.

«Ntifor, ich versuche es noch einmal mit anderen Kräutern. Auch wenn ich zugeben muß, daß mir langsam die Ideen ausgehen. Sagtest du nicht, daß eines deiner Kinder dich bald besuchen kommt?»

«Meine Tochter», krächzte Ntifor. «Meine Tochter aus Accra, die auch in der Prophezeiung vorkommt.

«Sehr gut», murmelte Opanin. Er schien in Gedanken versunken, und Ntifor konnte sehen, wie sich seine Kiefermuskeln rhythmisch anspannten. «Hör zu, Ntifor», meinte er schließlich. «Ich bin Kräuterheiler, und es fällt mir sehr schwer, das zu sagen, was ich dir jetzt sagen muß. Aber ich bitte dich, im Namen Gottes und bei der Ehre meiner Ahnen, deren Wissen schon so viele Krankheiten geheilt hat, ich bitte dich, laß ...» Seine Stimme versagte.

«Sprich nur. Ich werde alles tun, was du mir rätst, Opanin», sagte Ntifor ruhig.

«Dann laß dich ins Krankenhaus bringen.»

Aggie saß im Bus, der sie zu ihren Eltern bringen sollte, aber in Gedanken war sie immer noch in Accra, bei Idan und Destine, die Randa war und mit ihrem Parfum so lange ihr Zuhause und ihr Büro eingenommen hatte. Seit neuestem hing ihr Duft nicht mehr in Idans Kleidern, was zweierlei bedeuten konnte: Entweder sahen sie sich nicht mehr, oder sie benutzte kein Parfum mehr. Die Telefonzeichen waren auch ausgeblieben, was ebenfalls bedeuten konnte, daß es vorbei war oder daß sie sich auf eine neue Strategie verständigt hatten.

Viele Frauen, die vermuteten, daß ihr Mann eine Affäre hatten, konnten damit leben, solange sie ihre Rivalin nur nicht sahen, hörten oder rochen. Aber Aggie hatte Randa gesehen, gehört und gerochen, täglich, zu Hause und an ihrem Arbeitsplatz. Es hatte ihr Leben in eine einzige Qual verwandelt. Aber in einer Gesellschaft, in der Polygamie die Norm war, konnte sie auf wenig Verständnis hoffen. Sie konnte doch froh sein, seinen Ring zu tragen, und auch noch als einzige. Aggie lächelte bitter. Gott wußte, wie schwer es war, unter solchen Bedingungen bei Verstand zu bleiben.

Eines Nachts war Idan ins Schlafzimmer gekommen und hatte so sehr nach ihr gerochen, daß Aggie davon Brustschmerzen bekam. Für einen Moment waren die Schmerzen so unerträglich, daß sie sich nur den Tod wünschte. Dann warf sich Idan, der nach gestillter Begierde und Sex und Alkohol roch, ins Bett und schlief augenblicklich ein. Aggie war so angewidert, daß sie sich übergeben mußte. Einfach so. Danach stieg sie leise aus dem Bett, zog das Nachthemd aus, reinigte es notdürftig und wusch sich, bevor sie ins Schlafzimmer zurückkehrte. Idan lag schnarchend auf dem Rücken, nackt, mit weitgespreizten Beinen.

Sie schrie seinen Namen. Es brach einfach aus ihr heraus, ein verzweifelter, wütender Schrei, und Idan fuhr wie von der Tarantel gestochen hoch.

Aggie knipste das Licht an. «Zieh dir etwas über.»

Verdattert starrte Idan sie an.

«Ich sagte, zieh dir etwas über! Ich will deine widerliche Blöße nicht sehen!»

Hastig kramte Idan einen Schlafanzug aus dem Schrank, wobei er sie beobachtete wie eine übergeschnappte und potentiell gefährliche Person. Ihr Gesicht ... Er hatte Aggie nie zuvor so gesehen. Etwas in ihrem Blick machte ihm angst.

Am nächsten Tag im Büro mußte er ständig an diese Frau denken, die ihrem untreuen Mann mit einem Messer den Penis abgeschnitten hatte. Danach legte er sich nie wieder nackt ins Bett.

Das Motorengeräusch des Busses lullte Aggie langsam ein. Traumfetzen stiegen in ihr auf. Gottes Arme waren es, die sich um sie legten. Gott, der sie aufforderte, ihre Tränen fließen zu lassen. Der ihr einen Rat gab.

«Schwester ... Schwester, alles in Ordnung?» fragte eine Stimme.

Aggie wachte auf und mußte feststellen, daß alle im Bus sie anstarrten.

«Sie haben im Schlaf geweint», erklärte ihre Nachbarin.

Aggie wurde rot. «Ich fahre zu meinem Vater. Er ist sehr krank. Deshalb bin ich so traurig.»

Während der restlichen Fahrt war an Schlaf nicht mehr zu denken.

Kapitel 20

Fingers spähte aus dem kleinen Fenster des Salons. Der schwarze VW Passat parkte immer noch auf der gegenüberliegenden Seite.

Maa Cherie frisierte gerade eine Frau, deren weiße Strähnen sie zuvor pechschwarz eingefärbt hatte.

«Er parkt noch immer da, Madam!» berichtete Fingers.

«Na, vielleicht hat er ja heute Glück und Randa taucht auf.»

Interessiert richtete sich die Frau auf. «Draußen steht jemand und wartet auf eine Kundin?»

«Schon zum dritten Mal», nickte Maa Cherie. «Es ist eine Schande. Er hat sie ein paar Mal hier vorbeigebracht, deshalb kennen wir seinen Wagen. Wir vermuten, daß sie ihn loswerden will und sich deshalb vor ihm versteckt. Sie hat nämlich noch einen anderen Freund, ihren festen Freund, um es mal so zu sagen. Der da ...» Sie wies mit dem Kopf nach draußen. «Der könnte ihr Vater sein. Es ist wirklich eine Schande.»

«Ein ‹sugar daddy›!» mischte sich Fingers ein. «Dabei ist ihr Freund sooo heiß! Sein Vater soll angeblich stinkreich sein. Ich frage mich wirklich, was sie mit einem ‹sugar daddy› will. Ich meine, einen Mercedes fährt er ja nicht gerade. Scheint nicht mal ein Geschäftsmann zu sein.»

«Dann ist sie wahrscheinlich sehr gierig», vermutete die Kundin. «Sie nimmt sich eben, was sie bekommt. Junge Frauen sind so.»

Fingers schüttelte bedeutungsschwanger den Kopf. «Wenn eine Frau schon ihre Würde für einen ‹sugar daddy› aufgibt, dann sollte es wenigstens ein richtiger ‹sugar daddy› sein.»

«Vielleicht geht es Randa gar nicht ums Geld», warf Maa Cherie ein. «Randas Mutter ist schon lange krank. Ihr Vater ist gestorben, als sie noch ein kleines Mädchen war. Vielleicht braucht sie Aufmerksamkeit. Und ihr Freund scheint ja sehr beschäftigt zu sein. Ich habe ihn jedenfalls schon lange nicht mehr gesehen.»

Ein Mädchen mit schriller Stimme, das wie Fingers eine Lehre bei Maa Cherie machte, mischte sich ins Gespräch ein. «Madam, manche Mädchen müssen sich auch aus finanziellen Gründen einen ‹sugar daddy› suchen. Meine Schwester und ich haben früh unsere Mutter verloren. Unsere Stiefmutter war ein Alptraum, sie hat uns richtiggehend hungern lassen. Und dann hat sich meine Schwester mit sechzehn mit einem ‹sugar daddy› eingelassen. Der war so verliebt, daß er geschworen hat, für sie bis zu seinem Tod zu sorgen.»

«Ist er jetzt tot?» fragte Maa Cherie.

Das Mädchen mit der schrillen Stimme lachte böse. «Nicht wirklich. Scheinbar haben ihm nur Mädchen unter achtzehn gefallen. Er hat meine Schwester zwei Jahre später fallen lassen und etwas mit einer Fünfzehnjährigen angefangen. Meine Schwester hat das nie so richtig verkraftet. Sex ist etwas Mechanisches für sie, das nichts mit Gefühlen zu tun hat. Einen Freund in ihrem Alter hat sie nicht, aber die ‹sugar daddies› geben sich die Klinke in die Hand. Der letzte war so reich, das kann man sich gar nicht vorstellen. Fast hätte er meiner Schwester ein Visum besorgt, damit sie ihn auf seinen Reisen begleiten konnte. Aber dann hat man ihn in Amsterdam geschnappt, vollgepackt mit Drogen.»

«Er hätte deine Schwester sicher als Drogenkurier mißbraucht», meinte Maa Cherie. «Das wäre nicht der erste Fall gewesen.»

«Meine Schwester hat was daraus gelernt», erwiderte das Mädchen. «Aber irgendwie kommt jetzt alles in ihr hoch. Sie weint viel. Sie ist traurig darüber, daß sie nichts mehr fühlt.»

Fingers warf wieder einen Blick nach draußen.

«Ist er noch da?» fragte Maa Cherie.

Fingers nickte lachend.

Eine Frau in bunt bedrucktem Rock, die noch nicht an der Reihe war, knurrte verächtlich: «Immer diese untreuen Ehemänner. Warum können sie sich nicht einfach mit ihren Frauen zufriedengeben?»

«Manchmal ist es nicht ihre Schuld», sagte Fingers. «Es gibt junge Frauen, die benutzen Magie, um die Männer anzulocken. Beim Circle gibt es einen Magier, der wirklich gut sein soll. Seine Liebeszauber kriegen jeden rum. Die Mädchen warten in langen Schlangen vor seiner Bude, um sich Zaubertränke abzuholen. Mit denen machen sie reiche Männer dann zu willenlosen Untertanen. Es heißt, manchmal müssen sich seine Kundinnen auf einen Schemel setzen, und dann wäscht er ihnen ...»

«Nein!!» Ein ohrenbetäubender Schrei, der von der Straße kam, unterbrach Fingers.

Angestellte und Kundinnen rannten zum Fenster und starrten hinaus. Der Mann mit dem schwarzen Passat hatte Randa tatsächlich erwischt und stritt allem Anschein nach heftig mit ihr. Jedenfalls konnten sie sehen, wie sie wild gestikulierte und ihn anschrie.

«Zum letzten Mal», brüllte Randa. «Kapier es endlich mal, Idan. Ich bin nicht schwanger von dir. Ich bin überhaupt nicht schwanger. Ich habe nicht das geringste Interesse daran, deine Mutter und deine Schwester zu treffen. Ich will sie nicht kennenlernen, ok? Und zum letzten Mal, Idan, ich bin nicht deine Freundin. Das bin ich auch nie gewesen. Das alles war nur ein Spiel, und das habe ich auch nur gespielt, weil es sein mußte. Jetzt ist das Spiel zu Ende, also hau endlich ab!»

Aber Idan blieb wie angewurzelt stehen. Ein Spiel? Zu Ende? Was sollte er Sisi und Efe sagen?

«Randa ... bitte», flüsterte er.

«Hör auf zu winseln. Und sag nie wieder meinen Namen.»

«Madam!» rief der Taxifahrer, der Randa vor Maa Cheries Salon abgesetzt hatte. «Sie haben mich noch nicht bezahlt!»

Randa machte eine entschuldigende Geste und lief zu ihm hinüber. Nachdem sie ihn mit einem üppigen Trinkgeld beschwichtigt hatte, kehrte sie zum zitternen Idan zurück.

Kopfschüttelnd fuhr der Taxifahrer davon. «Du armer Idiot!» murmelte er. «Hast deine Frau zu Hause und rennst diesem Mädchen hinterher. Jetzt siehst du, was du davon hast.»

Randa kam für einen Moment ins Grübeln. Idan war schließlich, ohne etwas dafür zu können, in dieses Spiel hineingeraten. Oder doch nicht? Immerhin hatte er es sich von dem Geld, das Aggie als Studentin herangeschafft hatte, gutgehen lassen. Ohne sich im geringsten darum zu kümmern, wo dieses Geld eigentlich herkam. Nein, unschuldig war er auch nicht.

«Geh!» knurrte sie.

Idan schossen die Tränen in die Augen.

Randa wandte sich von ihm ab und lief mit schleppenden Schritten, als sei der letzte Hauch von Energie aus ihr gewichen, auf Maa Cheries Salon zu.

«Sie kommt!» meldete Fingers aufgeregt.

Ein paar Augenblicke später hatte Randa Idan schon fast aus dem Gedächtnis gestrichen. Es war ja nicht so, daß sie keine anderen Sorgen hatte. Dam war seit Tagen wie vom Erdboden verschluckt, er rief nicht einmal an. Das sah ihm gar nicht ähnlich. Warum waren Männer manchmal so seltsam? Jetzt mußte sie doch wieder an Idan denken. Das mit dem Baby hatte sie nur so im Vorübergehen, aus einer Laune heraus, gesagt, und sie konnte kaum fassen, wie er sich darin festgebissen hatte. «Idan, wer weiß, vielleicht bekomme ich ja ein Kind von dir.» Mehr hatte sie nicht gesagt, und dieser Idiot lief gleich los und machte seine Mutter und seine Schwester verrückt. Nicht zu fassen ... Schon wanderten ihre Gedanken wieder zu Dam. Wo steckte er bloß? Langsam war ihre Toleranzgrenze erreicht. Sie wußte nicht, wo sie ihn suchen sollte. In seinem kleinen Haus in Tema war er nicht, dort hatte sie die letzten Tage ständig vorbeigeschaut. Niemand wußte, wo er war, und sein Handy hatte er auch ausgeschaltet. Keine Nachricht, kein Anruf, nichts. Zum Verrücktwerden.

Fingers' quietschige Stimme brachte sie in die Gegenwart zurück. Es ging um irgendeinen afrikanischen Präsidenten, der so lange als Diktator regiert hatte, daß das Land ohne ihn kaum noch denkbar schien. «Jetzt sieht es tatsächlich so aus, als sei er gestorben!» verkündete Fingers gewohnt durchdringend.

Es hieß, der Präsident sei von einem so mächtigen «juju» geschützt worden, daß eine Gruppe von Auftragskillern, die ihm ein politischer Gegner auf die Fersen gesetzt hatte, sich bei seinem Anblick sofort in große schwarzen Frösche verwandelt hatten. Die Gerüchte über sein «juju» hielten sich so hartnäckig, daß keiner die Nachricht von seinem Tod so recht zu glauben wagte – nicht einmal seine erbitterten Feinde.

Randa setzte sich neben die Frau mit dem bedruckten Rock.

«Das letzte Mal, als sie gesagt haben, er sei gestorben, ist er am Abend im Fernsehen aufgetreten. Und er hat besser ausgesehen als je zuvor!» erklärte eine Frau, der Fingers gerade die Haare wusch.

«Diesmal ist er wirklich tot. Ein Glück», meinte Fingers. «Schließlich ...»

Das laute Klingeln einer Trockenhaube unterbrach sie. Fingers lief eilig zu der Kundin herüber und beschloß, daß ihr Haar noch eine Weile brauchen würde.

«Du wolltest gerade etwas sagen, Fingers», erinnerte sie Maa Cherie. Sie wußte, es gab Kundinnen, die vor allem deshalb in den Salon kamen, um in den Genuß von Fingers' wildem Gerüchte-Cocktail zu kommen.

«Ach ja. Ich wollte nur erzählen, wieso er nicht schon letztes Mal gestorben ist. Also, das war dann so. Er ist ja in eine Klinik in

Frankreich gebracht worden. Nach seinem Tod ist sein Geist inkognito in sein Land zurückgekehrt ...»

«Inkognito?» fragte Maa Cherie mit hochgezogenen Brauen. «Wie umsichtig.»

Die Kundinnen brüllten vor Lachen, und auch Fingers stimmte ein, als der Groschen gefallen war. «Ist ja auch egal. Jedenfalls stimmt es. Sein Geist wollte sich dem Gericht seiner Ahnen stellen.»

«Aha. Und wer hat das recherchiert? Ein Geisterspion?»

Fingers beschloß, diese nicht unberechtigte Nachfrage zu ignorieren. «Es heißt, daß der Präsident auch in der Geisterwelt loyale Anhänger hat. Einer dieser Anhänger bewachte gerade das Tor zur Geisterwelt, als der Präsident ankam. Er winkte dem Präsidenten begeistert zu und brüllte ...»

«Geister können nicht brüllen», behauptete die Kundin, der Fingers zuvor die Haare gewaschen hatte, im Brustton der Überzeugung.

«Wahrscheinlich brüllen sie anders als wir», gab Fingers zu. «Vielleicht eher so nasal. Jedenfalls heißt es, der Anhänger-Geist habe dem Präsidenten-Geist geraten, schnell in seinen Körper in Frankreich zurückzukehren, bevor dessen Tod erklärt wurde. Das hat der Präsidenten-Geist dann auch gemacht. In dem Moment, als man seinen Tod erklären wollte, schlug er die Augen auf! Es heißt, die Krankenschwestern seien weinend davongerannt und hätten um ihr Leben gefleht. Aber das war letztes Mal. Diesmal ist er richtig tot.»

Ein ohrenbetäubendes Gelächter erscholl, nachdem Fingers' Geistergeschichte zu ihrem guten Ende gekommen war. Nur Randa zeigte keine Regung. Fingers wußte, daß Randa fast nie lachte, aber normalerweise kräuselte sie ihre Lippen zumindest zu einem Lächeln. Diesmal war es, als hätte Randa von der ganzen Geschichte nicht ein Wort mitbekommen.

Als das Mädchen mit der schrillen Stimme die nächste Kundin zum Haarewaschen aufrief, erhoben sich sowohl die Frau im bunten Rock als auch Randa. «Jetzt bin ich ja wohl dran», keifte die Frau im Rock. Randa würdigte sie keines Blickes. Ihre ganze Aufmerksamkeit galt der Frau, die mit verschränkten Armen vor dem Salon stand und wartete – wie lange schon? «Keine Sorge. Ich möchte gar nicht zum Haarewaschen. Ich wollte gerade gehen, draußen wartet jemand auf mich.» Ohne ein weiteres Wort verließ sie den Salon.

Elsies düstere Miene verhieß nichts Gutes. Allein die Tatsache, daß Elsie sie aufsuchte, war schon merkwürdig; normalerweise kommunzierten die Frauen nur indirekt über Kweku. Konnte es etwas mit Ma zu tun haben? Sie hatte sie allein im Haus gelassen. Aber bevor sie gegangen war, hatte sie Ma ihre Pillen gegeben, und Ma war direkt danach eingeschlafen ...

«Wir müssen reden, Randa», erklärte Elsie, sobald ihre Schwägerin in Hörweite war.

«Ist etwas mit Ma?» fragte Randa nervös. «Ich mußte sie allein lassen. Deshalb habe ich vorsichtshalber die Haustür abgeschlossen. Ist ihr etwas passiert?»

«Es geht nicht um Ma», erwiderte Elsie. «Komm, da drüben ist eine Bank, setzen wir uns.»

Die Frauen nahmen unter einem schattigen Baum Platz. Dann begann Elsie zu erzählen: «Ich habe im Haus angerufen, aber niemand hat abgenommen.»

«Ich stelle das Telefon immer leise, wenn Ma schläft und niemand sonst da ist.»

«Jedenfalls mußte ich dich unbedingt erreichen. Kweku hat mir erzählt, daß du um diese Zeit oft bei Maa Cherie bist. Zum Glück hatte er recht, sonst wäre ich noch zum Campus gefahren ...»

Randa runzelte die Stirn. «Du machst mir angst, Elsie. Was ist denn los?»

Elsie gab sich einen Ruck. «Hast du heute zufällig die T&T gelesen?»

«Ich?» Randa lachte so laut, wie Fingers es vermutlich nie für möglich gehalten hätte. «Ich habe noch nie die T&T gelesen. Kein einziges Mal, Elsie. Ich bitte dich.»

Für eine Sekunde fühlte Elsie sich ertappt. Natürlich hätte sie auch nie zugegeben, T&T zu lesen, aber sie tat es. Regelmäßig. Wie fast jeder, obwohl nur die wenigsten ihr Exemplar direkt beim Zeitschriftenverkäufer erstanden. Elsie schickte immer ihre Haushaltshilfe, die die T&T zusammen mit einem Stapel seriöser Magazine kaufte. Und das, obwohl der Zeitschriftenhändler Elsies besondere Vorliebe für T&T sehr wohl kannte: Schließlich hatte Elsie ihn mit großzügigen Trinkgeldern dahin gebracht, immer ein Exemplar für sie zurückzulegen, wenn die Titelstory einmal besonders pikant war und die Leute sich die T&T aus den Händen rissen.

«Heute haben sie neue Enthüllungen über Pesewa gebracht.» erklärte sie.

Randa wußte nicht, was sie sagen sollte. Was hatte das mit ihr zu tun? Sie hatte Dina zu der GMG-Show begleitet, in der die fünfte Frau ihr Interview gegeben hatte, aber das war auch alles.

«T&T schreibt, daß sie glauben zu wissen, wie Pesewa angesteckt wurde.»

«Ach ja?» Randa gab sich keine Mühe, ihr Desinteresse zu verbergen.

«Sie sagen, es war seine zweite Frau. Scheinbar reichte ihr der Sex mit ihrem Ehemann nicht aus. Sie hat sich einen Callboy geleistet.»

Randa begann, am ganzen Körper zu zittern.

«Einer von den T&T-Paparazzi hat sie mit einem jungen Mann fotographiert.» Randa öffnete ihre Tasche und holte ein Exemplar der T&T heraus. Wie in Trance griff Randa nach der Zeitung und las die Schlagzeile. «ER ist der Grund für Pesewas Selbstmord!» Die blutroten Buchstaben vor dem weißen Hintergrund verschwammen vor ihren Augen. Im Artikel ging es um einen jungen Mann, der sich selbst als Geschäftsmann ausgab und verdächtigt wurde, die zweite Frau angesteckt zu haben. Er war jung, gutaussehend, reich und hatte mehrere Geliebte, ganz zu schweigen von flüchtigen Affären – schließlich verdiente er sein Geld als Callboy. Als er Wind davon bekommen hatte, daß die T&T eine Enthüllungsstory über ihn plante, war er untergetaucht. Die T&T hatte sich dazu entschlossen, sein Foto zu veröffentlichen, damit sich alle Frauen, die jemals mit ihm sexuellen Kontakt hatten, testen lassen konnten.

Randa starrte das Foto an, das keinen Zweifel offenließ. Sie wollte etwas sagen, aber ihre Zunge war wie gelähmt. So mußte Sterben sein, dachte sie. Doch dann, plötzlich, drang die Erkenntnis ins Hirn vor und traf sie wie ein Schlag. Und Randa schrie und schrie. Ihr Herz schmerzte, als wollte es bersten. Als sich der unerträgliche Schmerz vom Herzen in den linken Arm ausbreitete, wurde Randa ohnmächtig. Elsie begriff sofort. So gut sie konnte, legte sie die zusammengesackte Randa auf die Bank und rannte in Maa Cheries Salon, um Hilfe zu holen.

KAPITEL 21

Die Stühle, die vor den Behandlungsräumen aufgestellt waren, boten nicht genug Platz für die wartenden Angehörigen. Aggie drehte ihre Runden wie ein Tiger im Käfig, bis Mena Kakraba es nicht mehr mit ansehen konnte und aufstand, um Aggie Platz zu machen. «Könntest du bitte aufhören, mit deinen Fingergelenken zu knacken?» zischte Aggie ihr wenig dankbar zu.

Ntifor war schon eine ganze Weile im Behandlungsraum. Ab und zu gingen Krankenschwestern zu ihm hinein, und wenn sie wieder herauskamen, warfen sie den Frauen Blicke zu, die pure Mißbilligung ausdrückten. Solche Blick waren normalerweise Müttern vorbehalten, die ihre Kinder mit Medikamenten zweifelhafter Herkunft zu heilen versuchten und erst ins Krankenhaus kamen, wenn es schon fast zu spät war. Aggie konnte sich vorstellen, was die Krankenschwestern über sie dachten. Und auch der Gesichtsausdruck des Arztes war ihr nicht entgangen, als Ntifor, der die Strecke vom Taxi bis zur Notaufnahme von einem Verwandten getragen worden war, sein Bein präsentierte. Um die Wunde lag noch der Stoffverband, den der Kräuterheiler nach der letzten Behandlung angelegt hatte. Als die Krankenschwester den Stoff anhob, schien er sofort zu ahnen, worum es sich handelte. Er wies Kakraba und Aggie an, draußen zu warten, und ließ Ntifor in einen Behandlungsraum tragen.

Die stummen Vorwürfe nagten an Aggie. Am liebsten hätte sie dem Doktor und den Schwestern erklärt, warum sie so lange gewartet hatten, bevor sie Ntifor ins Krankenhaus brachten, warum sie ... Plötzlich kam eine Schwester aus dem Behandlungsraum und eilte auf das Sprechzimmer des Arztes zu, der Ntifor aufgenommen hatte. Aggie bemerkte, daß sich der mißbilligende Ausdruck in ihren Augen in pures Mitleid verwandelt hatte. Nach ein paar Minuten verließ die Schwester das Sprechzimmer wieder. Sie mied sorgfältig Aggies fragende Blicke. Kakraba war das Intermezzo auch nicht entgangen, sie knackte noch frenetischer mit ihren Fingergelenken als zuvor. Knack ... knack ... knack. Aggie wurde schlecht.

Im nächsten Moment öffnete sich die Tür des Sprechzimmers, und der Arzt hastete zusammen mit einem Assistenten zum Behandlungsraum. Scheinbar hatte der Bericht der Krankenschwester seine schlimmsten Befürchtungen bestätigt. Es dauerte eine ganze Weile, bis der Arzt in Begleitung einer Schwester wieder aus dem Behandlungsraum kam und Aggie und Kakraba bat, ihm zu folgen. Aggie wünschte sich, Penyin wäre mitgekommen. Kakraba war in dieser Situation keine große Unterstützung.

Die beiden Frauen folgten der Schwester und dem Arzt ins Sprechzimmer. Ein paar Minuten lang kritzelte der Arzt in erschreckendem Tempo ein gelbes Blatt Papier voll, während Aggie intensiv ihre Fingernägel begutachtete, um vor Anspannung nicht verrückt zu werden. Dann sah der Arzt abrupt auf und stellte zwei Fragen in einem Ton, der deutlich machte, daß er kaum wirklich an Antworten interessiert war. «Wie lang hat er das schon? Und warum haben Sie ihn nicht früher ins Krankenhaus gebracht?» Sein Blick bohrte sich abwechselnd in Aggies und Kakrabas Augen, als er hinzufügte: «Das Fleisch um die Wunde ist bereits abgestorben. Das Bein verfault. Es führt kein Weg daran vorbei, wir müssen amputieren.»

Kakraba brach in Tränen aus.

Aggie fühlte sich schuldig. Das Bein mußte amputiert werden! Warum war sie nicht früher gekommen? «Ich lebe in Accra», erklärte sie kaum hörbar. «Ich konnte nicht eher ...»

«Ich verstehe das nicht. Wie konnte es so weit kommen?» fiel ihr Kakraba ins Wort. «Am Anfang sah es aus wie ein Insektenstich, dann ist es angeschwollen, und wir dachten am Anfang, es sei ein Geschwür. Es war nur seltsam, daß es überhaupt nicht schmerzte. Aber unser Mann hat Angst vor Krankenhäusern, und so haben wir es mit einem Kräuterheiler versucht. Dann ist die Beule aufgebrochen, aber unser Mann wollte sich weiter mit Kräutern behandeln lassen. Erst als die Wunde immer größer geworden ist, hat er sich überzeugen lassen, ins Krankenhaus zu gehen. Und jetzt wollen Sie sein Bein amputieren? Das überlebt er nicht!»

Der Arzt sah sie einen Moment lang an, steckte dann akkurat seinen Kuli in die Kitteltasche, räusperte sich und fragte schließlich: «Haben Sie schon einmal von einer Hautkrankheit namens Buruli-Geschwür gehört?»

Aggie war sprachlos. Ein Buruli-Geschwür in ihrem Dorf? Sie wußte, daß das Geschwür nach Flüchtlingen aus Ruanda benannt war, die in einer Buruli-Provinz von Uganda lebten und öfters an dieser Art von Geschwür erkrankten. Sie wußte auch, daß es sich um die dritthäufigste bakterielle Erkrankung nach Tuberkulose und Lepra handelte. Aber Buruli-Geschwüre kamen doch nur in weit enfernten Regionen vor. Es war einfach unmöglich ... oder nicht?

Kakabra sagte: «Unser Mann verwaltet Kakaofarmen, die im ganzen Land verstreut liegen. Er besucht diese Farmen regelmäßig. Dort könnte er sich angesteckt haben.»

Der Arzt öffnete eine Schublade und holte einen blauen Plastikordner heraus, den er den beiden Frauen reichte. Aggie schlug ihn auf und stellte fest, daß er Informationen zur Verbreitung des Buruli-Geschwürs enthielt. Afrika, Asien, Südamerika ... Die Liste der betroffenen Länder wollte kein Ende nehmen.

«Auf Seite drei finden Sie mehr zu Ghana», bemerkte der Arzt.

Aggie blätterte weiter. Zwei der Kakaofarmen, die ihrer Familie gehörten, lagen in endemischen Gebieten. «Wie erkrankt man genau?» fragte sie den Doktor.

Dieser zuckte mit den Schultern. «Darüber gibt es keine gesicherten Informationen. Aber besonders häufig erkranken Menschen, die in der Nähe von Flüssen oder stehenden Gewässern leben.»

Aggie reichte ihm den Ordner zurück. «Hier steht, daß größtenteils Frauen und Kinder unter fünfzehn Jahren erkranken. Wie kann ...»

«Könnte die Lehrerin ...?»

«Mutter, sei bitte still! Bitte!»

Etwas später wurde Ntifor auf die Krankenstation gebracht, während Aggie und ihre Mutter nach Hause fuhren, um die nötigsten Sachen für ihn zu packen. Schon von weitem konnten sie sehen, daß sich eine Menge Schaulustiger vor ihrem Haus versammelt hatte. Aggie und Kakraba wechselten einen beunruhigten Blick und beschleunigten ihren Schritt. Was war während ihrer Abwesenheit passiert?

Mena Penyin stand auf den Treppenstufen vor dem Haus. Mena Penyin hielt den längsten Fufustampfer, den sie in der Küche gefunden hatte, und ihr Gesicht war zu einer Maske des Hasses verzogen. Sie sah aus wie eine Kriegerin.

Penyin rief ihnen zornbebend entgegen: «Ich hätte ihr den Schädel zermalmt, wenn sie nicht abgehauen wäre. Ich wünschte, ich hätte es getan! Ich wünschte, ich hätte ihr das Hirn zerquetscht!»

«Von wem redest du?» stammelte Kakraba.

«Von wem wohl? Wer hat denn Unruhe und Zwietracht in unser Haus gebracht? Hm? Sie hat Glück, daß sie so schnell laufen kann, sonst stünde sie jetzt ihrem Schöpfer gegenüber. Aber ich sage dir, sie hätte sich fast in ihre feinen Hosen gemacht.»

Zu Aggies Überraschung brach ihre Mutter, die im Krankenhaus noch am Boden zerstört gewesen war, in helles Gelächter aus. Es war ein ansteckendes Lachen, in das auch Penyin schließlich einstimmte und ihre improvisierte Mordwaffe fallen ließ.

«Komm, Penyin», sagte Kakraba schließlich. «Wir müssen für unseren Mann ein paar Sachen zusammenpacken.»

Aggie sah ihnen unschlüssig nach. Scheinbar ging es wieder um diese Lehrerin, die Kakraba vorher im Krankenhaus erwähnt hatte. Die Geschichten, die ihre Mütter erzählt hatten, klangen reichlich wirr, aber mittlerweile – nach dem Schock im Krankenhaus – hatte Aggie den Eindruck, daß sie etwas unternehmen mußte. Kurzentschlossen sprach sie eine Gruppe von Frauen an, die in ein angeregtes Gespräch vertieft waren und den Eindruck machten, als hätten sie die Geschehnisse bis ins kleinste Detail mitverfolgt.

«Entschuldigen Sie die Störung», sagte Aggie. «Aber können Sie mir sagen, wo die Lehrerin jetzt ist? Oder wohin sie gelaufen ist, nachdem meine Mutter sie weggejagt hat?»

«Ich bewundere deine ältere Mutter wirklich», erklärte eine der Frauen ausweichend. «Eigentlich hätte sie der Lehrerin ja dankbar sein müssen. Schließlich hat sich die Lehrerin dafür eingesetzt, daß Ntifor ihre Rivalin davonschickt. Und stattdessen droht sie ihr mit dem Fufustampfer!»

«Ich glaube, Penyin weiß, daß Kakraba ein Segen für die ganze Familie ist», meinte eine andere Frau mit buschigen Augenbrauen. «Schließlich hat sie die Kinder geboren. Und wer hätte Penyin jemals Mutter genannt, wenn Kakraba nicht gewesen wäre?»

Es war abzusehen, daß jede der Frauen nun in epischer Breite ihre Meinung kundtun würde, wenn Aggie nicht nachhakte. «Entschuldigung, aber hat irgendeine von Ihnen gesehen, wohin die Lehrerin gelaufen ist?»

Eine dritte Frau schaltete sich nun ein. An ihrer riesigen Unterlippe fehlte deutlich sichtbar ein Stück – eine Frau, die in ihr die Geliebte ihres Mannes vermutete, hatte es ihr abgebissen. «Jemand hat ihr geraten, im ‹guest house› an der Busstation zu warten, bis der nächste Bus kommt. Vielleicht findest du sie da.»

Aggie bat ihre Mütter, allein ins Krankenhaus zu fahren, da sie noch etwas regeln müsse. Dann machte sie sich zum «guest house» auf. Die Rezeptionistin weigerte sich zunächst, sie zu der Lehrerin zu bringen, aber als Aggie sie beschwor, das Leben ihres Vaters hinge von diesem Treffen ab, gab sie nach. Aggie fiel ein Stein von Herzen. Hätte die Rezeptionistin nachgebohrt, wäre Aggie kaum zu einer vernünftigen Erklärung imstande gewesen. Sie mußte einfach mit der Lehrerin reden, um herauszufinden, wer sie war und was sie wollte.

Einige Minuten später kam die Lehrerin tatsächlich in die Halle. Zuerst war sie erschrocken gewesen, als sie erfahren hatte, daß jemand sie sprechen wollte, aber als sie begriff, daß es sich um Aggie handelte, zögerte sie keine Minute.

«Sie suchen mich?» Abgesehen von der albernen blonden Afroperücke, die sie trug, machte die Lehrerin einen recht normalen Eindruck. Vor allem wirkte sie in Anbetracht der Umstände sehr gefaßt, fand Aggie.

«Äh ... ja, genau», stotterte Aggie und schämte sich für ihre plötzliche Befangenheit.

«Kommen wir gleich zur Sache», meinte die Lehrerin gelassen, während sie sich setzte. «Eine langwierige Vorstellung ist ja wohl nicht nötig.»

«Jeder hier nennt Sie ‹die Lehrerin›», sagte Aggie und gab sich Mühe, ihrer Stimme einen festen Klang zu verleihen. «Würden Sie mir Ihren richtigen Namen verraten?»

Die Lehrerin starrte sie an. Ihr Blick war nicht nur so kalt, daß er Aggie das Blut in den Adern gefrieren ließ, er war – tot. «Cora», sagte sie schließlich.

Aggie entspannte sich ein wenig. Toter Blick hin oder her, das Phantom hatte einen Namen. Irgendwie machte das einiges erträglicher. «Wir mußten unseren Vater ins Krankenhaus bringen. Sein Geschwür hatte keine übersinnliche Ursache. Es ist ein Buruli-

Geschwür.» Jetzt klang Aggies Stimme tatsächlich so fest, wie sie es sich wünschte.

Cora saß einfach nur da, als hätte sie Aggie nicht gehört. Doch dann lächelte sie plötzlich, und dieses Lächeln ließ Aggie erneut das Blut in den Adern gefrieren. «Haben Sie eine Schwester namens Destine?» brach es aus ihr heraus.

Destine anstelle von Randa zu nennen, war ein Lapsus, den Aggie nicht bemerkte. Randa hatte sie nie gesehen, Destine aber unzählige Male. Und sie hatte Destine oft lächeln sehen. So selten sie lachte, so oft lächelte sie, als hätte sie irgendwann beschlossen, das eine durch das andere zu ersetzen. Auf den ersten Blick gab es keine Ähnlichkeit zwischen Destine und Cora oder wenn, so lenkte die blonde Afroperücke erfolgreich davon ab. Aber das Lächeln ... das Lächeln war identisch. Und keine Perücke der Welt konnte darüber hinwegtäuschen.

Cora bemerkte, daß Aggie sie musterte. «Destine? Ein ungewöhnlicher Name. Sehr ungewöhnlich und sehr schön. Aber um Ihre Frage zu beantworten, nein, ich habe keine Schwester, die so heißt.»

Aggie glaubte ihr kein Wort, aber sie beschloß, nicht weiter nachzubohren. Vor ihrem inneren Auge begann sich ein Bild abzuzeichnen, noch vage und unvollständig, wie ein Puzzle, das nur halb zusammengesetzt ist.

«Darf ich Ihnen noch eine Frage stellen?»

Cora lächelte ihr geheimnisvolles, dunkles, totes Lächeln. Sie ahnte, was Aggie fragen wollte. Der Moment, auf den sie so lange gewartet hatte, war endlich gekommen.

«Was wollen Sie von meinen Eltern? Haben Sie etwas mit meinem Vater vor?»

Eigentlich hatte auch Aggie fragen wollen, was sie mit ihr vorhatte. Ein Teil von ihr wußte, daß sie selbst der Schlüssel war. Aber sie brachte es einfach nicht fertig, die Worte auszusprechen.

«Ja, das habe ich», erwiderte Cora trocken.

Merkwürdigerweise erstaunte Aggie diese Antwort nicht. Als sie bemerkte, wie Cora sie taxierte, begriff sie, daß die andere mit ihr spielte. Wie eine Katze mit einem kleinen Nagetier spielt, bevor sie es gnadenlos verspeist. Aber Aggie verstand auch, daß sie mitspielen mußte, wenn sie Antworten haben wollte.

«Was wollen Sie von ihm?»

«Seine Seele.» Coras tote Augen leuchteten auf. Aggie mußte schlucken. Es war, als säßen Destine und Cora in einer Person vor ihr. Sie versuchte zu sprechen, aber ihre Stimme versagte ...

Cora beobachtete ihre Bemühungen mit einem interessierten Blick. Nicht wie eine Katze, dachte Aggie, wie eine Schlange. Eine Schlange, die gleich zuschnappen wird. Aber in der nächsten Sekunde war die Kälte aus Coras Augen verschwunden, so plötzlich, daß Aggie sich fast fragte, ob sie sich ihre Feindseligkeit nur eingebildet hatte.

«Ich weiß, es klingt vielleicht merkwürdig für Sie, aber ich habe Ihren Vater sehr liebgewonnen. Und ich war der festen Überzeugung, daß die Taufe ihm helfen würde. Ich wollte ihm helfen, seine Seele zu retten.»

«Können Sie sich nicht um Ihre eigene Ehe kümmern?» erwiderte Aggie mit einem freudlosen Lachen.

Sofort kehrte der Blick, den Aggie fürchten gelernt hatte, in ihre Augen zurück. «Meine Ehe? Meine Ehe war zu Ende, noch bevor sie angefangen hat.» Einen Moment lang wandte sie den Blick ab, als wollte sie ihre Gefühle vor Aggie verbergen. Aggie spürte, daß sie Furchtbares durchgemacht haben mußte, und trotz der Bedrohung, die diese Frau darstellte, empfand sie etwas wie Mitleid.

«Das tut mir sehr leid», sagte sie.

«Es war Schicksal», erwiderte Cora und sah ihr direkt in die Augen.

«Glauben Sie daran? An die Schicksalsgöttinnen aus der griechischen Mythologie?»

«Aber ja.» Ihre Stimme war sanft und eiskalt.

Miau ... miau ... Hinter Coras Sessel hatte sich offenbar eine weitere Zuhörerin postiert. Coras Gesicht hellte sich auf, als sie die Katze bemerkte, und sie drehte sich herum, um sie ausgiebig zu streicheln.

Aggie erstarrte. Es war ein riesiges schwarzes Tier mit grünen Augen.

Als die Katze schließlich genug von den Streicheleinheiten hatte, verschwand sie ebenso leise, wie sie gekommen war.

«Die Katze des Besitzers», erklärte Cora. «Sie mag mich. Sie ist gleich auf mich zugekommen, als ich vor dem Fufustampfer Ihrer Mutter in die Lobby geflüchtet bin. Aber wo waren wir stehengeblieben, bevor Blackie uns unterbrochen hat?»

«Blackie?»

«So heißt die Katze. Ist doch naheliegend, oder?»

«Wir haben von den Schicksalsgöttinnen gesprochen», erwiderte Aggie mit trockenem Mund. «Ich wollte gerade erzählen, daß ich eigentlich nie ans Schicksal geglaubt habe, bis ... Ach, nicht so wichtig.«

«Wieso nicht?»

«Weil ich lieber über meinen Vater reden würde. Und über sein Geschwür, daß nichts mit irgendwelchen vermeintlichen Sünden zu tun hat.»

Cora sah sie mit hochgezogenen Brauen an und schwieg. Aggie spürte, wie sie ihre Unruhe genoß. Schließlich platzte es aus ihr heraus: «Wer sind Sie? Sie haben doch etwas vor, Cora. Was wollen Sie denn?»

«Ich muß gehen», sagte Cora ausdruckslos. «Mein Bus fährt, und ich habe etwas Wichtiges in Accra zu erledigen. Es hat mich gefreut, Sie endlich einmal zu treffen.»

Im nächsten Moment lief Cora schon die Treppe zu ihrem Zimmer hinauf. Während Aggie noch versuchte, sich einen Reim auf diesen abrupten Aufbruch zu machen, bemerkte sie plötzlich, daß die Katze wiedergekommen war. Ihr Herz raste. War es Zufall, daß der Besitzer ausgerechnet eine schwarze Katze hatte? Eine Katze, wie sie immer in ihren Alpträumen vorkam?

Blackie starrte Aggie unverwandt an, als habe man ihr befohlen, Aggie keine Sekunde aus den Augen zu lassen. Das Tier machte sie fast noch nervöser als Cora. Rasch griff sie nach ihrer Tasche und stand auf. Vom Besitzer des «guest house» war weit und breit nichts zu sehen, sonst hätte sie Cora eine Nachricht hinterlassen. Sie zögerte. Sie wurde die irrationale Angst nicht los, daß dieses Tier sie anspringen würde, sobald sie ihm den Rücken zukehrte. In ihren Träumen griff die schwarze Katze sie zwar nie direkt an, aber ... Für eine Sekunde hatte sie das Tier aus den Augen gelassen, und die mußte es genutzt haben, um sich davonzumachen. Blackie war wie vom Erdboden verschluckt. Nachdenklich brach Aggie auf. Wer war Cora? Vielleicht eine uneheliche Tochter von Ntifor? Vielleicht hatte ihre Mutter ihr erst auf dem Sterbebett verraten, wessen Tochter sie war. Vielleicht hatte sie ihr nicht mehr erklären können, warum Ntifor sie nicht anerkannt hatte ...

«Aggie!»

Aggie hatte das Tor fast erreicht, als sie Coras Stimme hörte. War sie ihr schon länger gefolgt? Sie zwang sich, stehenzubleiben und auf Cora zu warten.

«Sie werden von mir hören», sagte Cora, als sie Aggie erreicht hatte. «Früher oder später. Ich weiß, wie sehr Sie Ihren Vater lieben. Ich habe meinen Vater auch sehr geliebt, aber er ist schon lange tot. Habe ich Ihnen das erzählt?»

«Nein», flüsterte Aggie.

«Jeder liebt seine Eltern, Aggie. Jeder», sagte Cora mit lebloser Stimme. Dann ging sie ohne ein weiteres Wort davon.

Aggie blieb wie angewurzelt stehen und starrte ihr nach. Ihr erster Reflex war gewesen, Cora etwas nachzurufen, aber sie wußte nicht was. Cora bückte sich beim Tor, und Aggie ahnte, daß sie Blackie streichelte. Die Katze mußte auf sie gewartet haben. Katzen galten doch als mißtrauische Wesen, dachte Aggie. Wie kam es, daß diese sich so vorbehaltslos einer Fremden anschloß, die nur durch Zufall in dieses «guest house» geraten war? Wie in Trance verließ sie das Gelände und bemühte sich, der Katze am Tor keine Beachtung zu schenken.

«Huhu! Jemand zu Hause? Huuuhuuu!» rief Papa Driver. Er wartete ein paar Sekunden und runzelte dann die Stirn. So leise war es in Ntifors Haus nie gewesen. Eine der Frauen war immer in der Küche oder auf der Veranda und antwortete schon auf sein erstes «Huhu». Diese Stille war mehr als ungewöhnlich.

«Ist da jemand?» drang plötzlich eine müde Stimme aus dem Haus.

«Ich bin's, Papa Driver. Ich habe schon ein paarmal gerufen.»

«Entschuldigung, ich muß wohl eingenickt sein. Ich mache dir gleich auf.»

Ein paar Minuten später öffnete Aggie die Tür. Papa Driver registrierte nicht nur ihre verweinten Augen, sondern auch ihren leeren, apathischen Blick. Etwas Schlimmes mußte passiert sein. «Sind deine Mütter nicht da?» fragte er. «Wie geht es deinem Vater? Was macht sein Bein?»

Aggie bedeutete Papa Driver, sich zu setzen, und ließ sich selbst auf einen Stuhl fallen. «Es ist so viel passiert», murmelte sie. «Ach, Verzeihung, ich habe dir nicht einmal etwas zu trinken gebracht.»

«Schon in Ordnung», sagte Papa Driver, bevor sie aufstehen konnte. «Ich habe keinen Durst. Erzähl mir lieber, was passiert ist.»

«Mein Vater ist im Krankenhaus, Papa Driver. Alle haben viel zu lange daran geglaubt, daß sein Geschwür übernatürliche Ursachen hat. Jetzt muß sein Bein wohl amputiert werden.»

«Oh.»

«Es ist ein Buruli-Geschwür.»

«Oh.»

Aggie seufzte. «Papa Driver, ich muß meiner Chefin eine Nachricht schicken, daß ich noch eine Weile hierbliebe.»

«Ah, deine Chefin. Eine feine Lady! Eine sehr feine Lady!»

Zum ersten Mal seit Tagen mußte Aggie lachen. Es fühlte sich wunderbar an. «Du bist doch nicht etwa verliebt in meine Chefin, oder?»

«Ich? Ein einfacher Kurierfahrer? Das würde ich nie wagen, mich in so eine gebildete Frau zu verlieben. Aber sie hat mich an der Station besucht, und ich sage dir, danach haben mich die restlichen Fahrer mit ganz anderen Augen angesehen.» Ohne weitere Erklärungen reichte er Aggie einen Brief.

Bevor Aggie aus Accra abgereist war, hatte Dina ihr versprochen, sie auf dem laufenden zu halten. Aggies Gedanken wanderten sofort zum Esi-Attah-Fall, als sie den Brief entgegennahm. Hatte es einen Druchbruch gegeben? War die Frau mit dem weißen Auto, die Esi Attahs ungeborenes Kind kaufen wollte, ausfindig gemacht? Oder ging es um Pesewas fünfte Frau?

Doch der Brief schien nicht direkt von Dina zu kommen. Zumindest war die Handschrift auf dem Umschlag weder ihre noch die Vickies. Anders als die Nemesis-Nachricht war dies ein normaler Brief, frankiert und zu ihren Händen an MUTE adressiert. Der Poststempel verriet ihr, daß der Brief in Accra aufgegeben worden war.

Papa Driver machte sich auf den Weg und erwähnte, daß er noch etwa zwei bis drei Stunden im Ort bleiben würde. Aggie bedankte sich und versprach, rechtzeitig mit einer Nachricht für

Dina zur Station zu kommen. Sobald Papa Driver das Haus verlassen hatte, öffnete sie den Brief mit einer Nagelfeile. Darin lag ein Blatt Papier, das sie hastig auseinanderfaltete. Ihre Hände begannen zu zittern, als sie erkannte, daß der Brief mit blutroter Tinte geschrieben war. Dann las sie die Anrede. Zwei blutrote Wörter wie ein Fluch. Ein Hahn gab einen letzten schrillen Schrei von sich, bevor er den Göttern geopfert wurde. Zwei Wörter. Rot. Vor Aggies innerem Auge tanzte eine Besessene zu einem unhörbaren Voodoo-Rhythmus. Rot. Die Tänzerin packte den Hahn an den Füßen und schlug ihm den Kopf ab. Sein Blut besudelte ihr weißes Gewand und bildete zwei Pfützen zu ihren Füßen, die zitterten und sich im Takt dehnten wie die Frau selbst. Die Bewegungen machten Aggie schwindelig. Die Frau ... das Blut ... und dann formte das Blut Buchstaben. Wörter. Zwei Wörter, die sie jahrelang verdrängt und vergessen hatte.

Zwei Wörter: «Liebe Blume ...»

Kapitel 22

Gut zwanzig Jahre früher saß ein Mann besten Alters in seinem Büro und weinte wie ein Kind. In den Händen hielt er eine Uhr aus zweiundzwanzigkarätigem Gold. Er war immer ein guter loyaler Ehemann, ein verantwortungsvoller Vater gewesen. Und nun saß er in seinem Büro und weinte über den Verlust seiner selbst.

Die Stimme seiner längst verstorbenen Mutter hallte in seinem Kopf wider und verfluchte ihn für das, was er im Begriff war zu tun. Die goldene Uhr in seinen Händen war die einzige, die er je besessen hatte. Er hielt sie fest umklammert, während er Gott anflehte: «Bitte, halt mich auf! Hilf mir! Laß es nicht zu!»

Aber Gott hatte wahrscheinlich noch einige andere Anliegen zu bearbeiten, und so mußte seines wohl in der «Weniger dringende Fälle»-Ablage gelandet sein. Jedenfalls hielt Gott ihn nicht auf, als er später das Büro zu verließ. In seiner Aktentasche steckte die Golduhr. Nichts hielt ihn mehr auf, vor allem nicht er selbst.

Mechanisch griff er nach dem Telefon und wählte die Nummer, die ihm in Fleisch und Blut übergegangen war. Jedesmal schwor er sich, diese Nummer nie wieder zu wählen, aber er wußte nur zu gut, daß er dazu nicht in der Lage war. Die Stimme am anderen Ende der Leitung ließ ein kehliges Gurren hören, als er seine Ware zum Kauf anbot. «Eine zweiundzwanzigkarätige Golduhr?» Jedem anderen Kunden hätte der Hehler kaum geglaubt, aber diesen kannte er. Er wußte, daß er nicht log.

Die zwei wertvollen Kente-Anzüge, die Manschettenknöpfe, der edle silberne Champagnerkühler und so manches mehr – die Ware war immer so gewesen, wie er sie beschrieben hatte. Der Hehler war schon eine ganze Weile im Geschäft, und eine goldene

Regel lautete, niemals zu fragen, woher die Ware kam. Die Antworten hätten ihn wohl kaum ruhig schlafen lassen.

«Wir sprechen von einer Zweiundzwanzig-Karat-Uhr? Nicht von diesem vergoldete Zeug?» vergewisserte er sich.

«Eine Golduhr. Zweiundzwanzig Karat», brachte der Kunde heraus.

«Dann bin ich natürlich mehr als interessiert», sagte er einschmeichelnd. «Der übliche Ort?»

«Der übliche Ort», wiederholte der Kunde und konnte ein Zittern in seiner Stimme nicht verbergen.

Der Hehler hatte den Eindruck, als sei es ausnahmsweise angebracht, etwas Besorgnis zu zeigen. Nur ein kleines bißchen. Nur soviel, daß er nicht in irgend etwas hineingezogen wurde. «Alles in Ordnung bei Ihnen? Sitzen Ihnen Kredithaie im Nacken? Sollen wir uns jetzt sofort treffen?»

Je schneller, desto besser, dachte der Hehler. Besorgnis hin oder her, der Kunde konnte seine Meinung schnell ändern. Und eine solche Gelegenheit kam so bald bestimmt nicht wieder.

«Niemand ist hinter mir her», erwiderte der Kunde und gab sich Mühe, normal zu klingen. «Mir geht es gut.»

Dem Hehler wurde langsam klar, daß dieser Typ in dringenden Geldnöten war. Das war gut. Jetzt mußte er die Daumenschrauben nur noch ein wenig enger ziehen, und ...

«Sir, ich möchte keinen Ärger. Deshalb muß ich Sie fragen: Ist die Ware, die Sie verkaufen, wirklich von Ihnen?»

Er hatte ihn. Der Kunde brach in Tränen aus. Es war schon demütigend genug, persönliche Gegenstände zu verkaufen, aber daß jemand an seiner Ehrlichkeit zweifelte, war ein Schlag in den Magen. «Habe ich irgend etwas getan, um diese Verdächtigungen zu rechtfertigen?» fragte er.

Der Hehler entschuldigte sich wortreich. Nun hatte er den Kunden da, wo er ihn haben wollte. «Wo waren wir stehengeblieben, bevor ich Sie mit meiner unglücklichen Frage unterbrochen habe?»

«Bringen Sie das Geld mit», sagte der Kunde nur. Seine Hände zitterten, als er den Hörer auflegte. Dann vergrub er das Gesicht in den Händen und weinte bittere Tränen der Scham.

Am Anfang hatte sie ihn mit Zärtlichkeit überschüttet, aber da hatte er ihr auch noch jeden Wunsch von den Augen abgelesen. Irgendwann begriff er, daß sein Gehalt auf Dauer nicht dafür ausreichte. Er war Familienvater, hatte Kredite abzuzahlen und Rechnungen zu begleichen. Aber das schien sie einfach nicht zu verstehen. Stattdessen stellte sie ihm ein Ultimatum: Entweder richtete er es sich so ein, daß er ihre Wünsche erfüllen konnte, oder sie verließ ihn. Er versuchte also, von ihr loszukommen ... und schaffte es ganze drei Tage. Und es waren drei furchtbare Tage gewesen, in denen jede Faser seines Körpers sich nach ihr gesehnt hatte. Es ging nicht nur um Sex, es ging um ihre Anwesenheit. Sie erfüllte ihn. Mehr als das, sie berauschte ihn. Sie war wie Alkohol und Drogen und Sex auf einmal. Er konnte nicht ohne sie leben. Und so ging es weiter. Bald stand er bei seiner Bank und bei seiner Firma in der Kreide, aber selbst dann wollte sie noch mehr. So begann er, persönliche Gegenstände zu verkaufen. Doch selbst das brachte nicht genug Geld ein. Nun wollte sie eine Uhr – eine Golduhr. Seine eigene Golduhr war der letzte Wertgegenstand, den er noch verkaufen konnte. Danach blieb nichts mehr. Sie wollte eine Golduhr, und so würde er seine verkaufen, um ihr eine schenken zu können.

Kapitel 23

In der Gesellschaft, in der sie aufwuchs, war der weibliche Körper längst zum Objekt geworden, und kaum jemand fand etwas dabei. Manche stemmten sich zwar gegen diese Entwicklung, aber sie beschloß früh, daraus ihren Nutzen zu ziehen. Als junges Mädchen war sie der festen Überzeugung, daß ihr Aussehen und ihre Jugend eine Ware waren, für die sie einen guten Preis erwarten konnte. Und sie vermarktete sich geschickt, auch wenn es viele Unannehmlichkeiten und Rückschläge gab. So mußte sie zum Beispiel lernen, daß Gefühle in Affären mit verheirateten Männern nichts zu suchen hatten. Es ging nur um Lust, um Sex, und die Männer wollten nicht mehr von ihr, als sie zum Objekt ihrer Phantasien machen zu können. Während andere Mädchen sich abstrampelten, um ihren Liebhabern zu beweisen, daß sie die viel schlaueren, verständnisvolleren, kultivierteren Ehefrauen abgeben würden, bemühte sie sich, sexuell immer begehrenswerter zu werden. Und dabei entdeckte sie, daß Begierde eine Macht war. Wenn ein Mann sie mit Haut und Haaren begehrte, verachtete er seine Frau bald dafür, daß sie ihm nicht ähnliche Lust verschaffen konnte. Je stärker er sich von seiner Frau löste, desto mehr verfiel er ihr. Und dieses Machtgefühl bereitete ihr unendlich stärkere Lust als der Sex selbst.

Am Tag, als sie den leitenden Angestellten traf, war sie auf dem Weg zum Friseur. Es hatte schon den ganzen Tag nach Regen ausgesehen, aber dennoch erwischte der Wolkenbruch sie unerwartet. Sie fluchte lautlos und wollte gerade einen Sprint einlegen, als ein lautes Hupen sie in der Bewegung innehalten ließ. Sie drehte den Kopf. Der Mann hinter dem Steuer verlangsamte sofort seine Fahrt, lächelte sie an und öffnete die Beifahrertür. Einen Moment lang zögerte sie und nahm sich die Zeit, ihn und sein Auto zu mustern. Verunsichert beobachtete er sie. Aber schließlich zeigte sie ein strahlendes Lächeln und stieg ein.

«Nehmen Sie öfters junge Frauen in Ihrem Wagen mit?» gurrte sie. Er lachte so schallend, daß jede Antwort überflüssig war.

Alles hatte nach der Geburt von Randa angefangen. Damals hatte er die Lust auf außereheliche Abenteuer als Intermezzo betrachtet, das durch die überraschende Schwangerschaft seiner Frau ausgelöst worden war. Ma hatte lange Zeit nicht geahnt, daß sie schwanger war. Irgendwann war sie zum Arzt gegangen, weil sie sich ständig unwohl fühlte, und als der einen Schwangerschaftstest anordnete, mußte sie erst einmal lachen. Wie konnte der Doktor nur auf diese abwegige Idee kommen? Seit Coras zweitem Geburtstag hatten sie vergeblich versucht, ein drittes Kind zu bekommen. Nach ein paar Jahren hatten sie sich dann damit abgefunden, daß es wohl bei zweien bleiben sollte. Und jetzt, wo Kweku sechzehn und Cora dreizehn war, sollte sie wieder schwanger sein? Umso größer war die Freude, als die Vermutung des Arztes sich bestätigte. Randa wurde kurz nach dem dreiundvierzigsten Geburtstag ihres Vaters geboren, und von diesem Tag an galt Mas Aufmerksamkeit nur noch ihr.

«Meine Frau liebt nur noch die kleine Randa, und mich hat sie völlig vergessen!» erzählte Randas Vater einmal – nur halb im Scherz – einem Freund.

Ma lebte nur noch für Randa und den Laden. Die beiden großen Kinder waren schon Teenager und hatten ihre eigenen Interessen entwickelt. Sie vermißten Ma nicht übermäßig. Ganz im Gegensatz zu Pa.

«Im Bett denkt sie nur noch ans Schlafen», beichtete Pa seinem Freund. «Und wenn es dann doch mal soweit kommt, habe ich den Eindruck, sie fühlt sich verpflichtet. Es ist manchmal verdammt frustierend mit ihr.»

Pas Frustration staute sich über die Monate an. Er wußte, daß jeder manchmal an ein kleines Abenteuer dachte. Die Frage war nur, ob man es im Herzen behielt oder seiner Lust freien Lauf ließ. Und Pa tendierte immer stärker zu letzterer Variante. Er fantasierte von Sex mit anderen Frauen, und Mas Lustlosigkeit tat ihr übriges. Dann fühlte er sich wieder schuldig, um am nächsten Tag eben darüber in Wut zu verfallen. Seine Frustration brodelte wie ein Vulkan kurz vor dem Ausbruch. Schließlich begann er, an einschlägigen Orten Mädchen mitzunehmen, die ihre Dienste für ein paar Scheine anboten. Das half zwar, seine aufgestaute Lust abzubauen, aber das, wonach er wirklich suchte – Nähe und Zärtlichkeit – fand er dort nicht.

Eines Tages sprach Ma ihn offen darauf an, daß er merkwürdige Marotten entwickelte. «Wir sind doch seit einer halben Ewigkeit verheiratet. Und immer hast du erst zu Abend gegessen, bevor du unter die Dusche gegangen bist. Warum rennst du jetzt vorher ins Badezimmer und verbarrikadierst dich da stundenlang, ohne einen Bissen gegessen zu haben?»

Damit hatte sie Pa auf dem falschen Fuß erwischt. Er hätte nie geglaubt, daß Ma ihn so genau beobachtete – und noch weniger hatte er geglaubt, daß sie ihn auf so eine Nichtigkeit ansprechen würde. Aber wie einer seiner Freunde einmal gesagt hatte: «Frauen sind merkwürdig. Dinge, von denen du genau zu wissen glaubst, daß sie sie aufregen, lassen sie kalt. Und wegen völlig banaler Sachen gehen sie an die Decke!»

Mas auffordernder Blick machte ihm klar, daß er ihr eine Erklärung liefern mußte, und sei sie noch so fadenscheinig. «Ich weiß auch nicht. Manchmal muß ich mich eben erst waschen, bevor ich mich an den Tisch setze.»

Ma bohrte nicht weiter, obwohl Pa bewußt war, daß seine Antwort sie nicht überzeugt hatte. Wie auch? Die Wahrheit war, daß er sich widerlich und schmutzig fühlte, wenn er wieder mal eine dieser jungen Frauen in sein Auto geholt hatte. Pa war sich sicher, daß Ma sein Treiben pervers und unwürdig gefunden und ihm als Heilmittel Gebete empfohlen hätte, wäre sie jemals dahintergekommen. Wie hätte er ihr begreiflich machen können, daß Männer nun mal so funktionierten? Daß sie sich ihre Zärtlichkeit anderweitig holen mußten, wenn zu Hause nichts für sie abfiel?

Er wußte, über manche seiner Wünsche wäre Ma furchtbar schockiert gewesen. Ganz anders seine kleinen Mitfahrerinnen. Sie konnte nichts schocken, im Gegenteil, manchmal schockten sie sogar ihn mit ihren kleinen Tricks. Aber es blieb dabei, irgend etwas fehlte ihm. Vielleicht lag es daran, daß es nie die gleichen Frauen waren, die in seinen Wagen stiegen. Außerdem saß ihm die Angst vor einer Polizeirazzia im Nacken. Er konnte die Schlagzeile geradezu vor sich sehen: Leitender Angestellter der Firma X festgenommen! Sein Job wäre weg gewesen, seine Familie hätte sich von ihm abgewandt. Es mußte doch eine bessere Alternative geben ...

Pa begann, sich mit der Idee anzufreunden, sich eine Konkubine anzuschaffen. Jung und attraktiv sollte sie sein und vor seinen sexuellen Phantasien nicht zurückschrecken. Und wenn er noch eine emotionale Bindung zu ihr aufbauen konnte, umso besser. So konnte er geradezu zwei Fliegen mit einer Klappe schlagen. Natürlich war er auch bereit, seine Konkubine großzügig zu unterstützen, schließlich sollten ja beide Seiten etwas von der Beziehung haben. Pa war überzeugt, daß er die ideale Lösung für sein Problem gefunden hatte – jetzt mußte nur noch die passende Frau her. Als er wohlgefällig das junge Mädchen beobachtete, das Schutz vor dem plötzlichen Regenschauer suchte, ahnte er noch nicht, daß er am Ziel seiner Träume angekommen war.

Nach ein paar Minuten entspannte sich das Mädchen neben ihm sichtlich und kuschelte sich wohlig in den Beifahrersitz, wobei ihr gelbes T-Shirt nach oben rutschte. Das schien sie nicht weiter zu stören, jedenfalls machte sie keine Anstalten, es wieder herunterzuziehen und ihren straffen, wohlgeformten Bauch zu bedecken. Pa war verwirrt. War er wieder an eines dieser Mädchen geraten? Aber arbeiteten die nicht nur in den einschlägig bekannten Straßen, nach Einbruch der Dunkelheit?

«Ich heiße Agnes», erklärte die junge Frau, als hätte sie seine Gedanken gelesen. «Meine Freunde nennen mich Aggie. Sie dürfen mich auch gern Aggie nennen, wenn Sie möchten.» Sie brach in ein ansteckendes Lachen aus.

Er betrachtete sie aus den Augenwinkeln ... Er mußte an ein Sonnenblumenfeld denken, an eine unendliche, gelb leuchtende Fläche. Ja, sie war strahlend wie eine Sonnenblume, und mehr als das, sie war schön. Schön wie eine gelbe Rose. Sie war so schön wie alle Blumen der Welt zusammen. Pa spürte, wie ein unsagbares Glücksgefühl in ihm aufstieg.

«Ich bin Studentin», fügte sie hinzu, und wieder fühlte sich Pa in seinen Gedanken ertappt. Schließlich hatte er gerade festgestellt, daß sie ganz anders war als die Frauen, die in den dunklen Ecken der Stadt ihre Dienste anboten. Sie war intelligent, sie war schön, und sie saß in seinem Auto. Besser hätten die Dinge gar nicht laufen können.

Und ohne daß Pa dagegen ankonnte, schossen ihm Bilder durch den Kopf. Ziemlich deutliche Bilder. Und ziemlich deutlich war auch seine körperliche Reaktion, wenn er ihren langen Blick auf seinen Schoß und ihr anzügliches Lachen richtig verstand. Er brachte nicht mehr als ein dümmliches Lächeln zustande. Ein Blick auf ihr T-Shirt, das immer weiter verrutschte, raubte ihm endgültig den Verstand. Wie hätte er seine Begierde verbergen sollen?

Aggie schwieg für den Rest der Fahrt, abgesehen von den knappen Anweisungen, mit denen sie ihn zum Friseursalon lotste.

Bevor sie ausstieg, zog sie doch noch ihr T-Shirt zurecht. Pa bemühte sich, nicht zu ihr herüberzusehen.

«Darf ich Sie nach Ihrem Termin vielleicht nach Hause fahren?» brachte er mühsam hervor.

Zu Pas Bestürzung machte eine Handbewegung, die wohl «nein, danke» besagen sollte.

«Aber Sie können mir Ihre Telefonnummer geben», sagte sie, als sie sah, wie Pa buchstäblich in sich zusammensank. «Im Büro, meine ich.»

In Rekordgeschwindigkeit schrieb er die Nummer auf, und sie versprach, sich am nächsten Tag zu melden. Bevor sie ging, zog Pa ein paar Scheine aus seiner Brieftasche. «Für das Taxi zum Campus und für die Fahrt morgen zu meinem Büro», erklärte er.

Aggie konnte ihre Freude nur mit Mühe verbergen. Ein großzügiger Mann! Diesmal hatte sie den Jackpot geknackt. Sie bedankte sich höflich und winkte Pa noch einmal zu, bevor sie ihn zurückließ.

«Aggie!» rief er ihr nach. «Warten Sie!»

Sie drehte sich um und sah ihn voller Bestürzung an. «Wollen Sie mir sagen, daß ich morgen doch nicht kommen soll?»

«Natürlich sollen Sie kommen. Alles andere wäre furchtbar für mich. Aber ich muß Sie um etwas bitten.»

«Um was denn?»

«Ihre Freunde nennen Sie Aggie. Aber ich möchte mehr sein als nur ein Freund. Ich möchte Ihr ganz besonderer Freund sein, und deshalb möchte ich Sie bei einem ganz besonderen Namen nennen.»

«Und woran denken Sie?»

Pa schloß für einen Moment die Augen und sah wieder das Sonnenblumenfeld vor sich, die gelben Rosen ... Selig lächelte er sie an und flüsterte: «Ich möchte dich Blume nennen. Das ist mein Name für dich. Blume.»

Als Aggie vom Friseur zurückkehrte, erkannte sie auf den ersten Blick, daß ihre Zimmergenossin Minny ziemlich aufgelöst war.

«Er ist dreimal dagewesen!» rief Minny ihr entgegen.

«Idan?»

«Wer denn sonst?» jaulte Minny. «Ich glaube, langsam ahnt er, daß ich dich decke. Und das gefällt mir ganz und gar nicht.»

«Ach, wirklich?» erwiderte Aggie belustigt. «Minny, es gibt Neuigkeiten. Ich habe wieder einen am Haken.»

Jetzt mußte Minny doch lachen. «Wie hast du denn das geschafft?»

Aggie gab ihr eine schnelle Zusammenfassung der Ereignisse. «Ich weiß auch schon genau, was ich mit ihm vorhabe», erklärte sie schließlich. «Er wird meinen Flug nach London finanzieren, und die Shoppingtour natürlich auch. Was dann kommt, wird man sehen.»

«Dann hast du jetzt drei Typen, Aggie.»

«Ich weiß. So langsam reicht es wirklich.»

Die beiden Freundinnen brachen in schrilles Gelächter aus.

«Und wie schätzt du ihn ein?» fragte Minny, nachdem sie sich die Lachtränen aus den Augen gewischt hatte.

«Auf den ersten Blick wirkt er wahnsinnig seriös. Aber wenn du genau hinschaust, erkennst du, daß seine Alte ihn schon eine ganze Weile nicht mehr rangelassen hat. Dem Typen ist buchstäblich der Sabber aus dem Mund gelaufen.»

«Vielleicht ist seine Alte ja so eine Prüde, die währenddessen Bibelverse aufsagt und Gott um Vergebung bittet.»

Die Vorstellung amüsierte Aggie. «Schon möglich. Die treiben ihre Männer in unsere Arme, und wenn es auffliegt, ist die Überraschung groß. Ich frage mich wirklich, ob seine Frau jemals ...» Aggie lutschte so gespielt obszön an ihrem Zeigefinger, daß Minnys Lachanfall nicht lange auf sich warten ließ.

«Ich sehe schon, du wirst ihm so einiges beibringen», prustete sie.

«Darauf kannst du Gift nehmen. Ich werde es ihm so gut besorgen, daß er nach ein paar Wochen nicht mehr ohne mich leben kann.»

Mit einem Mal war Minnys fröhlicher Gesichtsausdruck wie weggewischt. «Aggie, sag so etwas nicht. Wenn er von dir abhängig wird, kann das böse enden. Du weißt doch, wie schnell die Männer Sex und Liebe verwechseln.»

«Ach komm, jetzt ist es aber gut», meinte Aggie kopfschüttelnd.

«Und was ist mit Idan?» bohrte Minny weiter.

«Das weißt du doch. Idan ist die Liebe meines Lebens. Deshalb wäre ich dir auch sehr dankbar, wenn du dir beim nächsten Mal eine glaubhaftere Ausrede einfallen lassen könntest, um mich zu decken. Ich muß mich um drei Männer kümmern, das ist kein Kinderspiel.»

«Du tust, als hätte ich sonst nichts zu tun.»

«Minny, bitte», seufzte Aggie. «Du mußt dich doch nur um einen kümmern. Du hast so ein Glück gehabt, daß dein erster gleich die große Geldquelle war. Und dein Liebster wohnt so weit weg, daß er dir nicht in die Quere kommen kann. Du bist frei, Minny. Verdammt, warum mußte ich mich unbedingt in jemanden verlieben, der auf dem Campus wohnt?»

«Schicksal», meinte Minny. «Glaubst du denn, daß Idan wirklich etwas ahnt?»

«Keine Ahnung. Jedenfalls hat er mich noch nicht darauf angesprochen.»

«Und die ganzen Geschenke, die du ihm machst? Fragt er sich überhaupt nicht, woher das Geld dafür kommt? Oder denkt er ernsthaft, deine Eltern meinen es so gut mit dir?»

Aggie grinste. Die Kakaofarmen, die der Familie ihres Vaters gehörten, brachten nicht besonders viel ein, und vom «tea bread», das ihre Mutter verkaufte, konnte man auch nicht reich werden.

«Lustigerweise denken meine Eltern, daß meine ganzen schönen Sachen Geschenke von Idan sind.»

«Vielleicht möchte Idan gar nicht wissen, woher das Geld kommt», sagte Minny nachdenklich. «Ich bin sicher, er ahnt etwas. Aber warum sollte er auf die Geschenke, die du ihm machst, verzichten?»

Auf diese Idee war Aggie noch nie gekommen, aber sie vermutete, daß Minny den Nagel auf den Kopf getroffen hatte. Bevor ihre Freundin das Thema vertiefen konnte, beschloß Aggie, das Gespräch in eine andere Richtung zu lenken. Sie wollte nicht über Idan nachdenken. Nicht an diesem Tag, der so überaus erfolgreich verlaufen war ...

KAPITEL 24

Es ist nicht verwunderlich, daß Ma nach mehr als zwanzig Jahren Ehe einen sechsten Sinn dafür entwickelt hatte, wie es in ihrem Mann aussah. Deshalb blieben ihr die Veränderungen in Pas Verhalten, sein Desinteresse, das fast schon an Ablehnung grenzte, nicht verborgen. Und die Erkenntnis, daß sie ihn wahrscheinlich verloren hatte, schmerzte wie tausend Peitschenhiebe.

Selbst wenn Pa anders gewollt hätte – er konnte nur an seine Blume denken, seine Blume mit den vollen, sinnlichen Lippen, die Dinge mit seinem Körper anstellte, von denen er nicht einmal zu träumen gewagt hatte. Seine geheimnisvolle Blume, die verrucht und unschuldig zugleich sein konnte. Er begehrte sie mit einer Heftigkeit, die ihm geradezu sündhaft vorkam. Sie weckte längst vergessene Gefühle in ihm, sie brachte die Leidenschaft in sein Leben zurück, das vorher nichts als Routine gewesen war. Bevor sie kam, war alles eintönig gewesen, selbst der Sex – gleiche Zeit, gleiche Stellung, gleiche Berührungen. Diese Eintönigkeit erschien ihm in nachhinein wie ein Tod, ein schleichender Tod, der am Tag seiner Hochzeit begonnen hatte.

Wenn er sie abholte, wartete sie immer schon mit einem strahlenden Lächeln auf ihn. Mit der Zeit hatten sie eine Art Ritual entwickelt: Er öffnete die Beifahrertür, ließ sie einsteigen, und seine Blume setzte sich neben ihn, wobei ihr knappes T-Shirt immer ein wenig verrutschte und viel Haut sehen ließ. Dann lächelte sie ihn an, und dieses Lächeln war so verheißungsvoll, daß Pa fast verrückt vor Lust wurde. Jetzt konnte das Ritual beginnen.

«Blume», sagte er atemlos.

Seine Blume setzte dann eine ängstliche Miene auf und flüsterte gespielt erschrocken: «Was ist?»

Für ein paar kostbare Momente hielt Pa die Spannung. Dann zog er sie an sich und murmelte, daß alles in Ordnung sei, daß er sich nach ihr gesehnt habe, und nur nach ihr.

Er hätte sich so sehr gewünscht, daß sie auch einen besonderen Namen für ihn hatte. Aber als er ihr seinen Wunsch beichtete, lachte sie nur, und das machte ihn nachdenklicher, als sie ahnte. Konnte das etwa bedeuten, daß er für sie nichts Besonderes war? Was bedeutete er ihr überhaupt?

Anfangs betete Ma nur im Stillen. Wenn Pa nicht da war, kniete sie sich vor dem Ehebett hin und bat Gott, ihren Schmerz erträglicher zu machen. In diesem Ehebett waren drei Kinder gezeugt worden, es war ein heiliger Ort für Ma. Kein Ort für verbotene Spielchen und schmutzige Phantasien.

Pa fiel es zunehmend schwerer, aus den Höhen der Lust, die er mit seiner Blume erreichte, in dieses nicht besonders aufregende Ehebett zurückzukehren. Zunächst war es ihm noch gelungen, weiterhin mit Ma zu schlafen und die Abstände dazwischen nicht allzulang werden zu lassen. Aber je mehr seine Blume ihn zum Sklaven machte, desto schwächer wurde sein Pflichtgefühl.

Ma entging der stille Kampf ihres Mannes natürlich nicht. Sie spürte, wie er sich bemühen mußte, um ihr Leidenschaft vorzuspielen, wo nur noch Gleichgültigkeit war. Es schien ihr, als ob ein Vulkan in ihrem Kopf kurz vor dem Ausbruch stand. Pas peinlich übertriebene Hingabe beschämte sie. Sie schämte sich für ihn und auch für sich selbst. Nach und nach verlor Ma ihre Selbstachtung und beschloß, daß es so nicht weitergehen konnte. Als sich Pa wieder einmal pflichtbewußt zu ihr herüberrollte, drückte sie seine Hand entschlossen weg. «Nein. Ich will das nicht.»

Pa war weniger schockiert als erleichtert. Nun mußte er ihr endlich nichts mehr vorspielen. Gott sei Dank hatte sie es begriffen. Jetzt konnte er sich seiner Blume völlig hingeben und nur noch für sie dasein.

Blume wußte, daß sie Pa tanzen lassen konnte wie eine Marionette. Die Trennung zwischen Traum und Realität, die Pa immer so schmerzlich empfunden hatte, war aufgehoben. Seine Blume hatte sie aufgehoben.

Seine Blume, die nur ein Jahr älter als Kweku war. Als er einunddreißig gewesen war, ein erwachsener Mann, war seine Blume erst so alt gewesen wie die kleine Randa. Sobald er daran dachte, kam er sich beinahe wie ein Kinderschänder vor. Oft wurden die Gedanken so unerträglich, daß Pa von Weinkrämpfen geschüttelt wurde. Er hatte eine Grenze überschritten, das wußte er. Aber er konnte nicht mehr zurück. Ein Leben ohne seine Blume war unvorstellbar, so unvorstellbar, daß er im Fall der Fälle lieber den Tod gewählt hätte.

Irgendwann wurden Mas anfangs stumme Gebete laut und schrill, als habe sie sich zum Ziel gesetzt, daß Gott im Himmel sie auch tatsächlich hörte. Mit unerträglich kreischender Stimme schrie sie ihre Verzweiflung heraus, weil ihr Mann sich von ihr abgewandt hatte.

Die kleine Randa verfolgte die Verwandlung ihrer Mutter mit Angst und Entsetzen. Cora tröstete sie, so gut sie konnte, aber sie und Kweku wußten sehr wohl, daß etwas mit Ma nicht stimmte. Auch Pa konnte diese Entwicklung unmöglich entgangen sein, aber er hatte andere Sorgen. Seine Blume hatte die Abstände zwischen ihren Treffen peu à peu verlängert, und Pa fühlte sich wie ein Drogenabhängiger auf Entzug. Das Warten brachte ihn fast um. Blume hatte die Kontrolle über ihre Beziehung vollständig an sich gerissen, sie bestimmte, wann, wo und wie oft sie sich trafen, wie lange sie miteinander schliefen – und ob überhaupt. Denn wenn seine Blume keine Lust auf ihn hatte, half kein Betteln.

Pa war sich darüber im klaren, daß er für einen folgenschweren Fehler sühnen mußte: Eines Tages hatte er sich bei Blume über ihre überzogenen Wünsche beklagt. Danach machte sich Blume längere Zeit rar und gestattete ihm lediglich Telefonsex – wie so vieles war auch das eine gänzlich neue Erfahrung für Pa, und er genoß sie über alle Maßen. Sobald Blume das begriff, machte sie ihm unmißverständlich klar, daß es auch Telefonsex nicht gratis gab. Schließlich ging die Zeit, die sie ihm zu Diensten stand, ja von ihrer Zeit zum Studieren ab.

Irgendwann stellte Pa fest, daß der Alkohol ihm half, die Wartezeit bis zum nächsten Treffen zu überbrücken. Ma war viel zu beschäftigt, um zu registrieren, daß ihr Mann zum Trinker wurde. Sie betete mittlerweile den ganzen Tag lang, und nachts weinte sie um ihren Ehemann, der nicht mehr als eine Marionette in der Hand einer fremden Frau war. Seltsamerweise empfand sie keine Wut, sie empfand nur Mitleid. Und Schuldgefühle. Sie war schuld daran, daß Pa so geworden war. Sie mußte für ihn beten. Manchmal war sie so übermüdet und verwirrt, daß sie gar nicht wußte, worum sie Gott eigentlich bat. Von Tag zu Tag schwanden ihre Gewißheiten.

Kweku und Cora blieb nicht verborgen, daß ihre Mutter zunehmend orientierungslos wirkte. «Wir müssen etwas tun», sagte Cora schließlich zu ihrem Bruder. Kweku seufzte. «Ich habe versucht, mit Pa zu reden. Sozusagen von Mann zu Mann. Aber er hat mir gar nicht richtig zugehört. Als ich fertig war, hat er mich nur angelächelt und ist davongegangen, als hätte ich kein Wort gesagt.»

«Wann war das?»

«Gestern. Du warst gerade mit Ma im Laden. Elsie denkt jedenfalls ...»

«Elsie?» schrie Cora. «Wie kommst du dazu, unsere Familienangelegenheiten mit einer Frau zu besprechen, die du erst seit ein paar Monaten triffst?»

«Jedenfalls kennt sich Elsie mit psychischen Problemen ziemlich gut aus.»

Wie Kweku es befürchtet hatte, wurde Coras Stimme noch eine Spur schriller. «Unsere Mutter hat kein psychisches Problem! Ist dir eigentlich klar, was passiert, wenn deine Elsie, die sich ja so wunderbar auskennt, mal in Tratschstimmung gerät? Kannst du dir vorstellen, was die Leute dann von uns denken werden? Ich sage es dir, Kweku. Sie werden denken, daß Ma verrückt wird.»

Kweku stiegen Tränen in die Augen. Wortlos umarmte er seine Schwester. Dann sagte er leise: «Die Schwägerin von Elsies Schwester hatte vor kurzer Zeit einen Nervenzusammenbruch. Sie haben es mit allem versucht, mit Kräuterheilern, sogar mit einem Gebetscamp. Aber der Prophet im Gebetscamp meinte, sie sei unheilbar. Danach kam sie in die psychiatrische Klinik hier in Accra.»

Cora seufzte. «Kannst du dir Ma in so einer Anstalt vorstellen?»

Kweku zog seine Schwester noch enger an sich. «Es ist eine sehr angesehene Klinik. Die Zeit der Anstalten, wie du sie dir vorstellst, ist längst vorbei. Es hat sich viel getan. Wußtest du, daß geistig verwirrte Menschen zu Kolonialzeiten genau wie Verbrecher behandelt wurden? Man hat sie einfach ins Gefängnis gesperrt.»

Cora schüttelte fassungslos den Kopf.

«Siehst du», fuhr Kweku fort, «nicht die Einrichtungen sind rückständig, sondern unsere Haltung gegenüber diesen Einrichtungen. Wir sind eben ein abergläubisches Volk. Kannst du dir vorstellen, daß es in den fünfziger Jahren in Westafrika nur eine einzige psychiatrische Klinik gab, nämlich unsere hier in Accra?»

Jetzt mußte Cora doch lächeln. «Du legst dich ja mächtig ins Zeug, um mich rumzukriegen.»

«Ganz ohne Hintergedanken erzähle ich das nicht», gestand Kweku. «Wobei es schon Spaß macht, endlich mal als der schlaue große Bruder dazustehen.» Er versetzte Cora einen brüderlichen

Knuff und wurde gleich wieder ernst. «Die Schwägerin von Elsies Schwester ist jedenfalls wieder gesund. Die Therapie und die Medikamente, die sie nehmen mußte, haben sehr schnell angeschlagen.»

«Hatte ihre Familie gar kein schlechtes Gewissen, sie in so eine Klinik abzuschieben?» Cora war immer noch nicht überzeugt, aber das überraschte Kweku kaum.

«Sie haben genau das Richtige getan», erklärte er geduldig. «Es gibt Länder, in denen ist es genauso normal, einen Psychiater zu haben, wie zum Zahnarzt zu gehen. Der eine kümmert sich um deine Zähne, der andere kümmert sich um deinen Verstand. Und wenn du Zahnschmerzen hast, dann gehst du doch auch zu jemandem, der etwas von Zähnen versteht. Oder würdest du deinen Augenarzt bitten, dir einen Zahn zu ziehen?»

Cora lachte. «Wohl kaum.»

«Eben. Zum Augenarzt gehst du, wenn du ein Problem mit den Augen hast, zum Zahnarzt gehst du, wenn du Zahnschmerzen hast, und in ein psychiatrisches Krankenhaus gehst du, wenn du schwere psychische Probleme hast. Dort kennt man sich aus, Cora. Dort kann man Ma helfen.»

«Ich verstehe, was du meinst», antwortete Cora widerstrebend. «Aber wenn bekannt wird, daß unsere Ma in einer Klinik ist, wäre sie sofort abgestempelt. Wir alle wären abgestempelt. Du weißt doch, daß die meisten Leute denken, Geisteskrankheiten hätten übernatürliche Ursachen und wären deshalb erblich. Für dich wäre es nicht so schlimm, wie die Leute dich anschauen, du hast ja Elsie. Aber was ist mit Randa und mir?»

«Mach dir keine Sorgen», sagte Kweku sanft. «Wenn du dich in einen Mann verliebst, wird er so wunderbar sein, daß ihm die ganze Sache überhaupt nichts ausmacht. Er wird dich nie verlassen, weil er Angst hat, daß du seinen Kindern eine Geisteskrankheit vererbst. Im Gegenteil. Er wird dich heiraten, und dann werdet ihr ein paar Kinder bekommen, wie die Welt sie noch nicht gesehen hat. Warte nur ab!»

Zum ersten Mal an diesem Tag lachte Cora von ganzem Herzen.

In den folgenden Wochen tat Kweku alles, um Ma, Cora und Randa zur Seite zu stehen. Er war es auch, der veranlaßte, daß Ma in der psychiatrischen Klinik untersucht und behandelt wurde. Pa hatte er längst abgeschrieben.

Tatsächlich war Pa nur noch eine Hülle, deren Bewegungen seine geliebte Blume steuerte. Es war ein Segen für Ma, daß die Medikamente ihr eine kleine Auszeit verschafften und sie den Verfall ihres Mannes nur noch undeutlich mitbekam.

Kapitel 23

«Geld!» schrie Blume in den Hörer. «Darum geht es mir, Alterchen! Nicht um Sex und auch nicht um unser nächstes Date. Nur um Geld!»

Pas Hand, die um den Hörer geklammert war, zitterte. Alterchen? Warum nannte Blume ihn auf einmal so? Warum war sie auf einmal so gemein? Er hatte ihr doch gerade die goldene Armbanduhr gekauft, die sie sich gewünscht hatte ...

«Blume», brachte er mühsam hervor. «Du hast doch gerade so viel von mir bekommen.»

«Na und? Ich brauche mehr.»

«Aber wofür denn?» jammerte Pa.

Blume platzte endgültig der Kragen. «Du willst wissen, wofür ich Geld brauche? Was ist denn das für eine Frage, Alterchen? Wofür brauchst du denn dein Geld?»

Der Schmerz betäubte Pa fast. Sie hatte ihn noch einmal Alterchen genannt. Also hatte er sich vorher nicht verhört.

Sein zutiefst verletztes Schweigen hatte auf Blume den gleichen Effekt wie ein rotes Tuch auf einen Stier. «Also gut», sagte sie schließlich. «Ich brauche es für meine Reise.»

«Deine Reise? Was für eine Reise denn?»

«Nach London. Jedes Jahr in den Semesterferien findet in London diese Studentenparty statt. Alle fliegen da hin, Süßer. Alle. Wenn ich nicht mitkann, bin ich die Außenseiterin, und alle Freundinnen werden sich über mich totlachen!»

Mühsam löste Pa seine Zunge vom Gaumen, bevor er seine Frage stellte. «Wieviel?»

Blume säuselte ihm eine Zahl ins Ohr, die ihm buchstäblich den Atem raubte.

«Süßer, du bezahlst die Reise nicht mal allein. Es wäre nur ein kleiner Zuschuß, Süßer, okay? Das kriegst du doch hin. Für deine Blume. Komm schon.»

Schon lange hatte sie ihre Stimme nicht mehr so verführerisch klingen lassen – zumindest nicht für ihn. «Bist du noch dran?» fragte sie irritiert, als er nicht antwortete. «Halt das Geld einfach bereit. Ich melde mich noch mal. Ach ja, und Süßer ... ich werde mich auch erkenntlich zeigen.» Mit diesen Worten legte sie auf.

Blume hatte ihr Geld eingefordert, genau wie auch sein Kundenbetreuer bei der Bank Geld einforderte. Inzwischen behielt die Firma so viel von seinem Monatsgehalt ein, daß er den Bankkredit einfach nicht zurückzahlen konnte. Zu Hause stapelten sich die unbezahlten Rechnungen. Es war einfach unmöglich, Blumes Wunsch zu erfüllen. Zum ersten Mal war es schlicht unmöglich.

Panik ergriff ihn. Blume würde ihn verlassen, das wußte er, und seine Kreditgeber waren sowieso schon lange mit ihrer Geduld am Ende. Und Ma ... Ma hatte Blume nie getroffen, aber sie wußte instinktiv von ihr. Sobald Ma aus ihrer Vernebelung auftauchte, würden ihr einige Dinge auffallen, zum Beispiel, daß die edlen Kente-Anzüge aus dem Schrank verschwunden waren und die Manschettenknöpfe fehlten. Er schluckte. Die Medikamente beruhigten Ma. Es ging ihr so gut wie schon lange nicht mehr. Aber wenn sie herausfinden würde, was er getan hatte, konnte kein Medikament der Welt ihr noch helfen.

Er griff in seine Aktentasche und zog ein Buch heraus. Lesen war das einzige, das ihn noch entspannte. Lesen war wie ein kleiner Sieg über Blume, es war etwas, das er allein tun konnte. Er bestimmte, wann er das Buch aufklappte und wann er es beiseitelegte. Die Erkenntnis machte ihn beinahe euphorisch.

Stunden später klingelte das Telefon und riß Pa aus seiner Lektüre. Es war Blume. «Kann ich das Geld jetzt abholen?»

Pa antwortete nicht.

«Süßer, bist du noch dran?»

Pa wollte antworten, aber die Stimme versagte ihm.

Blume brach in Tränen aus. «Du hast es nicht geschafft, oder? Wie kannst du mir das antun? Sagst du nicht immer, daß ich dich zum glücklichsten Mann auf Erden mache? Daß dein Leben erst durch mich lebenswert wird? Daß du süchtig nach mir bist?»

Pa weinte lautlos. Sie hatte ja recht. Sie hatte tausendmal recht. Aber er konnte ihr einfach kein Geld mehr geben.

Als Blume wieder sprach, klang ihre Stimme verändert, feindselig und böse. «Du besorgst mir das Geld, Alterchen. Glaubst du, mir hat es Spaß gemacht, deinen alten Körper zu befummeln? Hast du wirklich gedacht, mir gefällt es, wenn du mit deinen faltigen Händen überall an mir rummachst? Ich bin so alt wie dein Sohn! Würdest du wollen, daß deine Töchter das durchmachen müssen, was ich mit dir durchgemacht habe? Also besorg mir gefälligst das Geld!»

Ein erschreckendes Gefühl der Leere breitete sich in Pa aus.

«Nimm doch einen Kredit auf.» Er hörte Blumes unruhigen, hastigen Atem und mußte plötzlich lächeln. Auf einmal war alles ganz klar, ganz einfach.

«Ein Kredit», sagte er sanft.

«Genau. Jetzt komm schon in die Gänge!»

«Ich brauche eine Sicherheit», erwiderte Pa.

«Na und? Hast du doch wohl, oder?»

Pa genoß ihre Angst aus vollen Zügen. «Nein.»

Blume war mit ihrer Weisheit am Ende. Was war bloß in das Alterchen gefahren? «Das Haus, in dem du wohnst, gehört doch dir, oder?»

Wortlos legte Pa auf. Seine plötzliche Euphorie war dahin. Er hatte Blume erzählt, daß sie ein Haus hatten, aber das war nur die halbe Wahrheit. Ma hatte es von ihrem Vater geerbt. Und selbst wenn es seines gewesen wäre, dachte Pa, wie konnte Blume ernsthaft glauben, daß er es für ihren Sommerurlaub in London verpfändete? Er hatte Geschichten über Männer gehört, die sogar ihren Fernseher zur Geliebten schafften, wenn die es verlangte. Und Frau und Kinder mußten dann auf ihre Lieblingssendungen verzichten. Ein Glück, daß es mit ihm noch nicht so weit gekommen war.

Ma bemerkte, wie Pa verzweifelt um sein Auto lief und anscheinend etwas suchte. Sie ging zu ihm hinaus und fragte, ob er etwas verloren habe.

«Meinen Autoschlüssel! Er ist weg!»

Stirnrunzelnd starrte Ma ihn an. «Und was hältst du da in der Hand?»

In den letzten Tagen war es einige Male passiert, daß Pa Dinge suchte, die sich direkt vor seiner Nase befanden. Und nicht nur das bereitete Ma Kopfzerbrechen. Pa hatte auch eine merkwürdige Faszination für den großen Mangobaum im Garten entwickelt. Ma hatte ihn öfter dabei beobachtet, wie er unter dem Baum stand und hinaufstarrte, als wolle er Gottes Antlitz in den dicken Zweigen und den dunkelgrünen Blättern erkennen.

Außerdem hatte Pa in den letzten Nächten im Schlaf nach Blume gerufen. Beim ersten Mal hatte Ma ihn vor Wut schlagen wollen, doch dann bemerkte sie, daß er weinte. Er weinte im Schlaf, genau wie sie selbst wegen ihm unzählige Male im Schlaf geweint hatte. Aber was bedrückte ihn? Sie mußte sich eingestehen, daß ihr Mann ihr entglitten war. Nach zwanzig Jahren Ehe, nachdem sie gemeinsam drei Kinder großgezogen hatte, war ihr Mann ihr entglitten. War sie zu sorglos gewesen? War ihr ihre Ehe zu selbstverständlich geworden? Hatte sie die Warnsignale zu spät wahrgenommen?

Die Älteren sagen oft, daß Ehen im Himmel geschlossen werden, daß ein Mann und eine Frau von vornherein füreinander bestimmt sind. Sie sagen, daß die Geister der Männer und der Frauen, die füreinander bestimmt sind, den Weg vom Himmel zur Erde getrennt voneinander machen müssen. Und dieser Weg ist oftmals steinig.

Meist kommen die Geister der Männer vor jenen der Frauen an, aber manchmal ist es auch umgekehrt. Den Liebesgöttern kommt seit Menschengedenken die schwierige Aufgabe zu, die auseinandergerissenen Paare wieder in der Ehe zusammenzuführen, und wenn dies gelingt, so werden zwei Menschen eins. Wenn die Liebesgötter aber versagen, dann bleibt die Bindung zwischen den Menschen, die sie zusammengeführt haben, schwach. Ein Windhauch kann sie auseinanderbringen, und schon eine gelegentliche Müdigkeit der Frau bietet dem Mann einen willkommenen Anlaß, sich anderweitig umzuschauen. In Ehen, die schon im Himmel geschlossen wurden, hören die zärtlichen Berührungen nie auf. Die Leidenschaft erlischt nie vollständig. Und die kleinen Freuden des Alltags werden nie langweilig.

Nach zwei Jahrzehnten Ehe saß Ma auf ihrem Bett und dachte nach. Wie hatte es geschehen können, daß ihr Mann einer anderen Frau derart verfiel? Und tief in ihrem Herzen nährte Ma eine Hoffnung, die gegen die kalten Fakten resistent war. Irgend etwas würde geschehen, daß diesem Zustand ein Ende machte. Und es würde bald geschehen. Sie nährte diese Hoffnung, wie eine unfruchtbare Frau ein Akuaba-Püppchen hegt, um die Ahnen für sich einzunehmen.

Und tatsächlich griffen Mas Ahnen schon zwei Tage später ein. Als Pa an diesem Morgen aufwachte, fühlte er sich so blendend wie schon lange nicht mehr.

«Heute bitte zwei Spiegeleier für mich!» rief er Ma fröhlich entgegen, als er in die Küche kam, und berührte sie liebevoll an der Schulter.

Ma war hingerissen. Schon seit Ewigkeiten hatte Pa kein Frühstück mehr gewollt. Wenn das kein Zeichen war?

Ein paar Minuten später servierte sie ihm drei Eier, die er mit sichtlichem Genuß aß. «Das sind verdammt noch mal die besten Spiegeleier, die ich je gegessen habe!» lobte er Ma, nachdem er den letzten Bissen heruntergeschluckt hatte.

Ma wollte ihren Ohren kaum trauen.

Eine Stunde später fiel seine Sekretärin fast vom Stuhl, als ihr Chef voller Elan die Tür aufriß und mit einem schwungvollen «Guten Morgen» an ihr vorbeieilte. Verdutzt starrte sie hinterher und wartete ein paar Minuten, bis sie dezent bei ihm anklopfte. «Sir, ich wollte Sie nur an die Briefe erinnern, die noch auf Ihrem Schreibtisch liegen. Vielleicht finden Sie heute die Zeit, sie zu unterzeichnen?»

Lächelnd schloß sie die Tür hinter sich. In letzter Zeit war ihr Chef nicht ganz auf der Höhe gewesen, aber nun war er endlich wieder wie früher. Irgend etwas Positives mußte passiert sein, dachte sie. Es war in der Firma ein offenes Geheimnis, daß er in großen finanziellen Schwierigkeiten steckte. Sofort rief sie bei ihrer Freundin in der Buchhaltung an. «Hat mein Chef seine Schulden beglichen?» fragte sie. «Er ist zum ersten Mal seit Wochen wieder gut gelaunt.»

«Also, bisher hat er nichts beglichen. Aber vielleicht hat er ja diesmal einen Scheck in der Tasche, der nicht platzt.»

«Oje ... na ja, ich muß wieder an die Arbeit. Halt mich auf dem laufenden.»

Nachdem sie eine Stunde nichts von ihrem Chef gehört hatte, wurde die Sekretärin langsam unruhig. Er mußte die Briefe doch längst unterschrieben haben. Warum meldete er sich dann nicht? Oder hatte er es doch vergessen? Sie beschloß, daß sie es angesichts seiner guten Laune riskieren konnte, ihn noch einmal an die Briefe zu erinnern. Als sie nach seinem «Herein» das Büro betrat, fiel ihr Blick sofort auf die Briefe, die nach wie vor unberührt auf einem Stapel lagen. Erst dann sah sie ihren Chef an und begriff sofort, daß er wieder in seine Depressionen verfallen war. Er starrte einen kleinen, magnetischen Würfel an, an dem unzählige Büroklammern festhingen. Wortlos schloß sie die Tür hinter sich und setzte sich wieder hinter ihren Schreibtisch.

Das Geräusch der sich schließenden Tür riß Pa aus einer Lethargie. Er streckte die Hand aus und zupfte eine Büroklammer vom Würfel. Wie merkwürdig sie gebogen waren, dachte er. Vorsichtig zog er sie auseinander und prüfte mit der Spitze seines Daumens, wie spitz das Ende des Metallstücks war. Es war leichter als gedacht, die Spitze ins Fleisch zu bohren. Der Schmerz tat gut. Und dann begann er langsam, fast bedächtig, sich die Spitze unter den linken Daumennagel zu rammen.

Die Sekretärin telefonierte inzwischen wieder mit ihrer Freundin aus der Buchhaltung.

«Zwei Drittels eines Monatsgehalts werden abgezogen? Hast du nicht gesagt, die Bank zieht auch schon zwei Drittel seines Gehalts ab? Wie soll denn das gehen? Lieber Gott ... Also, wir hören voneinander!»

Sie hatte eine Entscheidung gefaßt. Wenn ihr Chef die Briefe nicht innerhalb der nächsten Stunde unterzeichnete, würde sie sich an seinen Vorgesetzten wenden.

Sie klopfte und trat ein, ohne seine Erlaubnis abzuwarten. «Sir!» sagte sie leise.

Er sah nicht einmal auf. Sein Blick haftete wie festgeklebt auf seinem linken Daumen. Er war totenbleich. Erschrocken machte die Sekretärin ein paar Schritte auf seinen Schreibtisch zu, und dann sah sie es. Die Briefe waren über und über mit Blut befleckt. Und im Daumen ihres Chefs, im Fleisch, unter dem Nagelbett, überall, steckten auseinandergebogene Büroklammern. Sie konnte nur noch schreien.

Ma war gerade im Laden und bediente eine Kundin, als sie Pas Auto kommen sah. Sie fertigte die Kundin etwas schneller ab, als sie es üblicherweise tat, und wartete voller Spannung. Sollte er sie etwa überraschen wollen? Hatte seine gute Laune vom Morgen angehalten? Doch als das Auto näher kam, erkannte sie, daß Pa nur auf dem Beifahrersitz saß. Schließlich hielt der Fahrer vor dem Haus und ließ Pa aussteigen. Ma konnte sehen, daß Pa einen Verband um den Daumen hatte. Sie ließ alles stehen und liegen und lief ihm so schnell entgegen, wie sie nur konnte.

«Nur ein kleiner Unfall. Einer unserer Fahrer mußte mich nach Hause bringen», murmelte Pa abwehrend.

Nachdem der Fahrer den Wagen geparkt und Ma den Schlüssel gegeben hatte, stürzte Pa ohne ein weiteres Wort ins Haus.

«Ich komme gleich», rief Ma ihm nach. «Ich schließe nur den Laden zu. Cora kann dann wieder aufmachen, sobald sie nach Hause kommt.»

Pa drehte sich abrupt um. «Du willst den Laden zumachen, nur weil ich eine kleine Verletzung am Daumen habe?» Er lächelte.

Entwaffnet hob Ma die Arme. «Also gut, wie du möchtest. Aber ruh dich aus. Ich komme in einer Stunde und sehe nach dir.»

«In einer Stunde? Da werde ich vermutlich gerade eingeschlafen sein», gab Pa, immer noch lächelnd, zu bedenken.

«Dann eben in zwei, wenn es dir lieber ist.»

«Sagen wir drei.»

Ma nickte, betrachtete ihn noch einmal zärtlich und lief dann in den Laden zurück.

Pa hegte nicht die geringste Absicht, sich hinzulegen. Er stellte seine Aktentasche im Wohnzimmer ab und lief durch die Küche, um durch die Hintertür in den Garten zu gelangen. Es war still, die Nachbarn arbeiteten, die Kinder waren in der Schule. Niemand würde ihn sehen. Der Mangobaum hatte schon geblüht und begann winzige grüne Früchte zu tragen. Pa faßte den Stamm an und streichelte sanft über die Rinde wie über den Rücken eines

Neugeborenen. Dann sah er zu dem Ast hoch, den er sich ausgesucht hatte. Er lächelte. Alles war bestens organisiert. Vorher gab es nur noch eine einzige Sache zu erledigen.

Er lief zurück ins Haus, griff nach dem Telefon und wählte ihre Nummer.

«Hallo», sagte er sanft.

Blume erkannte seine Stimme sofort. «Was ist los?» fauchte sie.

Pa zitterte unkontrolliert. «Habe ich dir von dem Spiel erzählt?»

«Was für ein Spiel?» Drehte das Alterchen jetzt komplett durch? Irgend etwas in seiner Stimme bereitete Blume Unbehagen.

«Ich spiele es. Jetzt gleich.»

«Alterchen, ruf hier nie wieder an, verstanden?» Angewidert knallte Blume den Hörer auf die Gabel.

Das Geräusch klang in Pas Ohren wie eine Explosion. Wie ein Startsignal. Armageddon! Immerhin konnte sie später nicht sagen, daß er sie nicht gewarnt hatte.

Er griff sich einen Küchenstuhl und lief zurück zum Mangobaum. Er wußte, wo der Stuhl stehen mußte; er hatte alles bestimmt schon hundertmal in Gedanken durchgespielt. Dann zog er sich bis auf die Unterwäsche aus. Jetzt konnte das Spiel richtig beginnen.

Pa kletterte auf den Stuhl und tastete nach dem Ende des Seils, das er schon vor einer ganzen Weile am Ast befestigt hatte. Selbst wenn jemand danach gesucht hätte, wäre es fast unmöglich gewesen, es in dem Gewirr der Blätter und Zweige zu erkennen. Mit entschlossenen Bewegungen wickelte Pa das Seil vom Ast ab und knüpfte eine Schlaufe. Langsam wurde das Spiel ernst. Alterchen? Oh nein. Das war grausam. Und falsch. Und sehr, sehr böse.

Das war sein letzter Gedanke, bevor er sich die Schlaufe um den Hals legte und den Stuhl umtrat.

«Jeeesuuuus!» Aus der Ferne hörte er Mas Stimme. Sie wollte ihn nicht spielen lassen. Sie rannte auf ihn zu und schrie und weinte. Aber dann raubte der Schmerz ihm die Sinne. Dieser Schmerz ... Er war nicht eingeplant gewesen ... Er überwältigte ihn ... Er war ... Auf einmal war der Schmerz verschwunden, und eine wunderbare Dunkelheit begann Pa einzuhüllen. Ein neues Spiel begann. Pa sah zwei Umrisse – das heißt, er ahnte sie mehr als er sie sah –, die gegeneinander kämpften. Wie seltsam, dachte Pa. Diese beiden Figuren, das war doch er. Wie konnte das sein? Für einen Moment lang starrte Pa die beiden Figuren noch an, bis sich seine Seele endgültig vom Körper löste.

Pa hatte ausgespielt.

EPILOG

«Heureka!» brüllte Sylv statt einer Begrüßung in den Hörer.

Muff zog eine Grimasse. «Wenn du mir nicht innerhalb der nächsten fünf Sekunden einen guten Grund lieferst, warum ich mir dein Geschrei anhören soll, schmeiße ich dich aus der Leitung ...»

«Meine Tante! Ich habe sie für immer zum Schweigen gebracht!»

«Beeindruckend», sagte Muff trocken. «Vom Radiomoderator zum Mörder.»

«Noch schlimmer», gluckste Sylv. «Vom Radiomoderator zum Erpresser. Die Gute wird so schnell keine Geschichten mehr verbreiten, in denen es um meinen Hund und Corned Beef geht.»

«Ist sie noch mal vorbeigekommen, um dich an dein Schweigegelübde zu erinnern?»

«Du hast es erraten. Dabei war ihr Besuch mehr als überflüssig. Jetzt, wo sowieso jeder weiß, daß die vier älteren Frauen von Pesewa HIV-positiv sind, würde doch kein vernünftiger Moderator darüber noch eine Show machen. Und irgendwann, als sie es sich mit einer Flasche Star beer auf meinem Sofa gemütlich gemacht hat, ist mir klar geworden, daß ihr Besuch überhaupt gar keine moralischen Gründe hatte. Ich habe einfach eins und eins zusammengezählt. Wenn sie kommt, erstatte ich ihr die Fahrtkosten und lege noch ein bißchen was drauf, und dafür darf sie meinen Kühlschrank bis aufs letzte Bier plündern. Und weißt du, was ich dann zu ihr gesagt habe?»

«Ich brenne vor Neugierde, Sylv.»

«Ich habe sie im allerunschuldigsten Ton gefragt, ob sie schon einmal darüber nachgedacht hat, wieviele Schulbücher man mit dem Geld kaufen könnte, daß sie bei mir vertrinkt.»

Sylv mußte derart über seine eigene Gerissenheit lachen, daß er Muff augenblicklich ansteckte. Nachdem er sich wieder etwas beruhigt hatte, brachte er das Gespräch auf Pesewa: «Schlimm, wie die vier älteren Frauen jetzt geschnitten werden. Und die fünfte Frau ist auf einmal der Liebling der Familie. Schon verrückt, oder?»

«Tja, Ironie des Schicksals ...», murmelte Muff.

Die Stimme der Frau zitterte vor Aufregung, als sie sich bei ihrem Bruder in Deutschland meldete. «Bruderherz», jubelte sie, «ich schwöre dir, dieser Prophet Abednego ist ein Genie. Diesmal klappt es mit dem Visum, das spüre ich. Zwei Wochen hat er für mich gefastet! Nicht einmal getrunken hat er. Jetzt ist er im Endstadium ...»

«Im Endstadium?» wiederholte ihr Bruder pikiert.

«Na ja, jetzt geht er zu den speziellen Gebeten über. Er hat viele spezielle Gebete, für Unfruchtbarkeit, für Reichtum und für Visa. Und in der Kategorie Visa hat er spezielle Gebete für Amerika, England und Deutschland.»

«Nicht sehr preisgünstig, vermute ich.»

«Ach Bruderherz, so ist das eben! Aber mir hat er nur ganz wenig berechnet, weil er ja in deinem Haus lebt. Er wollte nur ...»

«Sag's mir lieber nicht.»

«Was hast du nur gegen den Propheten? Er ist ein Mann Gottes! Du wirst schon sehen, sobald ich die Kerzen für sein Abschlußgebet besorgt habe ...»

«Was für Kerzen?»

«Kerzen eben. Zwölf schwarze, sechs rote und sechs gelbe. Und dann kommt das Heilige Bad.»

«Das Heilige was?» japste ihr Bruder.

«B-a-d. Sonntag um Mitternacht geht er mit mir zum Strand und wäscht mich im Meer. Das ist eine Reinigungszeremonie.»

«Und wie wäscht er dich?»

«Häh?»

«Na, wäscht er dich so, wie du dich normalerweise auch wäschst? Mit Seife, Wasser und Schwamm? Und nackt?»

«Ach so. Keine Sorge. Er meinte, wenn ich schüchtern bin, kann ich einen Tanga anbehalten.»

«Seit wann wissen Propheten von der Existenz von Tangas? Jetzt hör mir mal gut zu. In drei Tagen ...»

«Aber jetzt reg dich doch nicht auf. Dieses Tangabad ist sehr wichtig, ich ...»

«In drei Tagen ist dieser Kerl aus meinem Haus verschwunden, Schwesterchen. Und wenn ich ihn eigenhändig rauswerfen muß.»

«Aber ...»

Ratlos starrte die Frau den Hörer an, aus dem nur noch ein monotones Tuten drang.

«Wie geht es ihr?» fragte Aggie.

Dina zuckte mit den Schultern. «Ich würde sagen, den Umständen entsprechend. Natürlich will sie nicht auf den Campus zurück. Jeder dort weiß, daß Dam ihr Freund war.»

Aggie versuchte ein Lächeln. «Komisch, aber mir war es nie so richtig klar, daß es männliche Prostituierte gibt. Dir etwa?»

«Na ja. Man bildet sich immer ein, die gibt es nur in homosexuellen Kreisen. Wir wollen einfach nicht sehen, daß es heutzutage nicht nur ‹sugar daddies›, sondern auch ‹sugar mummies› gibt. Ich glaube, wenn wir das Ausmaß dieses Phänomens erfassen könnten, wären wir ziemlich schockiert.»

«Hat sie nach mir gefragt?»

«Ja.»

«Ich habe mich bereiterklärt, ihre Mutter zu treffen. Kweku und seine Frau Elsie haben mich darum gebeten», sagte Aggie leise. «Meinst du, das ist die richtige Entscheidung?»

«Ich denke schon, Aggie.» Dina hüstelte nervös. «Hast du eigentlich schon mal an die Möglichkeit gedacht, daß Randa Idan angesteckt haben könnte?»

«Natürlich», antwortete Aggie ruhig. «Wir machen sobald als möglich einen Test.» Einen Moment lang schaffte sie es noch, die Fassade aufrechtzuhalten, dann brach sie buchstäblich vor Dinas Augen zusammen und weinte wie ein Kind.

Dina streichelte ihr sanft übers Haar und schwieg.

«Wenn er mich schon betrogen hat, warum hat er dann keine Kondome benutzt?» schluchzte Aggie.

«Hast du ihn das schon gefragt?»

Aggie putzte sich die Nase. «Er meinte, Randa hätte das nicht gewollt.»

«Klar wollte sie das nicht! Sonst hätte sie ihm ja nicht erzählen können, daß sie schwanger von ihm war. Und sie konnte natürlich nicht ahnen, daß Dam alles andere als ein seriöser Geschäftsmann war. Dieses Netz von Lügen und Illusionen ... Es ist eine Tragödie.»

Aggie seufzte. «Ich melde mich bei dir, wenn ich ihre Mutter getroffen habe.»

«Was glaubst du, wie sie die Sache mit Randa aufnehmen wird?»

«Kweku und Elsie haben mich gebeten, ihr nichts zu erzählen.»

Aggie setzte sich auf den Stuhl, der neben dem Bett aufgestellt war, und zwang sich, Ma anzusehen. Ma hatte sich von ihrer Gefangenschaft im Gebetscamp gut erholt, sie hatte schnell zugenommen, und ihre Medikamente schlugen sichtlich an. Sie wirkte ruhig und entspannt. Ganz im Gegensatz zu Aggie, die nervös auf ihrem Stuhl herumrutschte.

«Haben meine Kinder Ihnen erzählt, worum es mir geht?» fragte die Frau plötzlich.

«Nein», flüsterte Aggie.

Ma lächelte. «Das liegt wohl daran, daß sie es selbst nicht wissen. Sie sind verheiratet, nicht wahr? Führen Sie eine gute Ehe? Sind Sie glücklich?»

Schmerzerfüllt starrte Aggie sie an. Die Grausamkeit, die in dieser Frage lag, trieb ihr fast die Tränen in die Augen.

«Da ist es ja», lächelte Ma. «Das wollte ich sehen. Mehr nicht. Nur diesen Blick in Ihren Augen.»

Sofort drehte Aggie den Kopf weg, doch die Frau ließ nicht locker. «Sehen Sie mich an, wenn ich mit Ihnen spreche.» Sie lächelte immer noch. «Ich tue Ihnen nichts. Aber Sie müssen wissen, daß ich Sie gehaßt habe, Sie, oder besser gesagt Ihren Geist ... Ihr Geruch hing in jedem Laken, in jeder Ecke unseres Hauses. Wissen Sie eigentlich, warum er Sie Blume genannt hat?»

Aggie schüttelte langsam den Kopf.

«Ich habe damals jede Nacht zu Gott gebetet. Ich habe gebetet, daß aus den ganzen Tränen, die ich wegen Ihnen vergossen habe, eine große, dunkle Wolke wird. Ich habe gebetet, daß diese Wolke am Tag Ihrer Hochzeit den Himmel verdunkeln würde, daß es blitzen und donnern würde und meine Tränen Ihnen als dicke Regentropfen ins Gesicht prasseln. Ich habe darum gebetet, daß die Erinnerung an den schönsten Tag in Ihrem Leben immer von Sorge und Angst überschattet sein würde. Sagen Sie mir, hat es an Ihrem Hochzeitstag geregnet?»

Aggie zitterte am ganzen Körper.

«Blumen sind bezaubernd», sagte Ma lächelnd. «Früher war dieses Haus voll von Blumen. Jetzt ist es kahl. Meine Kinder behaupten, ich hätte alle Blumen im Garten ausgerissen. Das will mir gar nicht in den Kopf. Wie kann man Blumen hassen? Sie sind doch so schön. Sie duften so wunderbar. Wissen Sie noch, wie das Parfum hieß, das Sie damals benutzt haben?»

Aggie spürte, wie sich ein Kloß in ihrem Hals bildete, der so schnell anwuchs, daß sie kaum noch atmen konnte.

«Es war ein sehr schwerer Duft», sagte Ma ruhig.

Die Temperatur im Raum schien um einige Grad zu sinken. Aggie hatte den Eindruck, daß ein unsichtbarer Dolch über ihrem Kopf hing und sie jederzeit durchbohren konnte.

Plötzlich brach Ma die Stille. «Diese Medikamente machen mich sehr müde. Finden Sie den Weg nach draußen alleine?»

«Ich denke schon.»

«Gut, sehr gut», murmelte Ma schläfrig und verkroch sich tief in ihre Kissen.

Aggie griff nach ihrer Tasche, stand auf und warf noch einen letzten Blick auf Ma. Sie atmete ruhig und regelmäßig. Scheinbar war sie schon eingeschlafen.

«Blume», rief Ma in dem Moment, als Aggie das Zimmer verlassen wollte. Aggie stolperte vor Schreck fast über ihre eigenen Füße. Als sie sich überwinden konnte, Ma anzuschauen, spürte sie, daß Tränen über ihr Gesicht liefen.

Ma lag immer noch tief in ihren Kissen begraben. Sie hatte nicht einmal die Augen geöffnet. «Sagen Sie meinen Kindern, daß ich Blumen im Zimmer möchte. Ich will Blumen riechen. Bitten Sie Kweku, daß er mir einen Strauß prächtiger, duftender gelber Rosen bringt.»

Adewale, Toyin:
Flackernde Kerzen
Frauengeschichten aus Nigeria

2., durchgesehene Auflage, 120 Seiten, kart., 11.80 EUR, ISBN 3-89657-127-3

Geboren und aufgewachsen in der nigerianischen Literatur-Metropole Ibadan zählt Toyin Adewale zu den Hoffnungsträgern schwarzafrikanischer Literatur. Mit «Flackernde Kerzen» legt sie ihr zweites Buch in deutscher Sprache vor. Der Alltag in den staubigen, glutheißen Straßenschluchten des Molochs Lagos und die Kunst hier zu leben und zu überleben bilden das Hauptmotiv vieler der zwanzig prägnanten literarischen Miniaturen. Dabei taucht das ungeschminkte Bild eines Landes auf, das zwischen Öl- und Hightech-Business einerseits und Voodo-Riten und bitterer Armut andererseits zu zerreißen droht. Dabei bemächtigt sich Toyin Adewale vorzugsweise einer betont weiblichen Perspektive.

So urteilt die Presse:
«Neu an diesen Tönen ist nicht nur die weibliche Courage. Hier macht eine junge Generation auf sich aufmerksam, die über Afrika hinausblickt. Im Gegensatz zu ihren Vätern aus der Generation eines Pablo Neruda oder Julius Nyerere, Idolen der Dritte-Welt-Bewegung, die nur in der Abkoppelung vom reichen Norden und im Besinnen auf die eigene Kultur einen Weg sahen, reklamiert die CNN-Generation ganz selbstverständlich einen gleichberechtigten Platz in der Weltgemeinschaft.»
Martina Scherf, Süddeutsche Zeitung, 5.5.1999

schmetterling verlag